国家出版基金项目
NATIONAL PUBLICATION FOUNDATION

东北流亡文学史料与研究丛书·作品卷

呼兰河边

罗烽 著

北方联合出版传媒(集团)股份有限公司
春风文艺出版社
·沈阳·

主　　编　张福贵
作品卷主编　滕贞甫

图书在版编目（CIP）数据

呼兰河边/罗烽著. —沈阳：春风文艺出版社，
2020.5（2022.2重印）
（东北流亡文学史料与研究丛书）
ISBN 978-7-5313-5744-5

Ⅰ. ①呼… Ⅱ. ①罗… Ⅲ. ①短篇小说—小说集—中国—当代 Ⅳ. ①I247.7

中国版本图书馆CIP数据核字（2019）第282120号

北方联合出版传媒（集团）股份有限公司
春风文艺出版社出版发行
http://www.chunfengwenyi.com
沈阳市和平区十一纬路25号　邮编：110003
永清县晔盛亚胶印有限公司印刷

责任编辑：姚宏越　刘　维　　　　责任校对：于文慧
封面设计：马寄萍　　　　　　　　幅面尺寸：155mm × 230mm
字　　数：225千字　　　　　　　印　　张：15.5
版　　次：2020年5月第1版　　　印　　次：2022年2月第2次
书　　号：ISBN 978-7-5313-5744-5
定　　价：48.00元

目　录

口 供

一

"报告！"

"什么事？"

"探××街×号十七户梁得福有通匪嫌疑——"

正坐在安乐椅上，年约四十的白胖的×长，听了警兵的报告，立刻把人丹胡一撇，停下了笔，两只灼灼的眼睛移视到窗外，游移的蛇缠绕住他的心，于是他又烦躁地想："嫌疑真他妈的多，一天也不知道有多少起，真正不诬的，十个掰不出一个来，并且嫌疑犯是穷光蛋，没有什么好处，麻烦死人。"

向报告的警兵郑重问道："实有其事吗？"

"不敢妄报，×长！"

"那么……好吧，今天晚上绑！"

天上一两颗星星和街上的路灯密语着，小雨淅沥着。

精干的张巡官带着五个强壮的警兵，都端着机枪走进一个仄暗的院落里，踏着泥泞的土道发出咕叽的声音。

"十七户！"

是报告的那个警兵在口腔吐出轻微的话语。

刹那，十七户的破门被警兵们推开了，群拥而进。

"啊，救命……"

"住口，把手举起来……"

什么也没有，只是一个少妇，从入睡的被窝里坐了起来，尖叫了一声救命，遂后她定神一看，并不是什么歹人，是"维持社会治安"的警察，这样，她放心多了。但是在如豆的煤油灯下，还可以看见她那丰硕的乳房不住地弹动。她在战栗着呢。

"你的男人呢?"

方才报告的警兵盯着少妇的奶头，很凶横地问。

"老总，他……他三天前坐船到下江卖货去了……"

"胡说!"

报告的警兵把枪把子往炕沿上用力一杵，就狂啸起来。少妇被这么一吓唬，正在直挺挺竖着的胳膊就不自主地落了下来。警兵们都用膝盖骨互相触撞着大腿，抿嘴偷笑。

"不敢撒谎呵!…老……总……"

"什么乱七八糟，趁早穿上衣服走——"

众警兵绑架着她向一条昏暗的泥泞的背巷消逝了。

月亮、星星和路灯都微笑着，天也不哭了。

二

"我们犯了什么罪了呢? 我们是极安分的良民哪! 官家不问青红皂白把我抓来，到底是怎么一回事呢? 嗳，我们没钱没势的人受辱受欺是应当的吗? 你们这样做也是本分吗?"

少妇是穿着一件半旧的蓝旗袍，垂手站立在一张写字台前，低着头，哭丧着脸，这么半疑半怨地想。

站班的警兵一共两名，都靠房门一边立着。一会儿×长衔着雪茄烟从内室迈着四方步踱过来，一屁股坐在安乐椅上，抬起沉重的眼皮，眼珠和浓烟都一齐向少妇的脸上奔来。她给×长鞠了一个九十度的躬。

×长拿起当官的派头儿，很谐律地咳嗽一声，才开了腔："姓甚名谁报上来！"

"小民梁胡氏……二十六……"——显然是发抖的声音。不等她往下说，×长就抢问了一句："梁得福，你的丈夫，他做的好事都晓得吧？"

"什么事呀，大人？"

"通匪！"——猛地把桌子一拍。

"啊，这个……可没有……的事啊！"

"什么？没有？该打嘴巴，痛快给我照实说！"

"大人，不必动怒，我丈夫实在是小买卖人，从来不做坏事，大人请想，他连小鸡都不敢杀，哪能当胡子呢？……大人饶恕小民吧！"

少妇流着泪连忙跪下给×长磕了三个响头。

×长伸一伸懒腰，打着哈欠，他向少妇点了点头，又向站班的警兵说："好了，暂且把她送到拘留所，明天再要口供。"

三

夜深了，一切都在睡眠里。

×长辗转在弹簧床上，双眉紧皱，不能入睡，他脑袋瓜里，他眼睛里，好像有无数的肉味大虫在爬动，于是他从白软的褥子底下，精心在意地取出一张春画。他眼睛笑得剩一条缝，他咽着唾沫，俯下了身子看，一会儿又把那张画压在胸上，他脉搏跳跃着，筋肉收缩着。

"少妇，你媚人的少妇啊！我要占有你。"×长很甜蜜地很猥亵地喊了这么一句。一翻身就滚下床来，穿上拖鞋，推开屋门，决心向拘留所走去——蹑手蹑脚地走去。

一路尽是春风哟。

酣睡在墙角里的岗警，鼾声像牛般吼着，但×长并没有呵斥醒他。

"他妈拉巴子，深更半夜上这里干吗?"

"×长，我是……来问她的……口供。"——就是报告通匪消息的两个警兵手提着裤子，这样呆呆地答。少妇是用衣服蒙着脸呜咽着。

"混蛋，谁让你上这里要口供? 不要脸的杂种，快给我滚蛋!"

报告的警兵一边扣着皮带一边当心地溜出拘留所的门。×长飞起一脚踢在警兵的屁股上。他"唉"了一声就踉踉地逃走了。

×长看看警兵的狼狈背影，看看少妇的苗条玉体，再看看自己穿的薄薄的衬衣，脸上是恼里带羞，心里是怒里藏笑。

胜　利

　　××铁路××站，待发的第一次混合列车。在一辆三等客车的走台上，一个招工的工头，恶狠狠地拖着一个面黄肌瘦的工人掉了膀子的破汗衫的领子。他暴怒像一只狼，他狂叫着。他的唾沫溅到那工人的脸上。他用尽了吃奶的力量，打在工人的嘴巴上，焦黄的面皮一阵青，一阵紫，又是一阵白起来。

　　三等车厢里，挤满了一百来个饥肠百转的苦力。他们全是在两天以前，从哈尔滨的七道街、五道街、江沿、码头等地方，被那胳膊上戴着白臂章，上面印着××组土木工头，并用着干一天八角金票的号召，或生拉，或是诱惑来的。也就是为了肚子不做主，不得不把自己人一样的身体，抛进牛马不如的群里，拍卖着血和汗，精与力。同时预备好他们的皮骨，在不一定什么时候，受着和他们一样长着两条腿、两只胳膊，说人话的人，鞭策，杖责，以至处之于死地。

　　车站的时针，懒懒地伸起两条细长的蹩脚，在无形地蠕动着。

　　现在是离九点钟开车只剩一刻钟了。

　　一个衣裳极褴褛，不过十岁的孩子，蹑手蹑脚地在站台上张望着，不像是送客人而来的，由他的行动和颜色上，很能看出那孩子是为了什么极重要的勾当。一忽儿趁一个路警向另外一个人谈话的当儿，他赶忙跑到装工人的三等车厢的窗子外，同时从窗口伸出一个黑黝黝的脑瓜，于是孩子望着那脑瓜问："爸爸，三块哈洋，现在发了吗?"

"还没有,说待一会儿给。"

"那么,待一会儿开车了。钱若不给,我拿什么过江呢?"

"喔!"

此刻,爸爸好像被什么警醒了似的,他心里在想:"为了三块钱,为了眼下,可以敷衍老婆孩子渡命,我才肯决意抛弃了他们,跟着人家到那不知多远的地方去。现在车眼看要开了,三块钱是从被招的那一天就说给,可是今天给,明天给,上船给,过江给,一直等到如今上了火车,还不见一个钱皮的影子,车马上要开了,叫孩子拿什么回去? 喔! 我决计要钱,不给钱,索性就不干!"

"喂! 头子,三块钱该给啦!"

"什么?"

"给三块钱!"

"钱吗? 待会儿给。"

"就给吧,待会儿我不干了。"

"怎么? 不去?"

"那可不,不给钱,就兴我不干。"

"好! 我看着你走!"

车厢里的苦力,都替他担心,好像一种莫大的厄运,立刻就光临他的头上。但是,他并没有注意,因为他还没有经历过"不给钱,不干活"的条件下,会生出意外的岔头来。

他很愤怒地从行李架上把一捆露了棉花的破被套拖下来,应着工头最后的话语和狞笑,匆匆地向车门外走去。

但是,工头的脸惨白了,两撇东洋胡附和着粗暴的呼吸扇动着。工头一个箭步,跳到他的身边。

"哼! 想往哪儿走?"

"回我自己的家!"

啪! 冷不防工头的巨掌压迫在他的脸上。他身子摇晃了两下,手里的行李滚到车板上。

"啊！怎么的，反了吗！你不给钱，还不兴我不干吗？你还说理不说理？"

"谁和你说理，妈拉巴子的。"

结果，工头把他又厮掠到走台上，拖着他的领子，举起他那宽大的巴掌，可劲儿地往脸上扇。

孩子，孩子是呆呆地，含着两泡眼泪，看着爸爸挨打。

车里一阵骚动，那是一声尖锐的山东哥儿们的喊叫。

——"看！俺还干得了吗？动不动就打，不给钱还不许我们不干，这个世界，他妈的穷人真没个活！老乡俺大家伙干吧，打死那王八蛋！"

山东哥儿们，天不怕，地不怕，挽起袖子，握紧拳，冲在工头的身后，"咚"就是一拳。工头踉跄地滚下走台，摔了一个仰面朝天。

骚动与呐喊，传到路警的耳里。

他们都像警犬般，很迅速地跑到肇事地点。同时他们看到工头直挺挺地卧在地上，一个警官瞪着眼睛看苦力，骂道："妈妈的！谁叫你们打人！"

"啊哟！我的腰……我的腰……摔……断了……"

工头的鼻管里在冒着鲜红的血。

苦力的眼睛像饥鹰般，都移转到路警的身上。警官俯视工头，立刻又向苦力追问："这是谁打的，趁早说。"

"就是俺一个人干的！"山东哥儿们到底不示弱，好汉做好汉当。

捕绳从屁股后头解下来，就要绑在山东哥儿们的胳膊上，但那些苦力却发作了，大家竟反对公共的侮辱。

绑不了，绑不了！

喔……汽笛粗蛮地吼着，一条蛇立刻蠕动了。

适才乱哄哄的三等车厢里，现在是空洞了，因为苦力们完全跳到走台上。

一条弯曲的长蛇爬进草丛里去。

——一群蚂蚁……苦力……也离开走台。

蚂蚁中仿佛传出一个声音："胜利！"

初　试

　　胡猷躺在亭子间里的一张小铁床上，他身子的左右，让新闻纸、旧杂志以及文艺书籍、不规则的纸片塞满了，他仰着面孔躺在这些东西中间，他的胸脯上有很多照片狼藉着。春天早晨的阳光，含着温和的橘色，斜射到前楼的屋檐下，从那里垂射一片比较明朗的光亮，反映进胡猷的亭子间里，更加强调了他脸上的苍白，这是一个凸出的消瘦的轮廓，仿佛一帧成功的写生画，有斑白而蓬松的长发托衬着，看来越发生动，十足地表现出落魄的知识分子的病态。

　　他定着眼睛，最终的视线，毫无意识地触在因年久不刷灰粉而变黄了的天花板上。他的心思正沉在悒郁的回忆中，原来张大着的眼睛，渐渐地变为瑟缩、苦涩。外眼角扇形的皱纹垄起着、延长着，淡淡地绘出一种悼惜的色调。

　　这明显的皱纹，正表示着他的青春已经逝去了。现在他把覆盖在胸脯上的一帧照片拿起来，重新端详一番，这一帧是他五年前的照片：他那种年轻、活泼而幸福的光彩，现在使他自己都有点嫉视。

　　嫉视，或者就是出于更深的羡慕吧？你看，他以生了茧的手指，在抚摸着那帧照片上的深邃明亮的眼睛，在抚摸着似笑而非笑的嘴角，在抚摸着总有艺术家的风情的长而弯曲的黑发，然后他将它按在苍白发热的脸上，用一种战栗的温情，来狂爱那美感的一切……那完全像一个初恋的少女倾出她全副的热情，抚爱着熟睡中的情人。然而，这五年前的他，已经不属于他自己了。

然而他不能离弃他，五年间虽然仿佛是一座引他到失败之路的桥梁，但在他五年前的希望中确曾结下过美满的果实。他是个成功的画家，有名的诗人，他也兼善戏剧，而且他还是个优良的、多方面的演员，所谓他过去的幸福，便是建筑在这些爱好的根基上，虽然在当时人们都知道他是个既无财产，又无家室，又更无荣誉的孤独落魄的流浪人，而这在他感觉不出什么痛苦或是悲哀的。

　　五年前在他的故乡起了从未有过的大变动，他侥幸地逃过了仿佛大地震一般的灾难，当他第二个新生命，又立足在第二个"新天地"里的时候，已经有人给他戴上一副坚实的枷锁了。他失去了发挥自己才能的自由，这等于强迫他停止呼吸，于是他不得不设法逃走了。

　　新的环境，使他重新振作起来了，他兴奋得几乎不知道从何处下手，画画呢？写诗呢？或是演剧呢？……在这种情况之下，他简直就忘了什么是自己的特长了。但是当他的兴奋平静下来的时候，他才发现了：第一个（画画没钱买工具和材料）和第三个（演剧一时没有机会）办法暂时走不通，因此，他只好写些诗投到报纸副刊或文艺杂志上去，这一样虽然不是他最好的特长，不过倒也是爱好的。

　　很顺利，在半月间他竟写了二十几首长短不等的新诗，他非常满意它的内容，而且非常满意出走后所改变的作风。当他将诗稿寄出之前，曾虚心地拿着当地所产的东西较量再三，结果他认为并不逊色，然后才把它们分寄出去。

　　然而，他就连重读自己的诗的权利全没有了！他所有的诗，仿佛是寄到另一个地球上一样，就是请一位探险家也不会将它们寻回来了！

　　现在他的青春同他的诗遭到同样的不幸。穷困，不得志，在漫长的四年之久，已经消耗了他的青春的光辉。

　　啊，胡猷老了！他常用这伤感的语句问自己，其实，他不过是一个将及二十九岁的壮年人，正在花开叶茂的时候，但他被残暴的风雨摧折了，原来他是一株完整的枝叶，现在变成肢解凋零的人，精壮的生命，被打击得几乎是奄奄一息了。

二房东的钟当当地敲了九下。于是他好像受了惊似的，连忙翻身跳下了床。他抓过落齿的木梳，理一理乱蓬蓬的长发，然后打开窗子向玻璃里照了照，自语地说："风韵不减当年……"随后他会然一笑，复把窗子关好，走出去了。

他抱着很大的希望，向一家招考演员的电影公司走去。他记得他是第一天看见招考广告登出，就马上报了名的。今天是考试的日子，他也是第一个先到了场，而且他尝这种考试的滋味，也还是初次。

一位考试委员开始试验他的表情。

考试委员："快意地笑。"

胡猷简直是勉强地苦笑了一声。

考试委员摇了摇头："啜泣，就是小声哭。"

胡猷沉思一会儿，开始认真地啜泣起来。这回使考试委员非常满意。于是命令他停，可是接着他竟恸哭起来了。

这回考试委员又摇了摇头，十分气愤地并带嘲弄的口气喊道："停，停！……停吧！您做得很好，但是我们看不懂，请您回去，回公馆去！"

哄笑像四处埋伏的奇兵一样一齐向胡猷袭来，将他的希望击碎了，他更加放纵地号啕起来。

考索夫的发

人们问考索夫："你是哪一国人？"

考索夫一时总是回答不出来，他不是害臊地红一红脸，就是愤懑地摇一摇头。

其实，谁不知道考索夫是哪一国人呢？从他的鼻子上，从他的眼睛上，从他的头发上，从他的……都十分显然地说明了那是某种和某种血液的媾和。然而，人们为什么偏要明知故问，惹他害臊和愤懑呢？也许人们正是需要他那样——需要他那样不平淡的表情，加强了他的美点，来饱一饱眼福。

最多也不过是饱一饱眼福罢了，对于一个孩子，而且是一个男孩子，谁也不会有什么过奢的企图。

可是考索夫误会了，他误会的不是人们对他的过奢的企图——自然考索夫还没有到了解这个的年龄——他认为人们都是有意地拿他寻开心，他认为这是他的奇耻大辱。

从耻辱里生长出来的愤恨，大部分是发泄在他母亲的身上。

"你说，你为什么要嫁中国人？"考索夫说的是俄国话，"你这个不害羞的老婆！"

"我爱你的爸爸呀！"

他母亲的回答，从来是这样简单，使考索夫不得要领。于是，以后他就不再那样指问了。

他把愤恨搬到他的头发上。

固然，他对于自己的眼睛也有些不太满意的地方；但它总不如头发那样显眼，于是，他把黑色的、稍有卷曲的头发剃光了，然而，他想避免的耻辱，并没有减轻一点儿。

　　我和考索夫住得很近，他的家只和我家隔一道门，在个人友情上讲，我们还算很不错的朋友，他常常拿来他母亲烧的俄国菜给我吃，我呢，常常拣中国历史最光荣的节目——有时候就讲到演义上去给他听，虽然有许多故事，使他赞叹不止，可是一转身，他还是轻视中国人的。

　　第一个被他轻视的，就是他的父亲。他的父亲是个顶老实的木匠，没有学问，说起话来，总是憨声憨气的多音阶的俄国话，从他口里说出也不见得婉转流利呢。归总以上一切，考索夫送他父亲一个绰号，非常简单的一个绰号，是叫作"猪"。

　　不是背后，就是当着面，而且当着许多人面的时候，他也敢用俄国话骂着他的父亲："猪，中国猪啊！"

　　我看见过好几次，当考索夫那样辱骂他父亲的时候，这一个老实的木匠总是点两下子头，微微一笑便算完事。——也许他有很大的痛楚在别处潜藏着，使我看不出来。——有时，倒是他母亲歪瞪考索夫两眼，那么，他就连他母亲一块儿捎带上："呸，你这个不怕羞的老婆！"

　　除他父亲，除了我之外，他很少跟其他中国人接触的。那个老实的木匠，虽然也给儿子报入了中国籍，考索夫却不承认，他拒绝了杨继先这个姓名，同时，他也拒绝进中国学校。他跟我说，中国学校是猪圈，学生便是猪崽。他嘲笑着说："你想，猪崽教育大了，该是什么呢？"

　　还用想吗？当然跟老实的木匠他的父亲一样。他恐怕长大了像他的父亲，于是他才考入附近的一个俄国教堂学校。

　　不知道因为什么，自从他进俄国教堂学校之后，他逐渐地跟我疏远起来。他时常领着许多同学到家里来玩。有时，他把他们介绍给我，但是，他们和考索夫好像故意跟我开玩笑似的，用我一句也听不懂的俄国话来和我交谈，当我涨红了脸无可对答的时候，他们便拍着手，哄然一笑，连钻带跳地跑开了。我仿佛是一个害羞的模特儿站在原处，好几分钟都不动一动。

"猪，中国猪啊！"

我似乎听到这样的辱骂，而且这辱骂，永久在我的耳边响着，也永久扎根在我的记忆里。

一九三二年的春天，日本兵占领了哈尔滨。旅居哈尔滨的俄罗斯人便趁机活跃起来了，他们集合老老少少组织欢迎队，在大街上示威游行，他们高呼"日本皇军万岁"的时候，就捎带喊出"俄罗斯精神不死"的字样。其中有许多女人，大概是省下一杯"沃斗克"的酒资，到花店里买一朵廉价的鲜花，她们争先恐后地把那朵花插在宽刀大马的皇军的胸扣上，这种兴奋，也就同喝了一杯"沃斗克"似的，使她们白嫩的脸红得更叫人着迷。

在每次示威游行的队伍里，都有考索夫欢笑的影子。

不知道因为什么，自从皇军占领哈尔滨之后，他又逐渐地跟那俄国教堂学校疏远起来。

跟我呢，自然加倍疏远了。

然而，那时我还不明白什么道理呢。

可是，考索夫的家里新添了一批他从前所最讨厌的黄种客人，这些客人，除了两腿微曲，腆胸脯，眉毛浓粗，几点特殊而外，其余什么地方全跟中国人一样，就连头发也是黑色的。唯独语言是有很大的差别，从窗子里流出来的谈话的尾音，单单一个"内"字，就比从跑着的马的肛门里颠顿出来的屁还要多，而且是那样响亮。

好像就从那时起始吧，黑色的头发，从考索夫的秃头上长起来，仿佛草原上，饱饮春雨的小草。

也是从那时起始吧，再没有一个大胆的中国人敢问考索夫："你是哪一国人呢？"

绝对没有人敢问了，现在虽然黑色的头发衬在考索夫洁白的脸蛋上比从前更加俊俏，简直像一位美丽的姑娘。

也许是当他寂寞的时候，他还是过来找我同他谈天；但是他不再约求我给他讲中国历史上最光荣的节目了。他反倒向我宣说日本民族如何伟大，如何令人敬仰——他以侵略者的爪牙，代表日本整个民族性，不是敬仰，而是污辱呢——他并不管我怎样讨厌他，他是要讲个够的。记得有一次，我用这样一句话，打断他的唠叨："你为什么又留了发？"

他先向我讪笑了半天，然后才说："傻孩子，你为什么不快入日本国籍呢？"

这是所答非所问哪，当时我还是这样想哩。

秋深了。

我的庭院里一株唯一的大垂柳，厚而尖长的叶子渐渐黄了，落了。

一到傍晚，我爱坐在大垂柳下的一条长靠椅上，仰着脸凝视阔朗的星空，秘密地发掘着难解的事理。

近一个月以来，每天这时候一定有一种类似激流撞在岩石上发出的清脆而急喘的女人笑声从四楼上滚落下来。有时，也常有液体的东西，从四楼窗口摔到草地上，随后就是突然高起的狂妄而辉煌的男人的腻笑，同草地刚刚放散出的酒气腾发起来。

这是殖民地的主人，正从殖民地的妇女身上享受着他的特权呢。

今天，四楼上格外肃静。那些有特权的主人，大概是因为天气不好没有光临。于是，这庭院里也就格外冷清了。

吹着湿凉的西北风，柳梢轻微的弹力由我面前扫过。像要有雨落下来，浓厚的黑云掩住了远处高处的星星。

我把大衣的领子竖了起来，我的头部几乎全部埋在领子里面。一会儿比一会儿撒野的风，扯着我的长发。

一个人由我面前跑过去，背影的高度很像考索夫。果然考索夫家的房门响了。可是，这响声是异乎寻常的。

　　"砰砰……砰砰……"

　　房门上的玻璃因震荡而吵闹着。同时，人也吵闹着，那确是考索夫的声音："开门哪！……开门！"

　　我很奇怪，考索夫怎么竟又说中国话。他是发疯了吗？不是，他是在生气，声音和举动都十分暴躁。

　　门开了，灯光送出一个瘦长的人影，他就是那个老实的木匠。我看得非常真切：考索夫一下就扑到他父亲的怀里，纵声大哭起来。他母亲跑过来关上了门。

　　这简直都是奇迹呀！我骇怪地自语着。可不是吗？天晓得！一个一辈子瞧不起他老子的考索夫，今晚偏偏就抱着他讨厌的爸爸，诉起委屈来。为什么呢？我想不出其中缘由。我离开长靠椅，悄悄地走到考索夫的房门外，窃听着里面的对话。

　　考索夫喊着："先解开我的胳膊！"

　　"怎么回事？"老实的木匠战战兢兢地问，"怎么回事呢？……这还系的是死扣……喂，剪子，剪子！"

　　"倒快呀，我的身上还有伤！"

　　剪子的声音。母亲问："身上？在什么地方？你说！"

　　老实的木匠也问："在什么地方啊？……倒是怎么回事呢？"

　　大衣的领子从我耳端推开，耳朵想尽量贴在玻璃上，预备听考索夫的回答。这时候，我真想敲碎门上的玻璃，扯开那张布帘，看看这紧张的一幕。

　　真急死人，考索夫连哼都不哼一声。我一边搓着脚，一边想追问着："你倒快说呀！你倒快说呀！"

　　话虽然闷在肚子里，我的嗓子却发痒了，然而，并没有喊叫出来。

　　现在房子里很安静，没有一点声音，我只能听得出自己急促的呼吸，还有简单的风声。

考索夫犯了什么罪呢？绑上胳膊，身上还有伤，那样狼狈地跑回家来，无疑地，是被人拿他当汉奸惩罚了，因为，除此而外，"新国"和皇军都是他新结识的好友，绝不会那样苛待他的。

然而，伤在什么地方呢？很重吗？我对这个盲目的孩子，可怜地怀念着。

风紧紧地包围着我，大的雨点打在脖颈上，像由房檐垂悬着的冰柱融化下来的水滴，这种刺激使我的心打着寒战，全身痉挛成一团。

我的大衣和头发被雨打湿了。

里边还是照样地沉默着。

于是，我失望地回到自己的家里去。

第二天一早，考索夫的母亲跑到我的房子里来。她告诉我，她的儿子病了。并且马上叫我过去，这是她儿子的意思。

本来我正想探听一下昨晚的事情。现在，考索夫自动招请我，我马上就过去了。

他侧卧在床上，眼睛微阖着，原来两颊天然的红印，已经褪成浅粉色了。他似乎是睡着了。他的母亲轻捷地走进儿子的床前俯下身子用俄语小声说："亲爱的，你要的朋友来了。"

考索夫睁开了眼睛，红的丝纹，满织在白眼球上。他仿佛病在绝望时，得见远方来的亲人一样，紧紧地握住我的手，而且放在他的胸脯上。然后他说："你坐下……我的好友。"

我坐在靠床的一张椅子上，我们的手没有松开。他的手热度很高，我以为是高热致使他和我说胡话。我心想，他这话完全是不必要的，我毫无感情地瞧着他。他又重复一句说："我的好友，我的好友……"

他好像故意逗弄我，紧张的听觉，已经两次被他中断的话语打沉下去，我着急，我不甘心，终于向他反问："是的，你说……为什么很快就病成这样？

"多么意外呀，好友！"

"快些告诉我！"

"等我想想。"考索夫闭上眼睛，泪水浸润着长睫毛。

他的手越发扣紧些，说："对了，第一，应当取消以前我向你说的话……"

"什么话？"

"现在，我要高声地喊：日本人是世界上顶龌龊的东西！"

"傻孩子，"我以嘲笑的口吻说，因为我听完考索夫的话，就明白了他是吃了"令人敬仰"的民族的亏了，"你是发昏了吗？我正要入日本籍呢！"

"不能！"他认真地阻拦我，"我的好友，你绝对不能！"

"可以的。"

"不能！你是很好的中国人，你不能肮脏了！"

"可是，我问你，你究竟算是哪一国人呢？"

考索夫的两颊立刻恢复病前时的鲜红，就像小疯子似的抓搔着头发叫道："妈，妈妈！剪子拿来……给我剪掉这些头发呀！"

他遭了什么样的意外呢？动不动又要剪掉他的黑发，他的黑发大概留有八个月了。

考索夫真疯了，当他母亲拒绝给他剪的时候，他就用劲撕扯着头发，一绺一绺地掉下来，飞落到被褥上和地板上。

趁着他发疯的当儿，我悄悄地溜了出来，假如我再多待一会儿，我也要被闷得发疯了。

他的病和伤始终使我怀疑着……

到晚上，他变成好人一样到我家里来。果然他的发又剪光了。

"病好了吗？"我说。

"好啦，本来并不是什么大的病呢。"

"可是，为什么又把发剪了呢？有谁侮辱你吗？"

"不是的，"他忸怩地说，"这怎样办呢，父亲？"——我第一次听着他这样称呼——"一清早出去，到现在还不见回来。"

"到哪儿去啦？"

"日本宪兵队。"

"是抓去的？"

"不，不，他自己去的，到那儿要告几个××人。"

"这不是自投虎穴吗？……究竟为什么呢？"

"我……我也不大清楚，事情一定很严重吧。"

考索夫一点也不坦白，现在半吞半吐地跟我来撒谎，我实在讨厌他。我向他说，我有事，于是，披上衣服就走了。随着他也跟出来。

又过三四天了。四楼上的顾客——殖民地的主人，和考索夫所敬仰的好友们，全没有光临。

而考索夫的父亲，那个老实的木匠呢，也终于没有回家来。

直到半月以后，我从那里搬走时，那个老实的木匠还没有回来的消息。

第二年春末，我被"新国"的总管"请"到他们领事馆去，蒙他们给我加以"叛国"的罪名，然而我并没遵命领受，据说调查属实之后，就要用"暂时惩治叛徒法"第一条第二款办我的。那么在"属实"之前呢，除了尝试他们拷刑的新花样外，还得照例蹲牢监。一位和善的刑事很抱歉似的对我说："对不起，委屈几天吧，这是法律。"

当我被推进阴湿发霉的地下牢监时，我在一个监房的门前所悬挂的犯人名牌上发现杨继先这个名字。以后我打听同监"满籍"难友，我就知道，被他们称为"两合水"的杨继先也就是半年来不曾见面的考索夫。于是我问这位"满籍"难友："这个人犯的什么罪，你知道吗？"

"杀人罪。"他说，"杀了两个日本人。这里一个日本看守对我们说，他是从俄国派来的刺客……"

"那么被害的两个日本人是很大的官了?"

"你在外面没有听说?"

"没有。"

"我也不知道呢，对于这件事，他们是严守秘密的。"

我是非常想知道这个秘密，只是没有机会跟考索夫见面。我心想：像姑娘一样的考索夫怎么能够杀人呢？而且杀的是日本人！

恰巧有一天，因为考索夫跟同监日本犯人打架，他被拨到我这监牢里。于是我们谈话的机会就来了。

他紧紧地握住我的手，像把小钳子似的，把我的手骨节握得生疼，我想不到考索夫有这么大的力气。他含着眼泪，好像责备我似的说："你怎么也跑到这死地方来?"

"没有办法啊，"我随便回答着，然后就问他，"那么你呢？我听说，你杀了两个日本人？真的吗?"

"杀了!"

"是谁?"

"大概你都认得，一个是四楼上的嫖客佐佐木，一个是常到我家去的山崎……还有呢，那几个小子不该死，逃掉了。"

"呃！你怎么胡杀起来?"

"一点也不！他们四五个人污辱了我……轮奸了我！……就是那一天晚上啊!"

是了，那天晚上考索夫被绑着胳膊，很狼狈地跑回家来，我曾窃听他喊着："我的身上还有伤!"那么，就一定是污辱的创痛了。

接着我问："可是，你的父亲，几时才出来的?"

"出来？嘿，别提啦，我连尸首都没领着……"

"他死在宪兵队里?"

"可不！父亲是为我死的啊！他若是不去告发那几个日本人，他能老老实实地活一辈子……父亲是为我死的啊！可是，我也是为父亲而死的：我的仇报完了！"

考索夫讲到他生命绝望的时候，使我很伤心。我想起老实的木匠的面貌，眼泪就止不住了。

狱里的天气暴热起来了。

现在生命绝望的考索夫还活着。

一个晌午，犯人给犯人剪发，我自然欢迎剪的，因为它早就又长又臭又热了。可是临到考索夫的班时，他拒绝："我不要剪！"

日本看守用刀壳砍他的脑袋，并且由监房的小门把他硬拖出去。他仍然顽强地拒绝着。

"我不要剪！我不要剪！"

终于给剪了。秃的头皮上，鼓起好几个大紫疙瘩，还有好几条破皮的地方，正往外渗着血，那大概是推刀夹破的。

事后我向他说："何苦吃眼前亏呢？……剪就剪下去，不正求之不得？"

"我要留着它，"考索夫鼻子突然抽搐起来，"它是我父亲的遗物，我要把它带到坟墓里去……还给我亲爱的父亲！……"

有一天他过堂回来，什么话也没有说，呆坐了半天，从衣袋里取出一个一寸来长的小报纸包递给我，他似乎很高兴地说："亲爱的好友，这是我最后一次的拜托……我祝福你快些逃出地狱吧！那时，你把它带给我的母亲，并且你要向她说：'这是纪念冤死的父亲的。'……好友，请你加意保存它，我永远感谢你，永远祝福你……"

我怀疑地把那小报纸包藏在衣袋里。我看见考索夫的瞳仁上蒙着一层晶洁的水光。

睡到半夜里，我被人弄醒，蒙眬中觉得有一只森凉而战栗的手，握紧我的左手："好友！我去了……我永远祝福你……你记住！"

当我完全清醒的时候，考索夫已经从我身边消失了！监房的铁皮门砰的一声，我仿佛被这巨大的震动掀坐起来，打了一个冷战。

我坐着，微阖起眼睛，嚼着发咸的泪水。

过一会儿，忽然想起那个小报纸包，于是，我好奇地从衣袋里取出来，心，发狂似的跳着，悄悄地打开了，原来是一绺黑色的稍有鬈曲的长发。

顺手把它贴到我湿润的脸上。我的眼睛昏花了，它摄取着一个幻影——是那个混血种的、奇怪的美男子考索夫。

第七个坑

九月十八日的后两天。

是九月二十日了。

大的骚乱，已经由突起的顶点突落下来了。古老嚣扰的沈阳城，仿佛是猎人手中受创的肥枭，闭起眼睛，压制着战栗，忍受它的创痛。它是异乎寻常地安静着，然而，这安静，充满了可怕的意味，这安静，是它悲惨的生命最后的闭幕啊！

秋空，暗淡的云片在飘，西北风像一匹骏马，带着它向东南驰去。它，不能在这可怕的、悲惨的古城停留一刻了，它要逃避到祖国的怀抱里去。

火力、流弹、刺刀，并没有伤害着太阳的面貌，今天，它依然无恙地露出完整的轮廓，窥视着这劫后的大城，每个角落，每个罅隙，都露出它的手，几乎，每个角落，每个罅隙，都有没有完全凝干的血迹，把它的手染得通红。

在郊外，在僻静的场所，乌鸦、老鼠和蚂蚁，纷纷地跃起来。它们简直是疯狂了一样，大胆地争夺着从人体的腹部流出来的肠子，争夺着从头部迸裂出来的脑浆。在每处灰白色的肢解的地方，都拥挤着蚁群，乌鸦跟老鼠各不相让地争扯着一条小肠，竟至彼此哇哇啾啾地吵骂个不息。这些蠢货，好像让盛筵把眼睛弄迷乱了，只消抬一抬头，就可以看见前面不远正摆着完完整整的一桌，那种有诱力的气味，引逗着贪馋的新食客一饱口福呢。

然而这盛筵虽然到处摆着，对于饥饿的皮鞋匠耿大不但不能充饥，反而，使他害怕，使他恶心，一路上，等于闭着眼睛向前摸索。他时时作呕，从已经消化的什么也没有了的胃肠里，反到嘴里来的仅仅是一滴酸水，那酸水还不及从耿大眼睛里流出来的东西多。

　　他已经跑了三个亲戚的住所，那三个住所不是下了锁，就是关牢了门，任他拼命敲打，也没有一点回响。因此，他就不得不失望地走开。现在，他穿过小西边门的大街，打算到一条小胡同里找他的舅舅，再做一次最后的讨借。如果，这次仍然失望，他决定什么地方也不去了，回家去，叫老婆孩子一齐腰带勒紧，喝几瓢凉水，躺下去，维持呼吸，能到什么时候就算什么时候。

　　四肢疲惫，害怕恶心，单这一些，绝不是使饥饿的皮鞋匠耿大停止讨借最大的阻力。他实在是怕：突然飞来一粒子弹穿漏了脑袋，突然冲过一把刺刀戳破了肚皮，那样，一个人，就完全是一只"鸟为食亡"的小鸟。他不愿意把自己的命，视如一只小鸟那般轻；并且，他觉得饿死的时候，无论如何没有被枪打死、刺刀戳死那么可怕。

　　皮鞋匠耿大再一拐弯就进一条小胡同里去。当他走到二三十步，再想抽身向回转，那时已经来不及了。

　　像那样的兵，往常他在南满车站看过很多很多的了。当时，并不像现在这样丑恶。现在就像陡然坠到地狱里碰到一个小鬼，他的灵魂被吓跑了，仿佛是个很难看很旧的石膏像立在那里。

　　刺刀带着逼人的寒光，从眼前晃过去，他几乎喊叫出来。随后，他就十分严紧地合拢两眼，握紧了拳，扣住牙齿，等待死刑的处决。

　　"这边的来！"

　　皮鞋匠耿大的身子，好像被这震吼从悬崖上打落深谷里去。紧接着震吼又响了："猪啊！……你不死！"

　　"不死"两个字，皮鞋匠耿大听得非常清楚，他稍微镇静一下想了想："不死？为什么不死呢？"他真没有多少工夫去猜想这个缘由，于是，他打了一个很大的冷战，才睁开了眼睛。

前面有一堵青色的砖墙。墙面上，被弹伤和血痕涂满。这里，就仿佛在不久以前发生过一次很剧烈的巷战似的。墙角下一束无花的蒲公英，已经是体无完肤地倒在地上。墙的半腰，贴着一张一尺见方的白纸，上面用墨笔写着是中国字，而不是中国体的四个歪扭不正的大字：

不准逗留

皮鞋匠耿大认识这四个字，并且也理解这四个字的意思，于是，他连忙转过身来，马上遵命走开。不料又是一声震吼，同时吓的一声，刺刀划开他身后的衣角。"你奶奶的！……你的站住得哪！"

皮鞋匠耿大第二番回过身来的时候，那个兵早就把枪夹在左臂里，右手从地上拾起一把锋利的军用锹。这一次，他才注意到，在墙下，挖好了一个二尺口径的三尺来深的坑。他看着这个坑，竟变成了一个痴子，忽然淌下眼泪，痛惜着自己的生命如此的结局。

突然，他好像一个慷慨赴义的烈士，踱到坑边。现在他看那个兵手里的铁锹比闪着白光的刺刀还残忍。至于那个兵的脸呢，他简直不敢正视一眼。他想象，比铁锹，比刺刀更要残忍几倍吧。

他的身子，在坑边回旋起来。炮声在他的周围轰动了——这是他前夜的回想。现在，他盼望突然来一个炮弹，落在他的身边，将自己，将那个兵，将一切残忍的东西一道炸毁，但，这终于是皮鞋匠耿大的幻想。

"来，埋吧！"皮鞋匠耿大向那个兵恳求了。

"哈，哈，哈！"那个兵惬意地尖笑着，"喂，你的，埋的靡有。"他马上又收敛了笑容，肥润的脸鼓蓬起来，右手的铁锹向坑的左近的地上一插，说："你呀……这边再一个！"

皮鞋匠耿大很了解那个兵的意思，于是，他不踌躇，也不胆怯，从那个兵的手里把铁锹接过来，他运着力气开始向下挖，这锋利的军用锹很使他得心应手，他暗暗地赞美着："多么锋利的小锹啊！"同时，他又暗暗地猜测着："不是干那个用吗？……是壕……呃，我的天爷，我情愿这样，一直挖到天黑。"

这个坑，很快就挖成功了，深度和口径好像皮鞋匠耿大事先测量过似的，简直和前一个完全相仿。坑的周围，锹印整齐地排列下去，而且异常光滑。他如此熟练的手法，使那一个好像怀疑的兵，误会了皮鞋匠耿大是他的同行。

走过来一个，他是被骚乱隔在外边的排字工人。他两天没有回家，家的现状完全不知道。他非常焦虑。今天听说街上可以通行，于是，他决定去冒险。他为了避免被检查出是一个排字的知识分子，在朋友那里借来一件蓝布长袍，套在涂满铅锈和油墨的小褂上。然而，他并不完全安心，他好像一只善疑的、自忧的麋鹿一样，每一举足，都有冒险的预感。因此，贴在墙上的警告，他早就瞥见了，于是，他连忙低下头，目不斜视地溜过去，心脏猛然地跳动，使他的眼睛一阵一阵发黑。

那一个兵的眼睛，渐渐在粗黑的眉毛下扩大，仿佛饿狼一样的起了红线的狰狞的目光已经擒住排字工人的背影。突然他哗啦一下扳开了枪机，同时大吼一声，这声音如同独霸深山目空一切猛虎的咆哮："站下！"

皮鞋匠耿大不了解那个兵的用意，是的，既"不准逗留"，又强迫"站下"，神仙也难想得通的。但，当那个兵用刺刀逼住排字工人，大头冲下插进第一个坑里的时候，皮鞋匠耿大便什么都明白了。铁锹在他手里打起抖来。

"我的家在那边哪！"排字工人绝望地争辩着。

可是，他窒息的呼声，一点也没有引起那个兵的注意。他用脚侧扫着堆在坑边的新土，扫到坑里去，指挥着皮鞋匠耿大："埋，埋吧！"

轻巧的军用锹，现在在皮鞋匠耿大的手里变成非常笨重。他向坑里推一锹土，全身一阵冷，然而又冒一阵汗。起初排字工人从嘴里挣扎出来的呼声，以及以后只有两条腿迟缓地弹动，他全没有关心似的。

他机械地动转着两臂。发一阵冷，冒一阵汗。这样，那第一个坑填平了。排字工人的两条腿，分成八字形，直挺挺地朝着天，再也不动弹了。他的蓝布长袍的襟角，反拖到坑口的周围。于是，从地上和腰袋间，有很窄的一条皮肤露出来，那一条皮肤，由惨白渐渐变成褐紫色。

那个兵一边用他挂钉的皮鞋，顿踩着填在坑里的新土，一边命令着皮鞋匠耿大："你呀……那边再一个！"

皮鞋匠耿大就在那边挖完了第三个。

"你呀……那边再一个！"

皮鞋匠耿大抱怨地想："两天没有正经吃一顿饭了……挖完一个，又一个一直挖到大街上去吗？……天哪，让那鬼放开我！"

这样，他迟缓而且拙劣地挖完了第四个。

同时，他默默地祷告着："中国人一个也别来啦，这里是一条死路！"

可是，尽管他祷告着，一千遍，一万遍祷告着，一条路，总是要有人走的。现在就有人走过来了，一对年轻的夫妇，女人抱着一个不满周岁的男孩子。

皮鞋匠耿大像刚才做了一场噩梦。往常，他幻想过地狱里的阎王和小鬼，然而，他认为阎王和小鬼不会像那个兵那样凶残。他怀疑着："这是人和人的待遇吗？"谁能那样凶残？活生生的一对呼救连天的夫妇，活生生地倒埋在两个坑里，谁能那样凶残？埋了之后，又用刺刀划开那女人的下体，谁能那样凶残？一脚把个不满周岁的孩子踢个脑浆迸裂，谁能那样凶残……

"同胞啊！……你，你救一救这孩子吧！"

在皮鞋匠耿大的耳朵里，留着那男人临死前的呼声。他看一眼静默默地蜷曲在墙脚的孩尸，他的全身突然痉挛成一团，他的白眼珠全部凸出，可是已经没有活人样的眼神了。

不知不觉地，铁锹从他手里滑落到地上。

　　他的噩梦被惊醒了，慌乱地把铁锹拾起来。

　　他已经不像起初那样怕死了，他觉得落在魔鬼手里的人，死，原来是一件极平常的事情。现在，自己虽然没有死，命，却牢实地缚在魔鬼的手心里。在那里找出一线生机，那简直是分外的侥幸！他不大惋惜自己的死，他看见三个大人和一个小孩的死比惋惜自己的死还大。尤其是那个不满周岁的男孩子。

　　"同胞啊！……你，你救一救这孩子吧！"

　　这呼声，永久留在皮鞋匠耿大的耳朵里，并像一把锥子锥着他的心，他的心！疼痛着……他的眼窝里涌浮着绞着心血的泪水。

　　他在那夫妇之间挖了一个小坑，走到墙脚，两手托起头脑模糊的孩尸，轻轻放进小坑里去，两颗眼泪滴落在孩子的胸脯上，他默语着："可怜的孩子……到地狱里找你爹妈去吧。"

　　皮鞋匠耿大很自慰地拾起锹来，忽然他的眼睛发一阵黑，几乎要晕倒下去。然而，他耳边的呼声停止了。仿佛那一对年轻的夫妇，在他面前铭感地苦笑。他的手不忍葬埋那可怜的孩子，锹很涩滞地向小坑里推着土。

　　"你的，什么的干活计？哈！"

　　那个兵没有再说什么，他把那可怜的孩尸，捉起两条腿从坑里提起来，然后，和埋大人一样，倒竖着，用脚侧扫进坑外的新土，孩子的小腿倒竖在爹妈的大腿当间，距离十分适中。

　　那情景，引起那个兵大大的发笑。

　　"哈，哈，哈……你的那边的，再一个呀。"

　　于是，皮鞋匠耿大更迟缓，而且更拙劣地挖完了第六个坑。

　　日色曚昽下来，黯淡和死寂笼罩了这座古城。零星的枪声，大批的犬吠，开始复活了。

　　"那边的，再一个！"

　　皮鞋匠耿大的铁锹，落在另一块地面时，仿佛碰到岩石上。右脚用力踩着锹的上端，因为全身失了重心，几乎向右倾跌过去。

"挖啊！挖啊！……

他继续跟那块岩石拼命，每一锹，每一寸，都耗尽他最后一点力气，他的胸口，好像有一个熊熊的火把烘烤。除此而外，他失去其他的感觉。第七个坑，一寸，一寸地加深起来。

夜，渐渐地昏暗下去……

"太君！太君！……饶命啊！"

"八个牙路！跪下！"

"太君哪！我是好人；我是看我外甥去呀！"

皮鞋匠耿大，被这最后一声唤醒了。那喑哑的喉音，分明是他的舅舅。于是他停下工作，伸直了腰，用他失神的眼睛通过浓厚的黄昏。

"舅舅，舅舅呀！"皮鞋匠耿大失声地叫起来。

"呃！你为什么也在这儿？……外甥，你快逃吧！"

"舅舅，你，你快逃吧！"

一股血如同一支冷箭，从舅舅的胸腔喷射出来，随着一声痛吼就向后颓倒了。

"埋，埋吧！"

刺刀从皮鞋匠耿大的眼前晃了一下。那个兵的两排雪白的牙齿，发着令人不寒而栗的光条。

在这种狞恶的逼迫之下，皮鞋匠耿大忍气吞声地活埋了自己的舅舅。

他把坑旁的土，轻松地推到坑里边去，他是怀着一种万一的希望的。

很快地又走过来一个。第六个坑无疑地属于他的了。这一个人的驯服，令皮鞋匠耿大害怕，他既不呼救，也不哀求，而且更不哭或号。他没有看得真切这个怪人的面容，但，当他握住那个人的脚脖向坑里推移时。他迷惑地自语着："天哪！这是人的脚脖吗？……完全是两根麻秸啊！"

"痛快一点啊！"那个人好像开玩笑似的嚷着，"你们埋吧，鬼东西！……这倒是我欢迎的——痛快一点死，若不然，我的命，迟早也要丧在你们的吗啡毒上哩！"

第六个坑，比埋一条死狗还省劲。皮鞋匠耿大感激那个人——那一个吗啡鬼。

等了好久，"再一个"的命令没有再来。他想，该到他解放的时候了。同时，他期待着，再来一个像吗啡鬼那类的人，结束了第七个坑。

可是，等了好久，也不见个人影。他更切盼地期待着……

"喂！你的……"

刺刀从他面前晃过去，于是，他不敢怠慢地抖擞一下精神，准备去挖第八个坑了。

"猪！你的这边来，坑里边去！"

这话，好像一个不及掩耳的霹雳。皮鞋匠耿大发了一会儿怔，他就运足他全身所有的力量，抡起那锋利轻快的军用锹，突然向那个兵的头部劈下去。

枪，人，同时跌落在地上。

于是，第七个坑被那个兵占有了。

他从第五个坑里，拉着腿，扯出他舅舅的上半身，平放在坑边。他摸索着脸，他摸索着胸口，最后他又抱起肩膀来上下摇了摇："舅舅！……舅舅……"

…………

"完了，全都完了。"皮鞋匠耿大癫狂地自语着。之后他回到第七个坑的旁边，切着牙齿用刺刀向那个兵的腹部乱戳了十几下。于是扛起枪来走了。

然而，他没有决定到什么地方去。

黑暗，死寂，完全笼罩了这座古城。枪声，犬吠，逐渐加厚起来了。

到别墅去

　　上午十一点钟起，在哈尔滨特别市公署财务处处长唐恩涛公馆的大客厅里，有华贵的宾客逐渐拥挤进来了：著名的房产家姚宏达，林业公司魏总办，实信储蓄会李会长，连滨钱号吴老板，商务会长王宾清，天隆洋行邢财东，还有十几个不显名，然而趾高气扬的宾客，已经分据或同坐在安乐椅和沙发上。雪茄、三炮台、司令，各种烟草的烟气，被电风扇绞成无数股从颜色娇绿的铁纱门和铁纱窗宣泄出去。窗外七月的晴空，变成了烟雾的世界。一个价值三百美金的瑞士立钟，那支孤傲的长针从Ⅸ一秒一分地忸怩到Ⅴ和Ⅵ的中间了。在每个烟灰器里的白而细屑的纸烟灰，像座富士山峰，而后来的完全滚落到桌面上，有的就摔成了碎粉。

　　一会儿那只孤傲的长钟不偏不倚地压在Ⅵ的身上时，熙熙攘攘的大客厅里忽然被一个郭公鸟的悲啼，弄得立刻沉寂下来。而且，同时那些华贵的宾客不约而同地看了下那个华贵的立钟。连滨钱号吴老板第一个发言道："十一点半了。"

　　于是，实信储蓄会李会长和另外一个不显名的宾客附和着。

　　"十一点半了。"

　　这之后，在所有宾客之间，好像发生了一个小小的变动，在又是一个不约而同的疲倦的唏嘘之下，特别是林业公司魏总办翘起他不惬意的八字胡，著名的房产家姚宏达一连串打着他那代表生气的响鼻，天隆洋行邢财东嚼着他那宽厚肥阔的嘴唇，连滨钱号吴老板用他胖得如同熊掌一样的右手，拍着浓眉深锁的大额头，使这小小的变动更加活生生地强调起来。

实信储蓄会李会长和商务会长王宾清在一旁轻声地嘟哝着："客先主人至，从古至今，未之有也。"

"不对，不对，"商务会长王宾清反驳道，"本来今天咱们是主，处长是客，所以，这个……还不算作失礼。"

"虽然如此，须知这是他的公馆，况且，吾们皆是为他不远千里而来的……未免，哼，与理不合吧。"

"得得，老兄，你未免过甚其词，而且未免……"商务会长王宾清咽了口唾沫，"呵，未免吹毛求屁（疵）啦。"

"呵，呵，呵，呵，呵，呵！"实信储蓄会李会长哄堂大笑起来，于是，许多宾客的眼睛，就一起莫名其妙地集中到他的身上，但几秒钟的工夫，又恢复了原有的秩序。唯独商务会长王宾清突然颤颤着身子，雪白的布底鞋子乱打着地毯，他的眼睛好像一条疑虑而胆怯的蛇，在实信储蓄会李会长的脸上乱窜，以后，很不自然地笑着说道："得，得，老兄，你这种怪笑近乎发疯咧……"向烟灰器上擦灭了那支炮台烟尾，"你这人就好挑肥拣瘦，这是毛病，处世顶大的毛病——我可是个老粗，这个事情我可吃个透哪，老兄，信不信凭你。"

每当谈话中，商务会长王宾清感觉或是疑惑自己的言谈欠雅的时候，他总是先用"我可是个老粗"这句话，来做对方以"你是卖豆腐出身"讽刺他的盾牌。

"老兄，老兄，"实信储蓄会李会长满脸赔笑拱着手说道，"至理名言，老弟真是五体投地……然而，老兄，你未免过于认真了……老弟请你把声音放轻些。"

商务会长王宾清似乎不大满意。右手从司令烟筒里抽出一支烟卷儿，向左大拇指的指甲上顿了三下，然后，送到嘴角上。这时候，实信储蓄会李会长已经擦着了一根火柴，嬉笑里还带点严肃的样子递到商务会长王宾清的面前："请。"

"客气啦，老兄。"

"不要客气，老兄，随后我要请问您一下，关于近来的商情。"

就在这样情势之下，商务会长王宾清的烟卷儿燃着了。

这时，一个人掀开帘子走进来："诸位老爷，刚才大太太接处长电话……唔，不，是处长从四海金店来电话，现在同太太、小姐在那儿看首饰，处长说，请诸位老爷们略候一会儿，马上就回来。"

时间实在并不久，刚刚到十二点钟，唐处长的汽车喇叭在大门处就叫了。接着唐处长、姨太太、小姐和丫鬟玉兰走进了大客厅。于是，客厅里的烟草气立刻被一种非常浓烈的香气压倒了。

"失陪，诸位。"唐处长的眼睛向四处扫了一下，"想不到都是这样早哇！"

那就仿佛一枚针，突然刺到宾客们的屁股上，于是，一齐慌乱地跳起来，而且一齐殷勤地鞠着躬。

"啊，应该的，应该的，"实信储蓄会李会长首先代表全体说，"今天处长是客，应该的。"

"李会长早就说过啦！"商务会长王宾清看了实信储蓄会李会长一眼，李会长满面绯红，表示哀恳地给王宾清递了个眼色。随后，商务会长微微一笑，继续说道："等处长回来，要跟处长痛……饮一场。"

"好，好，"唐处长慷慨地承诺着，"这几天，我简直成个酒人啦。好，好！一不做，二不休，趁着这好友难逢的盛会，哥几个痛痛快快地喝一场。"他一面说着，一面下人就褪去他的青纱马褂。而后，他又看看天花板中央呼呼直转的电风扇，说了一句："不过，这几天的天气，可真热得奇突！"

"可真是，"实信储蓄会李会长赶忙接上说，"这确是一个最大的难关哪！嗯，谁有处长福气呢？眼看就过去了这一关。"

"这算作什么福气不福气？"

唐处长还想要解释一下，这不过是人生及时行乐而已。然而，他突然瞥见站在他身旁的姨太太的眼睛已经扩大而且放光了。因此，那一点人生的大道理的腹稿，竟被两只扩大而放光的眼睛推翻。这时，唐处长就要向好友们道个"暂时失陪"的歉意，同姨太太回到内堂去。不料姨太太却等不得了，她当着那么多的客人，就跟老爷泼辣地吵闹起来："话总是不断！……不办正经事！……你觉得就这么一混，就算把事混过去了吗？呸！我当明白人说！"姨太太虽然一半是由于愤恨，其余的一半还是由于妇人们的肤浅性和虚荣心，唐处长虽然也不免具有后一半的毛病，可是，他还不失为识大体的人，知道些利害关系。因此，唐处长不容姨太太说出下文，就扯住她的雪白的臂膀，强制同她一块儿回到内室去。

"你松开！"姨太太愤愤然把身子用劲儿向外一扭，臂膀就从老爷的把握里挣脱出来，"您诸位听听，拿五百块钱买来一只假钻石戒指！"随后，她就从手皮包里取出一只天鹅绒的小方匣，好像富人丢给叫花子一枚铜子儿一样，丢在一条长几上，"请您诸位看，这就是处长的眼力呀！"

所有高贵的宾客都忘了自己的身份，也来不及充分思索怎样表情，就像一窝苍蝇寻着一摊鼻涕似的，拥到长几的前面。这之间，天隆洋行邢财东要趁着这个千载难逢的机会，在姨太太面前，在唐处长的面前，以及在所有的高贵的宾客面前，显示一下他对于识货的天才，不，其实，他是要趁着"识货"的机会，招徕在座的豪华的宾客，所以他采取捷足先登的身法，第一个先把这天鹅绒的小方匣夺到手里，开口赞赏道："多么高贵的匣子啊！"

"哟，那有什么用，请问，能值五百块钱吗？"

"那自然，"天隆洋行邢财东一面顺从地答着姨太太，一面就小心翼翼地打开了匣盖。

高贵的宾客们的眼睛，对着那白色的小东西，放着五百块钱的光芒，这样，当然，就使一个高价的钻石，相形之下，大减其光辉了。接着，天隆洋行邢财东大惊失色道："伟大的欺骗哪！……这种败类的商人……"

下面的话还没有说出来，姨太太的食指就出其不备地锥到唐处长的前额：“你丢了钱，又丢了人！你赶快去给我换！”

“这太用不着大惊小怪啦！你听消息：他若不加倍给我换一个价值一千块钱的真货，你就去看四海金店门上的封条！”

唐处长说完就咯咯地惨笑起来，这种罕见的笑声，足使高贵的宾客们——天隆洋行邢财东比其他的人尤甚——惊心动魄呀！

姨太太自然是极端满意老爷的答复了。而唐小姐呢，她能够赞成父亲对于四海金店的有力的进攻，却是不形于色地反对着对于姨太太的有失处长尊严的降服。只有丫鬟玉兰总是笑着她那无目的的，无所谓的笑，加上一个莫名其妙的倾听。

而且，那高贵的瑞士立钟，也像不能自甘寂寞似的，当的响了一下，随后，那只乌亮的脑袋，鬼祟地向外一伸，咕咕一声，就立刻缩回去。

时间恰恰过去半点了。

这时，一个人掀开帘子走进来，不是一个下人，而是财务处的庶务主任，“处长，一切全预备齐全了。”

“嗯，”唐处长转过身来，他对于庶务主任的报告是表示好感的，这简直是一道赦令，能把一个处长的罪过从姨太太的监牢里赦出来，因而，他窃喜得无话可说，可是他又不能不装作款待周到的样子，去明知故问，“那么，威士忌，还有香槟都买来了？”

“是，都买来了，而且很多，处长，现在就可以请入席了。”

“好！”唐处长一挥手，庶务主任向后倒退两步，就像只螃蟹似的侧着身子，挑起帘子走出去。

接着唐处长反宾为主地让道：“请吧，诸位。”

“岂有此理……”商务会长王宾清抢着回答，然而，下面他要继续说的话，却吃了自己口齿不伶俐的亏，眼睁睁地让实信储蓄会李会长夺去：“处长，您先请，今天您是客呀！”

可是，还有一个更不能疏忽的礼节，竟让连滨钱号吴老板捡了去，他用他地道的昌黎口音，笑嘻嘻地说道："太太跟处长一块儿先请吧。"

唐处长莫可奈何地默许着。太太也并不推辞，她仅仅单向连滨钱号吴老板妩媚地回答道："那么，诸位跟处长先去，我换件衣服，随后就到。"

于是，这一团愉快的、傲然的、嘈杂而虚妄的空气，从大客厅里侵袭到餐室里来了。

不用说，唐处长坐在首席上，首席右边空着一席位，那是给姨太太预备的。

当大家都已入席就位的时候，连滨钱号吴老板又发现了一桩别人的脑子里所未想到的事情，然而，他却不立刻发表，他专等姨太太入席之后再说。在这短短的敬候时间里，他曾鄙视过那些头脑简单的先生，他居然环顾而自傲。

姨太太穿着一件薄如蝉翼的青纱旗袍，姗姗走进餐室来。她的鬈发比方才修整了，唇和两颊比方才也红得多，精神是十足的。她坐下姿势还没有摆好，连滨钱号吴老板又笑嘻嘻地说道："因为什么不请大太太、少爷和小姐都来？"

席间，只有眼睛跟眼睛说话，此外，仍是连滨钱号吴老板的独白："为什么不一块儿请啊？……处长。"

"不，谢谢您，她已病倒许久了。"

"处长，哈哈！"连滨钱号吴老板抓住了唐处长的毛病，因而干脆地笑了两声，接着就毫不留情地揭破这个秘密，"好哇，您骗我，病倒了？方才是大太太接的您的电话，哈哈，处长还会骗人哪！"

"不，我敢跟您打赌，您不信，问太太。"

"嗯，"姨太太哼着鼻孔，"这倒不假呀，请您不要多挂心啦，她哪儿也不爱去。"

连滨钱号吴老板虽然从姨太太的态度上，适得与先前相反的待遇，而这一点点，并不足使他灰心，他只是用他胖得如同熊掌一样的右手，拍了一下浓眉深锁的大额头，于是，就又开腔了："那么，我们也该给少爷小姐钱行的。"

"这……"唐处长在言语吞吐之间，故意给姨太太一个犹豫，终于，姨太太对一个下人说道："去，请去，我相信少爷是不肯来的。"

然而，很出她的意料之外，小姐来了，少爷也来了，他手里握着一束《哈尔滨公报》，好像才生过气的样子。小姐呢？她的眼圈儿通红，周围浮出一层模糊的湿润，她浸湿了适才敷过的檀香粉。

唐处长右首坐着的著名的房产家姚宏达，和姨太太左首坐着的林业公司总经理先后站起身来，分别向少爷和小姐让座，彼此经过一番热烈的谦让之后，还是唐处长吩咐下人在他与姨太太的身旁加了两张椅子，少爷靠着处长坐下，小姐靠着姨太太坐下。这样一个局面，有许多高贵的宾客，端正地，严肃地，坐在一条长方形的餐桌左右，恰好对垒起来；但彼此还没有什么敌意。

时间，又走过去半点了。

在席一开始的时候，每一个人都十分努力，盘里的，瓶里的，都是随到随光，大有供应不足之势。起初，大家争先恐后地跟处长、跟姨太太豪爽地碰着杯，至于那些不显名而稍见拘谨的宾客，未免就感觉冷清一点，其中已经有了几位凭着"酒后无德"，大起嫉妒之火了；但，彼此间的敌意，万幸没有形之于色呢。

盛羹美酒间，无论是主，是宾，很少有议论，唯有几种如其说是热烈的，不如说是激昂的口号："吃啊！""唱啊！""碰啊！""干啊！"

它确实是给这个几乎陷于单调的动手、张口的场面，除了许多精彩的穿插，实在是由于它挑起主与宾在餐桌演出紧张、生动、激烈的表情。

"来啤酒吧！"

一向保持沉默的林业公司魏总办，如今一开口便是一种要求。当时，因为他的丹田里浸入了多量的美酒，喉音已经失去原来的响亮，所以连他自己也不能相信字眼儿是否准确，于是，他就用手背胡乱地揩去挂在八字胡上的浓羹，再捻理它一下，好让重复的话通行无阻：
"来啤酒吧！"

"老爷，啤酒有，您要什么牌子的?"下人擦着汗问。

"一面坡①一面坡。"

下人答应了一声："是。"刚要走出餐室的月亮门，又被实信储蓄会李会长喊回来："您? ……唔，你，"他的口齿完全不中用地说，"你再拿几瓶太阳牌的来吧。"

"还是不要太阳牌的好吧……为什么不尽用国货呢?"

另外一个很瘦小的不显名的宾客，仿佛是仗着点酒胆，把他嫉妒之火借题喷吐出来，在他认为这一个打击，简直是当头给了实信储蓄会李会长一棒，然而，这却出他的意料之外，姨太太竟在一边大开论调了："你去吧，两样都要。"她一边吩咐着拿不定主意的下人，转过来又当大家说："什么国货不国货呢? 你们分得太清了，我的意思倒是谁喜欢什么就用什么，用不着在这一点小事情上死认真，不是吗?我看见许许多多日本人，也是这样的，人家可是强国啊！他们也是喜欢喝咱们一面坡的。"

"那自然是啦，"唐处长没有一次不赞成太太的意见的，"人性不一，所以，人的口味也各有不同，总而言之，谁喜欢什么，就用什么吧，好在，我家里是样样具备的。"

啤酒来了，有一面坡的，也有太阳牌的。

于是，两种酒的飞沫，代替了适才的雄辩。不过，那位瘦小的不显名的宾客，两只已失去固有清澄的眼睛，总是无精打采地徘徊于杯盘之间。他在这里感到非常沉闷，无聊，此外，还有一种不绝源的羞惭，好像熨斗熨着他的周身。

他的不安，少爷是看得出来的，并且对于他还有八九分的同情。

因此，少爷把筷子突然然而并不怎样响地撂下，随后，打开了放

---

① 一面坡：吉林省的地名。该地方有中国人开的啤酒厂，出酒叫"一面坡"。

在怀里的报纸卷儿，遮住自己的脸，他是无意地默读着新闻，实际却是借着新闻纸做屏障，要跟那些庸俗、无耻、没有生命的东西隔开，隔开之后呢，他就"不烦"了。

他毕竟是一个有学问的大学生，现在让他落到这吃、喝、碰、干，庸俗陈腐的群里，毕竟引起他发烦的。单独离席走出去吗？他实在怕他饶舌的妹妹趁着余怒未息，当场揭破了他的秘密，不然呢，这环境，一刻也忍受不住了。他看看手表，才一点钟。他想：这不讨好的长剧，只不过刚演完了序幕。更惹人烦恼的节目还没有演出。时间将是这样地浪费过去，又可惜，又气人，于是，他把全盘愤恨移到他妹妹的身上。但，在席间他不能有所表示，仅仅掉转一下遮在面前的看而未看的新闻纸，同时，因为举动暴躁一点，新闻纸也就哗哗地乱响起来。

这样，他刚掉转过来的第一版上的头段用特号字标题的新闻被林业公司魏总办看着：

企图窜扰富拉尔基股匪在朱家岗被友军全部歼灭生擒伪
队长夏振威已解省

（国通十一日富拉尔基电）滋扰富拉尔基西北朱家岗、碾子山一带已越五阅月之著名悍匪夏振威部十日夜于朱家岗东南十五华里处被剿匪友军古贺支队出奇兵包围，双方激战约三小时之久，匪渐不支，即拟突围窜逃，后激战之烈，近肉搏，以友军骁勇足将匪众全部歼灭，是役计毙匪七十三名，擒八名，内有匪伪队长夏振威已单独解省，并获步枪八十五支，机关枪一挺，子弹无算，友军英勇战死二名，特务曹长及古贺大尉均受微伤。

他一气看完了这段新闻，精神就立刻抖擞起来。这一段新闻，等于代替他吃一次"白面"，它的力量，唯一能使沉默的林业公司魏总办变得有朝气。现在，他指着那段新闻，向唐处长兴奋地说道："您看见没有？"

"早已阅过。"唐处长言语形态之间露着傲然自得的样子。

"处长，这真是您的福气哪……"

"怎见得是我一个人的福气呢？还有很多和我一样的人。"

"您说的是避暑的人吗？哦，自然，很多很多了，这算是大家的福气。"

"那件事，我向来没有把它挂在心上，你想，乌合之众，哪里经得起友军轻轻一击！唉，玩弄生命的亡命徒，归终是死于非命，要不是天理昭彰，也该是命中注定吧！你想我这话——"

"您的话一点也不错，"林业公司魏总办仍旧用直硬的舌头抢着说，他正要继续发一点牢骚，但是，话头又让唐处长打过去。

"你们当然都赞成我这话喽，因为，也许你们已经是屡见不鲜。"

"可不是，哪一天报纸上不用大字登几条这类消息。"著名的房产家姚宏达在一旁接过来说。大概是为了抢话太急的缘故吧，不当心，被一根鱼刺鲠了嗓子，他突然一呛，把还没有咽卜的，却已经嚼碎的鱼肉呛了出来，恰好喷在对面坐着的林业公司魏总办的脸上。当时，他只觉得有块东西从嘴里飞出去，并不知道那块东西现在正粘在对方的脸上，所以他也不觉得有什么异样，他还是在暗自埋怨自己呢：家里有那么多份报纸，连这样一个重要消息都没有看见。可不是，今天，就在这一点疏忽上，疏漏了献言的良机，方才的一句话不过仅能弥补这遗憾的百分之一。因此，他赶紧用其他的话，再来弥补一下，他忍住了嗓子里的刺痛，喊道："处长，您的洪福齐天啦！"

唐处长一边对着太太微笑着，一边满满地斟了一大杯太阳牌啤酒，然后，用一种好像金刚石划在玻璃上那么爽利的声音说："干哪，诸位。"

仿佛是突然传下一个总动员的号令，大家立刻就手忙脚乱地丢下调羹，丢下筷子，一起端起酒杯来，杯子里的酒有满的，有半杯的，只是林业公司魏总办又翘起不惬意的八字胡，端着空酒杯送到嘴边去。嚼碎的鱼肉仍旧粘在他的右眼角上，他是故意留着这个证据，好跟房产家姚宏达算账。他已经有八九分醉了。

"喂，喂，阁下，"他恶视着对方，指点着右眼角说，"您，……阁下，这是什么……弄到我的脸上？……您，阁下，……喝醉了哦！"

"您，"房产家姚宏达伸长了脖子看一看才说，"那是块什么？"

"嘿！"他冷笑一声，心想，是什么？尽顾拍马啦，爱抢话……"我也不知道哇，……反正……这是从您……阁下嘴里喷出来的！"

大家为这有趣的纠纷称意地哄笑起来。连老努着嘴唇的小姐也尖笑了一声。

"你笑什么？"她哥哥瞟了她一眼说。

"你不用管我！你不用管我！"

"你这样横，真是，你认为我怕你吗？"

"谁怕谁呀？你敢欺侮我！"

父亲瞪了一眼，没有压服住。少爷说："哼，真的，我天胆敢欺侮你，您是大国①的夫人！

"放屁！大国，小国，用不着管，这是父亲的主张。"

"也是你自己愿意呀！"

"我愿意，我愿意嫁日本人！他有钱！"

"是的呀。一个捐务科长。"

父亲把酒杯很重地往餐桌上一蹾，依然不生效验。小姐说："呸！你有什么权力来说我，我这可不是偷偷摸摸的。"

像一团烈火烘着姨太太的身子。父亲就怒气冲冲地骂道："你们好像冤家对头，见面就吵……你是当哥哥的，哪有当哥哥的样子？行啦，你留在家吧，一块儿去也免不了替你们多操心！"

"父亲，您那可是偏向我哥哥呀，若这样，咱们可不能把玉兰

---

① 大国：指强国，这里指日本。

带去!"

少爷连眼睛都气红了。他蓦然地站起来,报纸卷儿打翻了碟子,他毫不顾及地喊道:"你说!你说我还有什么短处,你今天都说!"

这次,好像一盆冷水泼在姨太太的头上,一阵冷,一阵热,比闹疟疾还不舒服,然而,这是小事,要紧的是,用什么样的方法,不让小姐说出少爷的短处。其实呢,不成事实的短处,小姐连个影儿全不知道,不过,姨太太自己心虚罢了。

"这是怎么的?"姨太太很生气的样子,"你们这两个孩子,真太不顾大体啦!事情不在大小,要的是个顺当,你看,吵啊,吵啊,真让人不高兴。嘉刚你出去就完了。"

少爷并不犹豫就溜出去了。因为这个机会在他是很难得的,至于姨太太对他是气、是恨,他都无暇顾及了。

恰好,这时会计主任进来。

唐处长不大高兴说:"办事一点也不爽快!"

"我都急死了,处长,您看,偏偏赶上静街。"

"又是什么事?"

"您忘记了?今天不是渡边司令从东线凯旋回来吗?"

"那,你不是坐署里的汽车来的吗?"

"是呀。"

"为什么不准通行?"

"车子上没有插'那个'旗。"

"呃,那旗呢?"

"恰巧让总务处借去啦。"

"他妈的,一面小旗子都是这么吃香!"

"可不,借去两天,还没给送回来。"

"岂有此理,几乎耽误大事!"

"可不,"会计主任看看手表,"现在都三点半过去了。"

"怎样,都办好了吗?"

"是，电汇去二千，带去一千现票。"

"大致都已交代好？"

"已交代好，不过……柳田捐务科长连保险柜的钥匙都要去了。"

"这……这……倒没有什么关系，只有你把账簿管好就行……那么，你回署去吧，车，留给我。"

"呀，车已经回去啦，柳田科长下班要用。"他从黑色公事皮夹里取出两包扁扁的东西，呈给唐处长之后说，"我要送送处长。"

唐处长倒没有反对的意思。于是，这位贪馋的会计主任，就坐在席外的一张沙发上，有声有色地讲述一段适才目睹的新闻。故事一开始，就非常引动人们大大地惊叹了一声："啊呀！……我第一次看见这样凶的事……"

"别讲啦，刘主任，"姨太太蹙着眉头说，"张口凶，闭口也是凶，多难听！"

"不，太太，这件事，可以说是太惨啦！"

"我不爱听这个。我知道，什么叫惨，除了死，就是流血。"

会计主任明知道再把故事故意冗长，无异自讨没趣，所以他就简简便便地急转直下去："太太，您完全没有猜对，"故事的神秘性，值得他眉飞色舞的，他吞口涎水继续说，"这件事只能说是惨吧！您想，一个行路的年轻的孕妇，被皮靴踢了肚子，而且，当场流产！"

"哦，你不要讲，不要讲喽！"姨太太两手遮着眼睛喊。

"谁踢的？"唐处长问。

"您想，在静街的当儿，还有谁呢？那就是防护警戒线的友军的巡哨兵。"

"这是极平常的事情。"实用储蓄会李会长淡然地说，"这次我不知道，春天二月渡边联队从东线凯旋，每经过一站，就在车站的路签架①上挂上十个人头。

_____

① 路签架：在站台上立两根很高的横木，专为司机交取路签之用。

"妈呀！"姨太太尖叫一声，随即将头藏进老爷的怀里，"你们爱讲这个，给我出去讲！"

唐处长轻轻地将太太推起来。这时，最后的烤田鸭端上来了。姨太太看了那热油直流的鸭皮，不禁地呕了一口，老爷赶忙用牙签扎一片莱阳梨，送到太太的嘴里，说："你歇一歇去，眼看四点，五点还要起身。"

姨太太一站起来，又干呕了一口，不过，这声音很类似饱嗝。小姐伴着姨太太走出餐室的时候，这些华贵的宾客也随即蠢动起来。他们除开感觉头晕，同时，也感觉身子发重，尤其是林业公司魏总办简直失了原来的庄重。他不要手巾揩脸，他也不漱口，他也不拿牙签剔牙，他裹在宾客们的中间，晃晃荡荡地站着，又晃晃荡荡地被裹出了餐室，他嘴里乱七八糟嘟哝着："妈的……今天凯旋，妈的……明天凯旋，我他妈……太平山一带的林场，妈的，从前年，到今……年，还是胡子占着！……你们想想，那些人头是从哪儿捡来的？"

没有人回答。华贵的宾客们，只是迷乱地拥出餐室，没有餐前时的礼节，也没有餐前时那样精神了。

会计主任是在最后跟出去的。他最后一眼是，盯在最后的烤田鸭的身上。

大客厅里又恢复四点钟以前的盛况。

庶务主任手里拿着一张单子，和一个下人在校点着行李和什物。庶务主任念一种，下人一边答应，一边就把东西从大堆里拣出来，再放在另一堆里。

"饼干，果子露。"

"有。"

"刨冰器。"

"有。"

"麻将牌。"

"有。"

…………

宾客们就在这种现状下，等候着向主人说一声最后的祝福。

另一个下人送进一份晚报来。被著名的房产家姚宏达抢过去，他首先翻到第一版，在上栏有这样一段新闻：

> 古贺支队告捷返富
>
> 市民开欢迎大会
>
> 盛况乃空前未有
>
> （国通社本日富拉尔基电）此间歼灭著名悍匪夏振威部之古贺支队，晨九时，告捷返富，市民五千事前齐集车站，手持国旗伫候，待列车进站时，全体摇旗狂呼"满洲国"万岁，及剿匪友军古贺支队万岁，声震寰宇，其盛况乃空前所未有。

"这该是个很巧的一个机遇吧。"房产家姚宏达捏紧了报纸的边缘想。随后，他就喊着下人说："去请来你们的处长啊。"

唐处长来了。房产家姚宏达变成一个不仅像孩子那样天真，跳到唐处长的面前，"您瞧啊，您就是有这样的福气，……这该怎样说呢，福人必在福地。"

"托福哩，"他瞟了一眼标题说，"其实我哪里在乎他们；不过，而今这一斩草除根，我倒想在那儿多玩几天……"

听了这话的宾客们，又像一窝苍蝇寻着一摊鼻涕似的把唐处长围上了。

庶务主任在一旁说："处长，行李和一切东西，全已预备好了，现在可以预备车吗？"

"预备就预备吧，现在，"他回头看看瑞士立钟，离开车还有三十五分，"喂，告诉你，今天诸位非要到车站送行不可，你打电话给车行，马上来七部车子。喂……好，回来再说。”

庶务主任电话打去不久，七部汽车就开来了。七部而外，再加上唐处长，实信储蓄会李会长，房产家姚宏达，林业公司魏总办，商务会长王宾清，五部自用车，一共十二部汽车，在唐公馆的门前，排起很长一趟阵容。

隔十五分钟以后，宾与主以及其他人等，快快活活地向汽车左右集中。唐处长交给庶务主任一个纸包说：“这是太太刚才从四海金店买来的钻石戒指，你拿它去见董老板，你说我让他换一只真的。就这样，结果如何，电报报告我。”

“是。请处长上车吧。”

唐处长将要上车的时候，一个电报差骑着脚踏车送来一封电报，庶务主任接过来之后，又转递给处长。他打算上了车再看，但是，封套上印着“至急”两个字，于是，他就抽出它来，原来电码已经翻好了。电报是从昂昂溪拍来的，电文：

> 唐处长钧鉴，十一日夜夏振威匪部陷富拉尔基，职仓促逃车站，随最后一列车来昂，详情面禀，特电飞闻，恩涛别墅管理员奏叩。

“这是没有的事情！”唐处长摇着电报喊。已经上了车的太太、小姐和少爷看见老爷的颜色不对，就知道发生了很严重的事情，连忙从车厢里跳出来追问着。华贵的宾客们也围拢过来盯着唐处长手里的电报莫名其妙地发着呆。唐处长像在梦中一样，再将电报举到眼前仔细又看了一遍，他仍旧摇着电报，而且是失声地喊道：“这是没有的事情啊！”

特别勋章

　　昨天驻京警备队发生了一桩不幸的事件。其实说，原本是很平常的，一个区区连长的被害，并没有什么奇罕的价值，然而，却不，新闻纸都如丧考妣般地大发"讣闻"，故意用特号字标题，挑动着读者的好奇心。可惜，他们还没有印发"号外"。

　　说起来这也很难怪新闻界的小题大做，那不幸，恰恰发生在素称"父子兵"的驻京警备队里，那么，任何人听说，也该吐一吐舌头表示骇异吧。

　　正是冬天呢，雪盖住未完成的大建筑物，反显得这前途不可限量的京城，有凄凉和破落的模样。空中凝结着不受融化的阴霾，沉重得有坠下来的危险。夜灯的光柱，像似顶天立地的男儿汉在那里努力支撑着。

　　宣扬王道和"满洲国"歌，从扩音机的大喇叭口里喷出来。来往行路人的两只手紧紧地按住耳朵。天气还没有到最冷的时候呢。

　　这一夜里，不知道从什么地方飞来好几百只猫头鹰，然而，它们没有在京里停一停脚，就往东飞去了。于是第二天市民们的论调，就和报纸的舆论对抗起来，市民们的论调说是"不祥"，而新闻纸的舆论说是"瑞兆"。结果呢，是警务当局协助新闻纸那面捕去十几个市民，之后，"不祥"的论调也就悄悄地躲到被窝里去了。

　　可是到晚间，警备队第一中队第二连全连哗变的消息又轰动了全京城。同时，另一传说：军政部长官邸被叛兵袭击，和部长的夫人被架走，自然，这一传说后来证明是非常荒谬的，不过，前者的消息，已经应验了市民们所谓"不祥"的预言。而且警务当局的轻举妄动，徒使市民们幸灾乐祸的心情加深罢了。

第二连连长被害，接着第二连又全连哗变，事实已经至此为止了。尽管市民们私自去胡乱猜想，而新闻纸总是以非常凿确的"与匪勾结"等等字样来昭示大众之前。这样一架专管给敌人制造恶印象的机器，也就完成了它的责任。再隔一天，从新闻纸上所看到的，便尽是"齐家，治国，平天下……人民三千万无苦无忧……"的调调儿了。

谁都能勉强把心平静下去，唯独警备司令郭鹏里他不能，一连两次最严重的事件，如果不是他以往已立下了剿匪认真的功勋，他的司令位置恐怕就要动摇了。他一连两天没有好好睡一觉，现在他刚从军政部长的官邸回来。虽然是冬天，他的衬衣已经被汗水浸湿了，当他脱卸军装时，解纽扣的手尤在发颤。多么可怕啊，他想，究竟他自己也怪奇怪的，为什么险一些从马身上跌下来？

眼睛红肿着。鼻子似乎伤了风，一阵一阵地有稀淡的鼻涕从鼻管里流出来。这是因为方才曾在军政部长面前痛哭流涕过。他的精神十分懊丧，颓唐得已不像个起起武夫的样子了。

晚间照例有一杯牛奶咖啡，他没有喝，白白地摆在一旁。他坐在床沿上发呆，一直到那杯牛奶咖啡凉透了，他也没有变动一下姿势或眨一眨眼。

他偶然把视线转到茶几上，偏巧一张新闻纸刊载着的猫头鹰的照片被他看见。猫头鹰的圆眼睛在发白的电灯下，反着锐利的光，像似对他狞笑。"不祥，不祥啊！"

他如同市民们一样地喊叫起来。随后他霍然站起，愤怒地走到茶几前。他要向那只人称"不祥"的猫头鹰复仇，于是一张新闻纸便遭了无妄之灾——被撕成两块了。

正在这时卫士拉开了门。他瞥见司令气愤愤地，便把门推上。

"进来！"司令吆喊着。

卫士复又拉开门进来。司令接着追问一句："什么事？鬼头鬼脑的……"

"司令，这里有一封信。"

"谁的信？拿来。"

卫士从制服袋里抽出一个信封，双手递给了司令，就出去了。

信封上字体潦草，不工整，在从来警备司令所收到的信里，可算是第一封，这使他很生气，他想："……这是谁呢？如此不敬，我决不宽恕他啊！"

他看完那信，急忙又穿上军装，带着信、卫士，骑着马，跑到军政部长的官邸去谒见部长。他什么话也没说，首先把那信献给部长。

军政部长态度很镇静，一字一句念出那封信的内容：

这是诀别。这是良心驱使我们和人间的魔鬼作最后的诀别！从此以后我们不再做魔鬼的狼牙棒或勾魂牌了！你们没有料到吧，向来是一群徒具人形而无肝肺只会杀人的枪手，如今突然掉过枪头做了反叛！反叛，我们已立誓做一个永无懊悔的反叛了，我们已准备好了一腔热血，染红我们为同胞复仇，为中国复仇的征衣。因此，我们早已预测到，在我们这光荣的反正的身后，必有无耻的杀害迫来，来吧！我们欢迎那个：飞机，大炮和机关枪！以及那舶来的残忍的屠手！

但是，我们有两点要求：

一、哗变纯粹是二连的自动，你们一定不要再牵连到其他的朋友。

二、我们遗下老小，自然不求你们照料；但也不愿你们加以杀害。以上两点要求，并请你转知你们的军政部长，转知一切我们的敌人。要你们牢实记住和履行，否则，你们当心步二连连长的后尘。

第二连全体战士留书

军政部长念完那封信，就哈哈大笑起来。他说："你是特意来转知我吗？"

"是的，部长，您不能不加以防备。"

"不用，"军政部长把信摔到一边去，"你看我来摆弄摆弄这些东西！"

"这就够了，部长，犬子已经带着第一中队跟踪追剿。"

"不够，不够，那么情报怎样？"

"到现在为止，还没有得到接触的消息。"

"唉，蠢啊！"

"是，慢了一些，那是采取了兜剿的形势。"

"……好吧，我命令你，明天就开始检查本队，检举二连叛兵的家属。"

"部长，最好是缓几天，这样急迫，恐易激起更严重的事变。"

"不，你晓得，这是岛木参谋长的手谕！"

第二天，京城就宣布临时戒严令了。

检举警备队和检举二连叛兵家属，同时进行着。然而结果什么也没有检举出来。只是从许多叛兵的家里搜查出带泪痕的诀别书。这就是这次临时大检举中所得的成绩。

岛木参谋长并不满意这点点成绩。他对于这次检举的无能，非常愤怒。他当面训示军政部长道："警备司令这人不大可靠吧？"

"您想得完全不对呀！"军政部长谦恭地辩驳着，"这人忠诚得很，他是在贵国士官学校毕的业……"

"那我是明白的，要紧的是他的心怎么样。"

"心吗？嗬，一句话：忠诚！"

岛木参谋长加重地摇了摇头。他始终不信任警备司令是个忠诚的人。

但是，岛木参谋长的不信任，可说是无理由、无根据的怀疑。当昨天检举二连叛兵的家属时，警备司令确曾亲自动手一再仔细搜查女人们身上的月经带。这事实，若岛木参谋长在场亲眼看见，他将为之骇异，而且，他将当面赞赏警备司令是个做事认真的人。

还是让事实来证明吧，警备司令已经两天没有回公馆了。他留守在警备司令部里，像一匹尽职的老警犬，寝食不安地听取追剿部队的无线电情报。一面他又要把情报火速地转报给军政部长那里去，只可惜，这些情报大都是措辞雷同的，譬如，不是什么"跟踪追剿中"啦，就是什么"节节包围中"……他屈指计算追剿的日程，已经不折不扣两整天了，两整天，四十八小时的工夫，连"接触"的报告全没有，要等到什么时候才能"奸灭"呢？事到如今，他也不好袒护自己的儿子，不是一个"蠢材"了。

"唉，蠢啊！"

警备司令自语着。然而，儿子的精明强干的轮廓，在他眼前活动起来。他简直不解：这孩子为什么不在这紧要关头施展施展平常那精明强干的手腕？他为他的地位担着忧，并且为自己儿子的名誉焦急着。

他的幻想随着黄昏一块儿朦胧。他疲困极了，十分勉强打起精神，可是，没有力量扭开办公室的台灯。他臂肘撑在桌面上，两手托住下颏，凝视窗外有风圈的月亮。隔着双层玻璃窗，能听见北风像暴徒策着鞭子那般嘶叫。于是，他又可怜起自己的儿子，在这样寒风砭骨、冰天雪地里所受的痛苦。

他轻轻地叹了一口气。牙齿间横放着二连叛兵，拼命地嚼咬，咯吱咯吱的声音，使他自己的周身突起寒栗。

不久，他就打起瞌睡来。当不知从何处送来就寝号声时，它就仿佛一阕催眠歌似的，把警备司令催睡了。

他哭了。从来没有这样悲哀过，全身抽搐得好像一只被鞭打的蜥蝎。沙发的弹簧陪伴他低泣着。

"儿呀！……儿呀！……"

他抱紧儿子的冷僵了的尸身，绝望地喊叫两声，嗓子就哽住了。他抓搔着胸口，像死了妈妈的孩子在母亲的尸身上那样难舍难分地打着滚。从儿子头部上、胸部上，以及腿部上流出来的血，把他的黄呢军装染红了。他又喊道："你们重重地抚恤我的孩子吧！……唔，唔……我的孩子才真正是一个为国捐躯的烈士啊！"

"抚恤？没有！什么也没有！"

这句话竟把他吓醒了。手掌突然离开下颏，他的脑袋就向前倾跌过去，前额恰巧触到叫铃上，铃，叮叮地响了。

一个卫士赶紧推门跑进来："什么事，司令？"

"什么事也没有啊！"

"我听，铃响……"

"鬼知道！"

"是，是，那么是我听错了？"

卫士退出去之后，警备司令自己觉得好笑。他摸着湿淋淋的眼窝，回想起刚才一场噩梦，他蓦然懊恼起来。

"为什么会梦到这个呢？"

他一边思索，一边扭亮了台灯，接着恶狠狠地向地板上吐一口唾沫，这是表示驱除一切不祥的。

这一回叫铃在警备司令的食指下响了。

卫士又推门进来："什么事，司令？"

"有没有情报？"

"没有，还没有送来……"

"怎么回事呢？"

"是……好久了。"

警备司令挥着疲倦的手掌，命令卫士退出去。他背倚着沙发，两眼注视白光光的灯泡发直。强烈的灯光，好像猫头鹰的眼睛，恶意地瞪着他，他的神经，现在正被那讨厌的凶鸟所纠缠。他不敢回想刚才的噩梦，但噩梦正像无数只难于捕捉的猫头鹰，在他幽暗的灵魂里自由飞翔。这种说不出的烦恼，只是使他暗暗叫苦。于是，他又关上台灯，恶意的、不祥的眼睛，如同被他一拳击碎了。

阴晦的月亮侵进办公室里来，照在警备司令的脸上，像张毛边纸那样惨淡。他实在疲倦极了，有生以来也未曾度过近三四天这样的日子，这如何操劳心神啊，他在心里不断地咒骂着那些该死的叛兵，一直靠着沙发昏昏沉沉地睡过去。

一点钟后，他的面部突然浮起决斗时的皱纹，他随即大喊道："拿枪来！"

声音非常之响，震醒了自己。他蒙眬地仰望着模糊的天花板，巡视在他头上盘旋不去的猫头鹰，然而，什么也没有呢。

"真丧气！……"

于是，又恶狠狠地向天花板吐一口唾沫，两手揉搓着干燥而且有点发疼的眼睛，现在他的心，也有眼睛同样的毛病呢。他毫无意义地扭亮了台灯。

卫士又推门进来了，这次有一个密封的小信袋递到警备司令的手里。他慌忙地拆开它，狭长的洋纸条上写着这样几句话：

> 午后七时，追剿叛兵仅距五里之遥，旋入双河镇，突被某段匪众包围，三队三次突围皆无效，截发电时止，已恶战五小时，兹有弹尽之虑，请速派队来援，多携弹药，并于四小时前赶到双河镇，后情续报。

纸条在警备司令的手里颤抖起来。他心里痛斥这个拟报告的人为什么不附带说明第一中队长——他的儿子现在怎么样？那噩梦，那凶鸟，又占据了他的脑际。他恨不能立刻生了翅膀，飞到双河镇阵地去看个分明。

他马上派遣第二中队全队出发，并且额外带去一万八千粒子弹，分装两卡车。出发以前，他嘱令第二中队队长道："最要紧，一分也不能耽误，四小时以前必定赶到双河镇。假如能早，那就更好了。"

"拿出你们大无畏的精神来！你们不要忘了警备队过去剿匪的光荣，也不要忘了我们军人的天职，杀！杀！杀！把所有叛兵以及匪徒的首级给我带回来吧，我没有别的希望。"

"还有，就是随时随地拍发来情报……"

他把经过情形，在电话上措辞非常委婉地报告给军政部长。以后他就仿佛一架无线电报收报机，睁着眼睛等待着来报了。

后半夜就是第二天了。刚过三点钟的光景，第二中队的情报来了。警备司令喜出望外地赞赏第二中队长的用兵神速。

这情报的电文如下：

> 三时即赶抵距双河镇西北七十华里之长岭子，不料该处竟预伏匪众二三百名之多，半腰突击！截断纵队前后路，嗣以众寡不敌向西南且战且退，追距双阳切近时，匪众即行回窜，本队集合后，仅余士兵三十八名，辎重车概被截夺，其他部队损伤不明，正在双阳集合中，第二中队长谨报。

像一盆冷水泼在他的身上。突然，他伤感地抽泣起来，这哭不是因为追剿失败，也不是因为自己的队伍遭受重大的损失，而是为了儿子——他那处在险境中生死不明的儿子。

他想了又想，也没法子把遭难的儿子从险境里救出来。即使友邦的飞机，也不能飞去助战，这回他只有凭天由命了。

可是，警备司令并不完全绝望的，不是吗？在神笔张铁嘴给他批的"八字"上曾有"命有一子，数该送终"这么一句话。神笔张铁嘴，每句话他都信服的，他就是他的义务军师，可惜这位义务军师今年八月间死了，这一次的行军不利，回想起义务军师之死，使他十分惋惜。

现在他坚定地抱住"命有一子，数该送终"八个字与目前的凶境决战。同时，他也策划着第二步办法：是否增派援军和是否据情实报？

当他接到那简单的、最后的情报时，他梦一样地读着它。他本来不是上帝的信徒，但他竟在胸前一连画了三个十字。

他任什么也不怕了：职责上的惩罚、荣誉等等，让他们随便处理去，索性把官职撤掉，也没有多大难色。

他赶忙回公馆去，急于把这消息告诉儿子的母亲。母亲正是形色憔悴地头朝里缩蜷在床上啜泣着，两个丫鬟两眼熬得通红，一切安慰的话全讲尽了，坐在床沿上打着盹儿。

"好了，好了！"警备司令张牙舞爪地叫，"儿子安安全全地回来啦！"

太太冷丁翻过身子来，"真吗？他……在什么地方？"

"那可不，现在刚从双河镇往回开。"

"我的救苦救难的观世音啊！"

"看看，哎呀，你们女人家的心肠真短，我不早就说过了吗？绝无舛错呀！"

"得啦，这回我儿子回来，说什么我也不让他干这卖命的，又挨万人骂的差事啦！"

"你，哼，又想儿子出息，又要把他抱在怀里，那真才是你害了他！叫我说，你还是做你的一品夫人好啦，孩子的命，让孩子自己去撞……"

太太一打挺就坐起来，不服气地说道："那可得我说啦算，他和你，全做不了主！"

警备司令不再跟太太计较什么。他只是想趁着队伍开回之前休息一会儿，恢复恢复几天来的疲劳。紧接着还要预备给儿子庆祝更生呢。

他很快就睡着了。正在做着好梦，一个卫士呼着"司令，司令"——唤醒了他，他看看窗外还没有全亮。他愉快地问道："怎么，少爷回来了吗？"

"不是，一中队副队长要见司令。"

"呃？他怎么先回来啦？"

"谁知道，他的脑袋受了伤！"

"他提到少爷？"

"没有，他要见司令。"

"那么，快叫他进来。"

一中队副队长蒋伟天，警备司令本来认识的；但当他走进来，面貌却完全不像了。头上用一块从白衬衫上撕下来的布条横裹着，两颊臃肿，紫红色，左半脸有血和土粘凝着，没有戴军帽，从服装上可以分辨出他是中队长的阶级，然而警备司令仍怀疑地问道："你，你是副队长蒋伟天吗？"

"不错。"点着头，回答很简单，嘴腔不大好使，声调也不十分谦恭。

"你受了伤，可是队伍呢？你个人先回来的吗？"

"不错，"——和先前情形一样，"队伍，跟我是毫不相干的！"

"那么，怎么样？……你……"

"我，我是死里逃生啊！"

"好，过会儿再说，你先到军医处去吧。"

"不，不，我要同司令一块儿到军政部长那儿去算账！"

"呃！你快到军医处去，你的脑子受伤啦！"

"不！我没有。"他横眉竖目地说，"我这里有证据呀，你的儿子通匪济匪！你的儿子……"

"胡说！"

警备司令气极了。他真想把这疯汉一脚踢出去。一不料副队长真把证据从衣袋里掏出来，而且他接到手里看时，那纸上的字体，确是儿子的笔迹：

> 速于长岭子一带布置伏兵，今夜三四时，敌军第二中队携子弹两卡车来援，应乘其疲困不备痛击之，即可悉数缴械并获大批子弹。

"这是……从哪里来的？"警备司令制止着他的暴戾。

"我从头到尾报告你，司令，"副队长按一按头上的裹布，继续说下去，"昨天，晚间九点多钟，我出去巡哨时，捉住一个形迹可疑的弟兄，我一搜查，就从他的皮帽子的前遮里搜出那封信……当我借着电筒的光看那信的时候，那个弟兄突然开枪射击我，子弹从左额角擦过去，我登时昏倒了……但是，我还有知觉，我知道，以后有两个人抬着我，把我丢进附近的山沟里去，这两个人，一个是开枪打我的那个弟兄，另一个……另一个就是司令的少爷……我们的中队长……"

"这是真的？不说谎？"

"我绝不是活见了鬼呀！我是抱着那封信滚落到好几丈深的山沟里的……雪，几乎完全淹没了我，司令，那电筒在我身上晃照了好久……他们想我一定是死了！可是……"

"你说下去。"

"……我什么都明白了，司令，你不信？这次二连的哗变，预先是有过严密的计划的，一中队故意绕远路程……并且，在双河镇的接触，那不叫剿匪，那简直是拿子弹枪械送礼呀！放朝天枪，弃械败阵……司令，您知道吗？弟兄没有一个伤亡，这怪不怪呢！"

警备司令频频地点着头，气色一会儿比一会儿惨白下去。那封信，他一眼又一眼地看过不止二十次了，最后，他的嘴好像滑盘的唱片，连连地说着："我有办法，我有办法……"

这办法可没有经过儿子的母亲的同意。

第三天，在京城的《远东晚报》上登载这样一段惊人的新闻：

警备队第一中队长郭念华以下二十八名叛逆（详情已志昨报）业经军法裁决终了，并已于本日正午在陆军监狱内，悉数处以极刑。当行刑时，郭念华欣然伏诛，毫无愧色，同时二十八人齐呼中国万岁狂不成声。

适于叛逆等伏诛时警备司令郭鹏里被召入宫。

康德陛下对于其子之死极表遗憾，旋以郑总理手草之"大义灭亲"之特别勋章赐之，该勋章系经岛木参谋长亲手挂于郭司令胸前，郭司令莞尔受纳，是时宫内军乐大作，满朝欢腾祝舞之声达于宫外。

兹访悉第一中队长遗缺，有以该本队副队长蒋伟天升充说云云。

呼兰河边

　　一连三天，呼兰河桥的日本铁道守备队的防守所加紧着防御的工作：战沟上新近覆盖了枕木和土；在防守所的房顶上也新搭成了一个小小的瞭望台。士兵们轮值着班，昼夜在那里守望。而且有四架重机关枪各据盖沟的一角，探出凶残的脑袋，向着无边的郊野窥视着。

　　他们把防守所四周的小榆林通通砍去。还有比较高茂的蒿草也被连着根儿拔出来了。这样，从防守所向四郊瞭望，只有天空和原野的分线，只有一个孤零零的小村落，在北方露着模糊的头。

　　日头从东起来再落到地平线上的时候，一种恐怖就赶来了，从远处飘过来的洋炮声，随着黄昏的加深，密度增厚起来。这时候瞭望台上的守望兵，盖沟外的夜哨兵就全绷紧了面皮，窥探那无影的轰动，从他们贼眉鼠眼的态度上，很可以证明他们英勇的武士道的灵魂，已经被炮声所征服了。

　　由于他们真实的自扰，在防守所范围内的"联运处"突然森冷得像座墓地。一天里，除开办理三四车船客货联络不得不离开"联运处"而外，我们为了避免麻烦起见，就老是待在那儿。

　　有一个好喝酒的名叫中根的二等兵，一从瞭望台下班就跑到我的办公室来："剥走狗①大大的……阿木奈②得哪！"

　　随后，他习惯地用他不自然的苦笑，来掩饰他过分露骨的恐惧。

---

　　① 剥走狗：日语"马贼"，亦即"土匪"，日军对义勇军的蔑称。

　　② 阿木奈：日语"危险"的意思。

而且照例拿去几张纸，说声谢谢就走了。

中根这种表示，就是一个无言的告急。我们不问可知，他们又从谣传里得来不少所谓"剥走狗"企图袭击他们的消息，其实"剥走狗"不会那么愚的，他们绝不能以可贵的实力来袭击这南面临河，北衔铁道（距防守所北三公里是呼兰车站，那里驻守着一大队日本铁道守备队），一点油水没有的仅仅二十个洋跳子①的防守所。

然而，一天早晨，刚起床不久，我在办公室里看见对面防守所瞭望台上的守望兵向外瞄放两枪，接着他就拼命地喊叫起来。盖沟四角的机关枪也同时像爆豆似的乱响了一阵。留在防守所里的中尉和十个守备队立刻全副武装，弯着腰跑向守望兵所指的那面去。隔一些时候，他们架回一个十二三岁的孩子，中根牵着一条棕黄色的牛犊跟在后面，他仿佛决斗获胜的武士那么兴奋着。

从此而后，戒备就更加森严了：在防守所的门外加了一个岗位；瞭望台上守望兵手里的望远镜，老是堵在他的眼睛上面。

从此而后，一种尖锐的叫声经常地塞住我的耳朵。当夜里要睡觉的时候，刚一闭眼睛，就有一个孩子的阴影，他呈露着满身都是模模糊糊的血迹，强迫让我看，我非常害怕，非常愤怒，又非常悲哀，最后我用被蒙上了头，好使那悲惨的影子跟我隔绝。但是不行，尖锐的叫声反而越发尖锐地往我耳朵里锥刺着："中国人哪，中国人哪，受难的中国人哪！"

这一夜，完全被噩梦纠缠着，有时，那尖锐的叫声，把我从蒙眬中惊醒，我仔细审查，这声音是真的，并不是我的错觉。

第二天，我特地从窗子里往外看那条受难的牛犊，它被拴在防守所山墙下一根木桩子上，周围附近的短草已竟被它吃光了，它的眼睛过分地凸出着，伸长着脖子向四下张望，它是在望它的母亲呢，盼望母亲来解救它这受难的、饥饿的孩子。

---

① 洋跳子：绿林暗语，指日本兵。

它总是爱喊叫，虽然不怎样尖锐，但它给我的刺激，有着同样的害怕、愤怒以及悲哀的感觉。当它用前蹄刨着地，仰面长叫的时候，防守所门前的岗兵就对它不耐烦地唾骂着，可是，它并不因为这唾骂而停止了它的要自由、要不饥饿、要找慈爱母亲的要求，它几乎发了狂，它用尽了所有的力量，企图拉断绳子，或那根木桩。它顾不得岗兵的唾骂，它好像了解它是处在绝大的危难中，畏缩、失望、乞怜，哪一样都没有用，只有拼着自己的全力，才能冲出这一个难关。

　　然而，它终于疲倦了。这时候岗兵走到木桩跟前，紧了紧绳结，回头在它还没有生犄角的头上拍了两下，意思好像是表示"亲善"。

　　到下午，从防守所里发出的叫声，不像起初那样尖锐了，偶尔一声像是为痛苦碾碎了的嘶哑，偶尔一声像是渺茫不可及的垂死的呻吟，偶尔又沉寂了，屏息着倾听，那是守备队的翻译朝鲜人李得浩压制着嗓门的叫骂："实说吧，你奶奶的！……这丁点年纪，你挺不住……说，说，都在什么地方？"

　　"我死了好，给我一个痛快吧……我什么都不知道。"

　　这是我第一次听见孩子的声音。我想：这孩子是犯了什么罪了呢？我一点都不能猜想啊！不过，孩子的命运已经在意会中决定了。

　　牛犊又开始号叫起来。处在这不宁的周遭里，我的精神简直失去了安静的权利，它让我看，它让我听，而且它让我不停地想……从现在想到未来，从生想到死。

　　"你想什么？"同事张问我。

　　"我什么也不想……"

　　"你的眼睛发直。"

　　"直吗？我在看那条小牛。"

　　"是的，小牛饿了。"

　　"你可以救救这小生命吗？"

　　"不能够，你的恻隐之心太广了。"

　　一个透了油的纸包丢在我的床上："好，顶好……你切（吃）吧。"

他又喝醉了，这一个酒鬼一清早就灌了那么多的酒。剧烈的酒臭，脑子被刺激得发晕。越讨厌，他越凑到我的跟前，呼吸像肥猪一样："切，切吧。"

"谢谢，我慢慢吃。"

我想把他搪塞走了以后，继续睡我的觉，但是，他竟又把纸包打开了，两手哆哆嗦嗦地推到我的枕旁："切，切，切吧。"

这算尽完了他每天从我这里拿纸的报酬。于是他走了，两条腿更加弯曲得不成样子。

纸包里的东西，比酒气刺激我还厉害啊！这样，我再也不能安睡了，我披上衣服，跑到窗前，当我还没有向外看的时候，我希望这是一个梦；然而，它偏不是一个梦，我好像不能相信自己的眼睛，我把同事张拖来。

"张你，要吃这肉吗？"

"吃，"他拣了一大块，"牛肉哩。"

"是牛肉？"

"很嫩的牛肉啊！"

他禁不住咬了一口。我没有制止他，也没有向他说什么，就又拖他到窗前去。

"哦，牛！"他嘴里的肉还没有咽下去。

"牛，我想牛是变成肉啦！"

"是吗？这肉从哪里来的？"

方才中根送肉的情形我告诉了他。他把嘴里的肉喷吐出来，手里的一大块摔到地上，哭了。

这一天的下午，突然来了一个年老的村妇，她狼狈地跪在地上，哭着，叫着，一定要我救她的儿子。我拉起来问道："谁是你的儿子呢？"

"放牛的孩子，现在防守所里。"

"不行啊，你知道，我没有那么大的力量。"

于是，老村妇又要下跪，我赶忙拦住她，她哭着说："你能，你能……救救我吧，我没有第二个儿子了！"

我怎会能呢？我可以用欺骗来搪塞这个可怜的老妇人吗？然而，她完全不了解我的地位，我怎能够救他们母子呢？我手里没有炸弹，没有手枪。

那么，让我去给他们叩头哀求吗？可以的，如果真能救出那个受难的孩子，这也没有什么。

我领着老妇人到防守所去见中尉。我们说，朝鲜人李得浩给翻译。

"这是放牛孩子的母亲。"

"到这里来做什么？"

"请中尉释放她的儿子，她只有一个儿子。"

"谁告诉她的，她的儿子在这里？"

"我不知道。"

"她的儿子是斥堠①，你知道吗？"

"我也不知道。"

中尉冷笑了笑。

"你是好人，你爱你们中国人。"

"不，只要是人类，我都爱。"

中尉又冷笑了笑。

"你是好人，但也是斥堠，不过，若有全村子人的保，可以特别姑息他，因为他是个孩子。"

"谢谢中尉，我想那是办得到的。"

老妇人跟着我茫然地走出防守所。我问："你儿子，是给义勇军当探子吗？"

"不，我儿子是放牛的，还有一头小牛在什么地方呢？"

_____

① 斥堠：即间谍、探子。

我随便摇一下头。

"那么，他不是我的儿子吧?"

我说，是她的儿子，并且让她赶紧回去，设法办全村的连保，越快越好，最迟明天早晨拿来。老妇人流着感激的愉快的眼泪走了。

第二天早晨老妇人果然来了。我愉快地迎她进来，但老妇人却没有一点笑容。

"不行喽，"她失望地说，"都不敢给做，怎么办呢?"

"怎么办呢?"我想了又想，可是想不出办法来。

"我没有炸弹，我没有手枪!"

把这心里的话，说出口之后，觉得自己的言语有点癫狂了。

"什么都没有用了。"一个夫役向我说。

"不不，他们可以放出来的。"我为了安慰老妇人，这样说。

"已经放出来了，不信，我领你们去看……"

于是夫役领路，老妇人和我跟在后面。越过一个土岗，夫役就站下了。

在草丛里，有牛的骨头，有一个孩子的尸休。

我的腿突然酸软下去，我随即用手扶住夫役的臂膀。在眼前什么也看不见了，我只能听见那可怜的老妇人不可形容的哭声。

狱

虽然，第九监号的铁门被骗开了；虽然，也把留置场的巡官、狱卒打成重伤；虽然，都把镣子卸下，而且勇敢地拥到留置场的大铁门。结果，终因为他们防范周严和警报敏捷，立刻赶来那么多的实弹的枪口，生生地又把那些图谋越狱的要犯迫回到原号里去。

接着就来了一番严厉的搜查。在我们的第二监号里小王的衣领中间搜出一根为大家视如至宝的针，却万幸，亏是那个较有人心的狱卒冯搜出来的，他只是不言不语地放进他的衣袋里，就算完事了。假如换了另一个人呢，小王免不了受一番审讯，因此，也许就受一些苦楚，而且，也许无故牵连到别人的身上，虽然，只不过是一根极渺小的针。

我想，即使为了一根针，发生些什么不可预测的不幸，终不如这次要犯越狱的事件严重。——况且，据一个狱卒说，那位巡官的伤势实在不轻呢，右眼已经被铁杆戳冒了，或者，有几条肋条让镣环抽断，现在是人事不省！——于是，我想，一种特别恰当的报复，转眼之间就要来临了。想到这儿，我的周身实在觉得酸软、寒战。可是，我又一想，如果真的那样解决，对于一个受难没有尽期的囚徒，怎能不说那是他的幸福呢？

比如，一个人要是"为活着而活着"，不用说，监狱便成了一座最合理的、最佳妙的、寄托人生的场所。然而，起码人的欲求比一头猪栏里的肥猪，贪恋着一条泞泥沟还要高些吧！那么，你还看见过吗？当一头有点灵性的肥猪，知道它不久就要作为屠刀下的怨鬼的时候，是以怎样的力量企图冲出栅栏？同样情形，人的"智慧"也该超过一个畜生吧。

这是最熟悉的汽车和摩托的声音，从极厚的墙壁外挤进来了，它好像不祥的鸟叫，使人起一种忌避与可怕的感觉。其实，每次已经告诉我们，只要是这不祥的声音一响，忌避与怕完全没有用，只有凭着垂灭的吸呼，期待着它，——它会把失去了灵魂的躯壳，载到毁灭生命的机关里面去。

于是，他们至少认为在数的、罪大恶极的、顽强的叛逆，从他们的太平天下削减了。

第九监号里十二名越狱未遂要犯，就是那样死的，当然，他们认为这是世界上极合法的判处。

这一天，是旧历八月，在月圆的前几天，我不能确定究竟是八月几日了；不过，我从那扇高到天花板的小窗子上看到一块永不流动的天空，在夜间已经变为明朗，而且月轮快要圆满了。

不会错的，过几天必定是中秋了。

当夜，意外的事情又发生了，我们第一监一共十八个监号，每个监号里提出去一个人，不幸得很，第二监号单提到我。原来是开了一次特别滑稽的讯问："好，你串通预谋越狱，还有什么话可说……有证据！"

"证据？证据在什么地方？我要看，如果不错，请你们随便发落。"

问官毫不踌躇地说："你，你们是跟第九号约定的，同时暴动！"

"这是你的猜想，我完全不知道。"

"一定不会承认的……那么，你不怕——死吗？"

"为什么？死？是的，如果你认为是时候，我希望——"

"好，带下去！"

我总觉得不该这么简单，然而，我又觉得自己过于幻想了，过去，不知道有千百个，曾经目睹的囚犯，随随便便从这里拉出去，有过什么样的手续吗？自然，他们不需要"供"，也不需要"押"，他们需要的正是一个"命"！

魔手到处贪婪地伸张着，攫取来全是一些蓬勃的花草；但当他再松开手时，那蓬勃的生命就必然枯萎了。

从萌生中毁碎了的生机，果实或种子从哪里再来呢？

失去土地的人民啊！

我慨叹着，这并不是人类向前的绝望，我是悔恨我：当自由为我所有的时候，奋斗的力量，太不充分了。

这一夜，我把"不该"的幻想完全拒绝了，我很坦然地、清醒地、仰躺在士敏土的地上，准备接受那"应该"的礼物。

起初，月亮好像睁大着皎洁的眼睛嘲弄我。当我再睁开眼睛的时候，窗子上什么也不见了，我怀疑，这是一个平安的梦啊！

果然，天还没有完全亮，那"不祥的鸟"就叫了，而且，这次不只是一两个，我想……然而，不等我想，"风眼"就啪地一下关上了。——每回都是这样：那不可忌避的事情一来的时候，狱卒先把所有监号的"风眼"关上——如今，有什么好想呢？死，在我们眼前没有毫厘之差了！

小王喟叹地向我说："就是这样？就算完了吗？"

"我相信，另外，没有什么给我们……"

"不，我说的是我们太冤枉了，你想，谁会同谋越狱来？"

"只有我们才不冤枉，你忘了你是个大逆不道者？你也忘了那些真正冤枉的人——无辜而死的同胞，在这里，成百成千！"

"自然嘞，完全是你一个人的理由。不过，我以为不是这件事变发生，我们的生命还有苟延的可能……"

"够了！苦难磨灭着我，而且连生的留恋的幻想都不容有了，因此，唯有死，才是最大的安慰啊。"

"妈的，我还想多过一个中秋呢。"

小王滑稽得一点也不勉强。

拉动铁门的铁闩声，提叫人名声，脚镣声，从第一监号开始了。我看小王在整理他的已经发过霉的皮鞋，样子，坦然是坦然的，然而，脸色却已超过了惨白。我不能看见我自己，脸色是不是跟小王一样。也许，我的脸在红吧？因为周身猛然灼热起来。

口号伴着脚镣的当啷声唱着，这些口号，是极普通、极切实，而且也极其悲壮；不过，配合在我们的面前，它仿佛是安置在真空管里的喇叭。然而，又谁不明白这个？一条在屠户屠刀下的牛，它是以哀鸣代替呼号的。

十八个监号，差不多都是喊着同一的口号，这是一百七八十人汇合成的狂流，悲壮、伟大、汹涌……整个的留置场，整个的监房，好像是被撼动，被冲溃了！

我们都加上了一副手铐。我们在久别的大自然里，倏忽一晃，就被庞大的囚车吞食进去，如同搬运的货物，堆积在里面，互相磕碰，踏踩着，当囚车开始蠢动的时候。

我们从它的嘴里吐出来。我随便看了看四围的高而坚实的红墙，天哪！这又是一个平安的梦吗？——我醒着，我的眼睛，我的神经都醒着。——不！决不！有种种证明这确是把我们拉到哈尔滨特区监狱①里来了。

"为什么呢？和我们开一次玩笑！"小王意外高兴地问。

"看吧，总该让我们享几天福了。"

在归号的时候，我和小王分开了。但在这里，我碰见从前与我同监的好人万特诺夫和里涅，失一得二，多少是填补些我的失望。万特诺夫、里涅，像小鸟似的跳过来，而且热情地抱住我。我们大家笑着，可是没有话可说。

是的，没有什么话可说。他们从死人丘里发现了我，自然，除了

---

① 哈尔滨特区监狱：给白俄侨民专门预备的监狱。监狱里的待遇，强于我国中等家庭的生活。

惊异，十二分惊异，还有什么样话语可以加重表示这惊异呢？至于我，与世隔绝太久了，阴森的单调，将我养成一个沉默的哑巴。只剩一点燃不着的热情，泪早已涸竭了。

方才，我当小王说过："总该让我们享几天福了。"其实，是个美梦。完全把自己看得过于高贵了啊！现在，有什么两样，房子是很大；但，阴湿加重，哪里有我理想的床呢？仍旧是士敏土的地，困的时候，就睡在那上面吧。——死在那上面也行。

虽然，生着极痛苦的病，而且，更有的刑期已经签到明天的生死簿子上，你让他自动地死在这里，他是绝不愿意的。他要忍着灵与肉的痛苦，期待着生之毁灭。

人，都是这样贪生的。

人，有希望……

但，让"希望"走进死路，就是个傻子了。

里涅真是一个天真的孩子，他握着我的手说："想不到，你还没有出去！"

"这是一件幸事，我们能在这里见第二次面。"

"是啦，我以为你早就出去了呢……"

"谢谢你，里涅……里涅你该快出去啦！"

"为什么？"

"听说东铁让渡的条件快要成功了，你们还不快吗？"

里涅微笑着点一点头，继而耸一下肩膀说："不过，不知道这个消息是不是可靠。"

"忖度事实，自然是非常可能的喽，不然，他会抢了去！"

万特诺夫沉重的手掌拍到我的肩上，几乎使我孱弱的肢体摇摇欲晃。他很兴奋地说："朋友，我们快要回祖国啦……"

然后，他似乎感觉那话会引起我的伤心，他立刻热辣辣地抱起我来："一块儿出去吧，我的上帝！（对于'上帝'这两个字，是含有奚落的语气的）我们一块儿出去吧！"

我该多么被感动啊，我们完全是种族不同的人！

当我们谈话的时候，狱卒冯从隔着铁纱的"凤眼"外往里探望，恰好我正有好多心思，想问问他，于是，就走到监门近处，跟他打个招呼："冯先生。"

他没有回答，只是咧一咧嘴，脑袋也没有动。我走近"凤眼"说道："你知道吗，为什么把我们搬到这里来？"

他有点难为情似的，不肯向我说，我再三追问，他才说实话，可是，声音非常低沉："你不能再讲给别人，一定！你也不能说是我啊……没有什么，那边是要修理房子，住好一点……"

"住好一点？"我冷笑着，"不如说是住牢实一点吧！……是不是？"

"嘿，嘿……你真精明……"

"真精明就不能蹲监狱啦，冯先生。"

"说什么呢？这是收好人的年头儿，像我这样没有用的东西，不如替你们……"

"谁是好人？你们的巡官说我们全是杀人放火的乱党呢！"

"滚他娘的吧！"他回过头去，立刻又转过来说道，"他才真是一个'满洲国'的走狗！前一年，他把他亲侄儿弄进来，也死了！你也许知道，他是个学生，叫张什么柱我记不得了，你说这小子有没有人心？……报应！他快死啦，肋条断三根，冒了一只眼！"他回一回头继续说："可是，还有一个好消息，听说八月节那天，给你们列巴①素波②吃呢。"

在他认为是个好消息，在我却认为失望。

我该恨谁呢！犯了这样罪的人，连享受监狱里的同等待遇都没有！

然而，虽说是失望，这点聊胜于无的恩惠，已足使七个月不知盐

---

① 列巴：俄语，指面包。
② 素波：俄语，菜汤的通称。

味的我，垂涎三尺了。

"冯先生，今天是旧历十几？"

"三天，就过节嘞……过节，过节到底有什么意味呢？——眼看年月是一天比一天糟……再谈吧，我们。"

他匆匆地走了。我独自站在那里呆想：节，毕竟是有意味的，因为它多少可以满足我一点欲望啊！

一个给我们送水的白俄犯人，第一次看见我们吃早饭，我们每一个人端着一个装着所谓饭的，像个小棺材似的木匣，使他特别惊奇，于是，他提着空水桶，走到我们身旁，弯下腰去仔细看。一看，他马上向后一挺，就把鼻子捏住了："哦——"他皱着眉头喊着。

我们大家看着他。之后，他松开鼻子说："这个，我们的沙巴卡①不能吃！"

胡似乎气愤地向我说："这小子，真混蛋！"

"咳，什么混蛋？慢慢地……我们和你们一个样。"当他刚要转身的时候，他又说，"啊哈，一个样沙巴卡不吃的，给……亚邦斯克②王八蛋！"

我看见万特诺夫和里涅望着那白俄的背影相对着一笑。

今天，该是八月十四了。

早晨，窗外的天空清朗得像一片海。回想两年来的中秋前后，都是在凄风冷雨中过去的。唯有今年这样好，我却被关在窗子里面，看着怪可爱的天空，仿佛欣赏一幅画一样，而不能从那里吸一点清新的空气，我怨愤吗？不，我该满足：我从这面比较宽大的窗子里，能够望着比较宽大的空际，而且，在窗前伸出来一丛摇曳着的丁香树梢，它告诉我，这块土地上生长出来的东西，并没有死灭！虽然，那叶子已经半黄了。

我渴望生物，我渴望绿色的东西……总之，我渴望自由，以及比

---

① 沙巴卡：俄语，指狗。

② 亚邦斯克：俄语，指日本人。

自由更重要的。

我还渴望着中秋呢!

是上午。

脚镣声犹如五月里的春潮，从监墙外拍击进来。

胡突然受惊地说："瞧吧，这个数目够可观了!"

"一百个!"

胡不满足这个数目，于是，他对我摇着手说："不止啊，一定不止啊!"

他的猜测力很不差：当那些不知来路的罪人归号的时候，单我们这一号就摊了三十个。我好奇地问他们之间最年轻的一个，他好像是感兴趣似的告诉我，他们一道来的总共一百零七个人。

"哦! 多啊?"

"里边还有九个娘儿们呢。"

"你们从什么地方来的?"

"我们有五十四个人是从富锦，其余佳木斯三十八，三姓十五……娘儿们全是我们那儿来的。"

"你打什么官司?"

"你问我? ……丢人啦，小偷。"

"那些呢?"

"吓，全啦，什么都有：红胡子，花案，烟赌案，反正我们全是富锦县监狱里正当年的小伙子。"

"你知道吗? 移到哈尔滨来干什么?"

"先生，这是运气啊，咱们打官司就赶上娘娘生太子……"

"娘娘……生太子?"

"可不，你们不吗? 我们全摊赦啦，到哈尔滨干一个月苦力，就开释，不花一个子儿，搭火轮送回家去。……妈的，照这样，一年养一个多好!"

"这倒是不错。"我打算结束了这平庸的谈话，然而，他的话锋却正在兴头上呢。

"可不，多好！"他说："我这官司真算打着啦，若不然，乡下人做梦也到不了哈尔滨来啊！"

"……"

"哈尔滨可算中国第一啦，大楼该多高。可惜，一晃就过来啦！"

"……"

"哪天出去干苦力呢？"他冷淡地自语着，之后，他看着自己的脚镣说，"不知道，是不是把这死东西给下下去？"

真像过节的样子。一个狱卒说，现在让我们洗一次澡。这是入狱七个月里仅有的一次。不过，我们遍体生着肮脏的脓疥疮，从什么地方下手洗都是很成问题；可是，我们又不能不洗，失掉这一次机会，恐怕以后就永不再有了。

"这里还管洗澡吗？"那个年轻的问我。

"管。"

"哈尔滨地方好，哈尔滨的监狱也好。富锦县监狱可太缺德啦，饭不管饱，凉水也不给，妈的！"

十个人一伙开始洗澡了。第三次，我和那最年轻的在一伙，当他看见水从自来水管往外流注，他就奇怪地拍手跳跶起来。他似乎什么都忘了，他忘了这是监狱，有狱卒，有皮鞭。

直到皮鞭抽在他的脊梁上，他才恍然大悟：自己是过于放肆了。

狱卒一眨眼的工夫，他面着墙壁窃笑起来。

用五分钟洗涤七个月的积垢。

用全副的精神，来迎接一年一度的中秋。

这一天，我起来特别早。狱卒冯也替我们高兴呢！当他来回经过"风眼"的时候，老是用报告的口吻说："列巴，素波，快来了。"

"他说的什么话？"那个最年轻的问我。

"你不懂吗？"

他认真地摇着头。

"今天是节，换饭，一会儿给列巴，素波，吃。——面包跟肉汤……"

"阿弥陀佛！这是什么地方啊？"

他迷惑了，眼睛发直，不知道他心里究竟想着什么。

这是什么地方？在我看来也怪神秘的。头脑好的人们不承认人间以外有地狱，你来看哪，这里究竟是地狱，还是人间？

住在天堂上的人，哪里会看见地狱呢？

然而，这个最年轻的人，已经落进地狱里了，他反认为是升入了天堂。

让时间就是这样过去吧！

列巴，素波，快来了！

终于来了！

不是列巴，不是素波，而是那"不祥的鸟"！

胡率直地当着三十个人中的一个说道："预备吧，朋友！"

"预备什么？你说——"

"再见啦，朋友！"

"不错嘛！"他是个老练的，而且非常聪明的人。最后，他制止着骇惧，镇静地向我们大家喊道："再见吧，同胞们！现在……我要说明了：我不是强盗，我是反满抗日的义勇军！"

于是，三十个人，一齐骚动起来，类似那同样表示的总在十个人以上。

这时门开了。日本警官监视着巡长按名单提叫名字。一个，两个，三个……

最年轻的人，仍旧迷惑地站着、望着，结果提叫他的名字了。

"是……叫我……吗？……这是……怎么一回事？……我……我不是强盗！"

两个狱卒走进监房里来拖着他，他战栗地回过头来喊道："先生！你出去的时候，给我妈捎个信……我家在富锦西街……"

他已经被拖到监门以外了。他的喊声从"风眼"上钻进来："先生啊！记住：西街二百零五号，朱寡妇——"

好伤感的孩子里涅流着眼泪唱着："斯达外①……"

接着这歌像悲壮的送葬曲，在里涅，在万特诺夫，以及在我们八个人的口里唱出来。我们的全身被这歌声拥挤着，压迫着……

监门外叫道："停吧！停吧！……列巴，素波，来了!"

---

① 斯达外：俄语，指起来。

累　犯

一

一九三六年九月二十七日，是谢元五年徒刑期满的日子。一个月以来谢元的性情与从前就大不相同了：现在是温和，有礼貌，也时常同难友们谈些近情理的话。即使同他一向所仇恨的看守们，也时常投以凭空的微笑的。他这一切性情的转变，简直像一个被邪教异说所慑服了的恶棍一样。这种近乎反常的变态，连谢元自己也觉得有点奇怪。

一个月以来，谢元连睡眠都不大安稳，他常在深夜里醒转来，而且这竟成了一种习惯：每天，当全监号的犯人都已睡熟的时候，他便悄悄地醒了，在醒之前，他绝不曾做过什么噩梦，醒了之后，他就直呆呆地看着天棚顶上的那盏被蜘蛛网，被灰尘封积的昏黄的小电灯，一直看花了两眼，于是他从电光与眼光错杂的幻想中仿佛看见了他的妻，他的酒壶和酒杯……那些久别的、令人渴望的东西，都开始像美丽的蝴蝶似的在他的眼前飞舞起来，他的眼睛被缭乱了，心被迷惑了，这时，口水涌上唇边，渐渐地在口腔里充满，末了，他贪馋地将它咽下去。但是，又充满了，于是又吞咽下去。这样经过几次之后，他便如同狂饮了多量的烧酒，在不知不觉中闭上眼睛，甜蜜地回到梦境。

他觉得近一月来的日子，比过去五年的时光还长。在他过去的三次牢狱生活，每逢徒刑期满的前几天，他从没有这种感觉的，那时他的心总平静得像无风的湖水，没有一点波纹。就是当他走出那禁锢他的青春、他的自由、他的幸福的牢门时，混过快活而富有生气的街道，他还是仍旧保持着固有的气愤、嫉视和不耐烦。在旁人看来，谢元他对于自己生活的转变，应该是乐观的，至少应该快活一天才对；可是，他连这一天的快活全不曾做。一直等到他第二次被捕入狱的时候，于是，他又一直把那种气愤、嫉视和不耐烦连续到第三次乃至第四次入狱的时候。

谢元今年三十六岁。他是在十四年以前结婚的。这之间，仅有五年和他的女人住在一起，其余九年的光阴通通消磨在牢狱里。结婚的后一年，他就开始犯罪：第一次因为骗财被判徒刑八个月；第二次因为故意殴伤地方长官被判徒刑一年半；第三次是因为犯了比较严重的窃盗罪又被判了徒刑一年半。现在这是最后的一次，而且这次竟打破了他自己犯罪的纪录，而且这一件事情正好是他第三次出狱后半年，发生在他殴伤的地方长官的家里，这轰动一时的强盗杀人未遂案，也就是谢元造成五年徒刑的原因。

自从这件案子发生之后，谢元的"这恶棍"的诨号便在街坊之间传播开来，连那些不懂事的孩子一提起谢元的故事也便说声："谢元，这恶棍！"

然而谢元却不承认自己是什么恶棍，凡是类似这些嘲骂和污辱的字眼儿，他从来不肯低头忍受的。不单说，就是每次在法庭上法官对他宣告罪名的时候，他总是咆哮地扰乱法官的宣告。

"住嘴！我没有犯过罪！可是，你们要怎样就把我怎样好啦！"

那还是他第二次入狱以后的事情，有一回吃晚饭的时候，他从饭桶里挑出了九个死苍蝇，于是他一赌气踢翻了饭桶，破口大骂起来："这是什么？妈的！你们打算怎样？你们是要让这些东西在饭桶里生蛆吗？……狗都晓得，吃了苍蝇就生病的，你们是要叫我死在苍蝇身上啊！那可不行！说什么得让我活个够……端出去！你妈的！老子不吃这害人的东西！"

看守刘富强走过来，按捺住怒意，隔着铁门对谢元说："嗳，谢元，请你赶快把饭弄进桶里去，这让典狱长看见还了得！"

"我偏不！"谢元吐了口恶痰，继续吵闹下去，"好，你找他来治治老子吧！在外头有牢狱，我倒要看看牢狱以外还有地狱没有！去，你去喊他来，看他把老子怎样……"

"嗳嗳，把饭弄起来算了吧，"看守刘富强冷笑一声，用鞭子敲打着"风眼"说："你在外边可以无故殴打公安局长，到这里你可不能碰倒看守的一根汗毛，你当真要请典狱长来吗？哼，我倒担心你没有蹲黑屋子的好骨头！……喂，够朋友信我话，若不……"

恫吓，对于谢元是极其平常的手段。黑屋子他蹲过不止一次了，当他第一次入狱，仅仅八个月的刑期，差不多就有八分之三的时间消磨在那地狱里，虽然那种阴湿、森冷、黑暗以及饮食不足将他囚磨得不像人样，几乎把性命葬送在那里，但不曾淌过一滴眼泪，或是打过一个唉声，就是他的内心也不曾有过追悔或准备向人乞怜的意识。他这个屡惩屡犯、倔强到底的犯人，连典狱长都感到莫可奈何。他骂典狱长，他打过看守长，至于像刘富强这般小人物，在他看来，简直像来去无声的小昆虫，假使它敢来侵犯他，侮辱他，他会不假思索地使个"双风灌耳"的绝技，将对方置于半死之地。

今天，他对于看守刘富强的态度，比往常对付别个客气得多了，因为谢元这个人也有他的理性哩，他一向对于新上任的看守，绝不"不教而杀"的。

"嗳，可不是，够朋友请少说几句闲话，"谢元把膀臂一绞，用讽刺的口气开始教训对方，"自己别觉得不错，你一个月才拿十来块，这还不够头等窑子一宿的价钱，也值得跟那些王八蛋一个鼻孔出气吗？……嗳……我问你，你怎会知道我无故殴打公安局长呢？你说！"

"你要我说？难道这尽人皆知的丑事我还没听说过吗？"看守刘富强故意提高嗓门，而且，故意把"丑事"两个字说得更响亮些，他企图向全监暴露谢元的丑行，同时，也算"泄了"对方藐视自己的私愤，"听你的可好，可是鬼才相信公安局长调戏你的老婆。嘿，朋友，敲敲你自己的脊梁吧，那不是跟棉花一般软吗？"

对方向谢元巧妙地发泄了私愤之后，就用一种鄙夷的鼻嗤声来结束他的嘲骂。而后他又以息事宁人的声调说："别上火，说错了算我没说吧。还是把饭收拾起来，若是弄出事情，你我都不大方便。"

于是，他迈着散乱的步子向别处走去，他仿佛妄自尊大的牧羊人，让他手中的皮鞭在空气里发出权威的暴音，那声音正像被飓风鞭策着的高架线一样。

谢元神经质地听着那种声音，他觉得每一皮鞭都是沉重地落在自己的身上，一种强烈的热，眨眼之间传播到全身，一直热到指尖和发管里了。

为了答复对方的挑战，谢元中魔般地把脑袋钻出"风眼"外，用拳头擂着铁门，喊道："你滚回来！你满足了吗？狗东西，你还有一根鞭子哩。"

对方将皮鞭背在身后，恶笑着转回谢元的面前："你……你要造反？"

"我要造反！"他肯定地回答，脖子更伸长一些，"我要把你的舌头拔下来，看它有没有从公安局长那里传染来梅毒。"

"狗东西，你骂人！"看守刘富强用皮鞭抽打谢元的后脑，"给我把脑袋缩回去！"

谢元缩回脑袋，但立刻以拳头代替了它的位置。对方只觉得鼻子之下被莫名其妙的东西猛烈一撞，便梦一般跌坐下去，他本能地放弃了皮鞭，两手紧紧地捂住嘴部，唔唔噜噜地叫起来："狗养的！你打，打落了老子的门牙。"

就是为了这只门牙，谢元又蹲了一个月的黑屋子。

二

在监狱里，无论是看守或是犯人，只要与谢元吵过架，便永远以"疯狗"两字相称。不久，这两个字便传到监狱当局的耳里，加以许多事实的证明，确认谢元是个神经病患者；然而经过医生的仔细检验，结果却证明谢元"神经组织健全"，并不是什么疯子。

医生是并没有说谎的，世人有什么欲望，谢元也就有什么欲望，甚至比常人更强烈些，正因为这样，当那种欲望爬到海边上的时候，他的血液中就波动起暴性的狂流，于是突然激起的报复心，要比欲望更强烈、更迫切。这种变态远在他结婚以前，做流浪汉的时候就发生过了。

虽然谢元仅仅受过低级教育——因为家庭贫困，高小没有卒业便失学了——但他的智力的发展并不因此而停顿。他深信一个努力向上的人，未来的佳境，绝不会是圣母玛丽亚的梦，这就是他所创造的真理。他信任它正像信任自己的诚实一样。

为了实现他的"未来的佳境"，谢元在十六岁那一年便偷偷地离开贫困的家与故乡。第一步他就踏进沿着扬子江的一座大城。城市的豪华、富丽以及文明等，把他那颗年轻的、富有欲望的攫取心引诱到使人焦虑的顶点——白天，他把天真的头脑陷入鼓乐声中，夜里，便被牵到五光十色的霓虹灯的市街上。一直到深夜，他犹如打满了气、富有弹性的小球，冲撞在人群中。

回到小客栈已经没有一个人在清醒了。过度的兴奋与疲倦，飞速地将他带到梦境里去，在那里，他重又见到这一天曾经见到过的事物。

两天后的早晨，谢元走进一家小学校的传达室，他说明来意，传达便领他去见校长。

"来干什么的?"

"入学校。"他理直气壮地回答着白胖胖的校长。

"插班吗?"

"唔? 嗳,高二年级……"

"学费带来没有?"

"什么?"谢元不相信自己的耳朵。

"学费!"

谢元愈发不相信自己的耳朵,于是又问:"你说的可是——"

"钱!"白胖胖的腮帮一抖,"蠢东西,你没见过钱吗?"

"你要钱? 可是别的学校要不要呢?"

"自己去问问看。"

白胖胖的校长把浓黑的眉头一皱,用嘲笑和不耐烦的眼睛,把谢元送出门外。

谢元不相信这样大的城市连一个求学不花钱的地方全没有,他想:金子一定是有钱人的东西,而学问不一定是富人的占有品。谢元他虽然是个穷孩子,但他不甘心放弃他的权利,他认为人生的佳境,完全是学问造成的。若永远作为一个庄稼人是没有接近幸福的可能。

谢元要创造他的未来的幸福,他变成更大胆些,更坚决些。他十分确信:在这城市中,一定会有个求学不用钱的地方;可是他从早跑到黑,也不曾达到他的愿望。

就是从那时候起,他开始怨恨这个世界不公平了。

流浪的生活也就从那时候开始——在短短四年间他流转了三十几个比较知名的城镇,而且做过各色各样的职业:他做过泥水匠的小工,他做过洋车夫,他做过影戏院的街道广告的小丑,他做过清道夫,以及富家出丧临时募集的仪仗手。

他不断地失业,也不断地去寻找职业。他永远是抱着自食其力的主张,因此,他的青春之力,也就不断地在灾难的生活中渐渐地消瘦下去。当他二十一岁那年,他又回到第一次来过的城市。那时他完全像一只被主人抛弃,又被陌生人拒绝的病狗一样,忍着饥饿与人们的白眼彷徨在马路上。不久，他便靠着乞讨为生了。

一个生性偏强的人，是最不适于向人乞怜的。现在，他的身价已经降到世人公认的最低点。可是他的报复心并不减少于往常，当他向人乞讨的时候，假如，对方显出鄙视的模样，或是对他有失礼的行为，他一定这样骂："别臭美啦！你觉得你比我有钱吗？"

如果对方认为谢元失礼，向他唾骂的时候，他会把悬在细手腕上的大拳头高高举起，甚而打击那人，同时叫骂道："你妈的！凭什么欺侮我——凭着好看的皮吗？看老子把你的皮剥掉……"

于是，他不管天地地撕掠着对方的衣服。

有一天，他如上情形打了一个新闻记者，这位新闻记者就以身受的实状，在第二天社评栏里发表了一篇题为《穷人无礼》的文章，在全文的结尾，他稍带贡献地方当局一点意见，为了维持社会的秩序与观瞻，应该立即设法收容无业游民，或者是驱逐出境……他还说，如果这办法不能立时施行，最低限度也应该首先把那打他的疯汉子逐出市外。同时，他就指明那个疯汉子亦即举世闻名的爱骂人、爱打人的花子——谢元。

那位新闻记者的一段社评居然发生了效力。在二十四小时以后，谢元便被两名武装警士押解市外去。

可是，又过了二十四小时，谢元又大摇大摆地返转这个城市里，他不因为这次的胁迫而变好他的行为，反而加甚了一些。

在其后的三天以内，谢元又被警察驱逐出境四次，大摇大摆地返转这个城市里来也是四次。最后那次他被拖到公安局里去。

一个巡官过他的堂："你就是谢元吗？"

"嗯，不错。"

"混蛋！"巡官变了颜色，"为什么三番五次把你弄走，你三番五次滚回来？……你要故意违犯国法吗？捣蛋的王八！"

"究竟谁跟谁捣蛋？你说！"

"你也敢问我！"巡官拍着桌子，桌上文具跳荡起来。

"为什么不许我问你？"

"就是不许！"巡官突然跳起来，要用小皮鞭子惩罚谢元，可是谢元凑近两步，他突然又坐下去，"好，好，你问——"

"天下的路是大家伙儿的呀！"因为过分的气愤，谢元的喉咙开始发抖，身子也站不稳了，他像刚入笼的鸟儿乱走着说，"为什么许别人走，我要站站脚儿全不行？因为我的穿戴不如人吗？"

"疯话，你这疯子！"

"你是疯子！难道我说得不对吗？"

"好，好，你对。"巡官转过来命令着警士，"把这疯子送拘留所去！"

"慢点，"谢元满不在乎的样子，"让我说完我的话！"

巡官冷笑着说："对墙说去吧！"

谢元在公安局的拘留所里蹲了五天。他的野性和粗暴，被一个侦缉员赏识了，于是他便利用谢元那点特殊的才能，当作他私人的助手。

谢元呢，他一面为了解决自己贫困，也就接受了这个恩惠，而另一面他却想要利用这个千载难逢的机会，一举而清扫社会中的丑恶无耻之类。从新的职业开始，他认为伟大的事业在开始了。同时他想："我谢元复仇的日子到了！"

谢元可说是个苦干而且认真的人，在任职的一个月中，他竟办了两起盗匪案，五起窃盗案，还有一起赌博案。这种成绩竟引起那位侦缉员的惊讶、赞叹与满意，因此他的地位在许多助手当中提高起来，巩固起来。至于他所获得报酬，能使他感觉到使他生活向上突进的度数恰如投入沸水中的寒暑表一样，这使他也有侦缉员相同的感觉：惊讶、赞叹与满意。

半年以后他结了婚。妻子是个貌美而贤惠的女人。女人，本来在他短期的欲求里是没有这种预算的；可是，现在他居然意外地获得了她。他的美好的梦完全实现了——他已经走进了努力向上的佳境。

当这时，有一棵苦闷的青苗在谢元的心里滋生着，这棵青苗，就是他已经发觉：自认为伟大的事业已经深入了歧途——他不但没有完成清扫人类中丑恶无耻之徒的志愿，而那种丑恶无耻的罪名反而盖到自己的头上。

"腿子，你是有钱人的看家狗啊！"

这诬骂随着谢元办案的成绩递加起来。诬骂之外他也常常听到哀求："放了我吧，老爷，我若是有钱，我不会爱干这种事的。放了我吧，看人和人的面子上千万可别把我送进可怕的监牢里啊！"

之外，他也许听到莫可奈何的愤慨："朋友，我没抢你的，前生咱们也没有什么冤仇，可你一定要拿我送礼，好，咱们阴曹地府见！"

在不久以后，谢元开始明白，自己所要复仇的完全落了空，而竟戕害了自己，正像对准自己的伤口重重地戳了一刀。他想这真正是愚蠢绝顶的事。

他开始像痛恨丑恶无耻的人那样痛恨自己了。然而单是痛恨，是不能将滋生在心中的苦闷的青苗铲净的，他觉得从良心的深处诚实无欺地纠正自己的罪过，忏悔自己的罪过才行。于是，在一个月色朦胧的秋夜，月光正从玻璃窗流进谢元的屋里的时候，他把电灯关闭了。他让那些罪过，随着黑暗遁去。而后，他跪在貌美而贤惠的妻子面前，他突然灼热起来的血脸，侧埋在她的两腿之间。他倾尽了平生所有的温和、缠绵悱恻之情，那种样子，仿佛求恕于圣母像前的痴人一样。

他的妻子被惊扰了。他开始要倾诉一切；但他两唇之上好像涂了层浓厚的胶水，尽管掀动却张不开口。这种颤动蔓延到她的腿上，又复传达到神经中，它变为一种不祥的感觉，但那种感觉却又似月色一般朦胧，岑寂……

喧扰在包围着他，各种不同的诟骂、哀求与愤慨的声调，画出各种不同的脸谱，这一切，就是谢元的罪过的收获。

现在，他决心要毁灭它，而且他决心不再在自己受过伤害的心田上，播下任何罪过的种子了。

他流了眼泪，啊，这种珍贵的含着咸味的水珠，自十六岁以后，从这倔强人的眼睛里出来还是第一次呢！

"你们饶恕我吧！"谢元向着那些从他幻觉中出现在各种不同的脸谱哀求着，"我做错了，现在我已经知道：断送你们的自由，性命，那绝不是我的真正的幸福……从今，我再不干了！若不信我就起个誓吧……"

现在，一片薄云从窗上揭开了一轮明亮而饱满的月亮，像一块白铜盘似的悬在他的眼前。于是他继续说道："如果我谢元有一点反悔，我的生命一定随着明天的月亮缺陷下去，到它全黑的时候，也就是我死的日子！"

他的妻子感觉果真跟不祥的东西接触了。可是她没有敢问那不祥的根由，因为她的勇气在她丈夫的突如其来的温和、缠绵悱恻之间溶化了。

让时间来证明那不祥的根由吧……

让誓言来证明吧，他们的日子正像明天的月亮从光明，饱满，逐渐地晦暗，缺陷下去……

然而，谢元却始终没有背叛他的誓言。

三

今天是一九三六年九月二十七日。

这一天的晌午，谢元便被释放了。自然他是回家去。他在街上走时，又发了个誓：今后绝不再干犯罪的勾当了。

在几天以前谢元想过，就是有人帮助他恢复五年前的生活，他也要拒绝的，因为满足一个人的幸福，造成许多人的痛苦与死亡，这类事早已不是他的希望。

甚至他不愿意回想五年前的日子。现在踏在归途上，脑子里翻腾着十四年以前的事情。并且，他觉得每一步的连续，等于走回十四年前的安分守己、自食其力的归途。

现在，若以这季节的气候比喻谢元的性情，那是最恰当不过了，他仿佛是秋天中午温和的、稍带忧悒的太阳的光芒，从一趟大街转入一条胡同里去。当他在老远就看见自己家的屋脊的时候，他的心便开始激荡起来了。

已经有好几个街坊发现了谢元。立刻这种情报就传到这条胡同每个人的耳朵里。于是男女老少都怀着莫名的好奇心，踉跄地跑出大门，同时，也都怀着戒心向胡同口探望。

"恶棍"这名字，又从孩子们的记忆中复活，有的孩子故意在人群中卖弄自己的聪明和大胆，突然出人不意地喊道："谢元，这恶棍！"

但孩子也确乎记得"恶棍"的凶狠，因此，当他喊完之后便悄悄地躲进大人的臂弯里去。

年纪大的人虽然也记得谢元的凶狠，可是现在让那浓厚的轻蔑将它涂抹掉了。谢元在他们的心目中，已经是一个又蠢又丑的动物，那种动物，极端地象征着一个男人的无能、可耻，而且必定要受万人的唾骂、攻击，因而竟至牺牲了他的人格和一生的事业。

好事的人们已经把拇指、食指、无名指和小指垂下，把中指翘起，并且故意扬高他的手臂，好让谢元看个真切。谢元早就看见那个手势了，可是那究竟是什么用意，他一时还摸不着头脑。

到后来，他想到了一些，他所想到正是五年前所讳言的事，那也就是他最担心的一件事。然而谢元并不立刻把焦虑和恼恨表露出来。从前，对于那种侮辱，他必然要采取报复的手段；可是现在他不那样做了，他为了回避地狱式的牢狱生活，不得不忍痛退让一步。

谢元一脚迈进别离五年之久的家门了。

屋里异常凌乱，仿佛刚才发生了重大的殴斗：被子和家具完全变更了位置，狼藉在不该安放的地方。茶壶、茶杯的碎瓷片四外扬弃着。他的妻子正在倒背着脸对着墙上的椭圆形的镜子梳理被撕乱了的头发。她的脸让粘凝在一起的血和泪弄模糊了。愤怒和决斗后的疲困，使她的臂膀微微地发抖。

当谢元走进屋里的时候，她从镜子里看见了她的丈夫，于是她连忙回转过身子准备站起来，可是谢元已经走到她的面前。

出现他眼前的不是貌美而贤惠的面孔，而是被血和泪涂抹了的一张模糊可怕的黑影，从那黑影中透出了五年来未曾有过的欢笑。她突然扑倒在谢元的身上，两只胳膊扣紧了他的腰，她的脸压住他的胸脯，她开始用低泣代替申诉着五年来的委屈。

她的两臂更扣紧了些，她觉得他急跳着的心脏，好像密集的炮火一般向她的耳边轰击……

屋外是和平的秋色。

屋里却被森冷、肃杀之气充满了。她非常害怕，她觉得她是在抱着一具僵冷的尸体。一切都归于绝望。谢元虽不害怕，却呆呆地一言不发。

这样持续了四五分钟以后，谢元才问："为什么弄成这样子？发生了什么？"

"什么也没有，"停一下，又重复一句，"什么也没有啊！"

"不能，你别骗我……你一定得说……"

"我不说，求你宽恕我这回吧，"过分的悲痛使她变了声音，"我们要马上离开这个地狱……离开这个地狱到远远的地方去……"

"为什么？不能，我们没有那些盘费。"

"不，我有钱。"

这个钱字仿佛一把锋芒毕露的锥子刺进谢元的心里，啊，这是多么可怕的创痛呢！他忍无可忍了，现在那种无能、丑蠢的动物，开始在他的脊背上爬行着。他立刻反回"恶棍"的本性，突然把她推开，凶暴地逼问道："钱？你从哪里弄来的钱？"

屋外立刻有人回答："公安局长那里！"

随着这回答，躲在门外窃听的人群便一哄而散了。

谢元的灵魂全部爆裂了。他仿佛分娩的产妇，经过短时间的昏厥，又渐渐苏醒过来。

然而他站不稳，好像遭了地震一般，全身都在不由自主地颠簸起来。她呢，她明白什么全完了，也许有更凶恶的事情就要发生。这之间，她要说一说难言的苦衷——她要剖白刚才所遭遇的不幸，她要不加掩饰地、坦白地告诉他：我是奸了公安局长；但确是出于他的强迫，也是为了维持五年来的贫困生活。他的势力，他的金钱，不能把我从你的心上夺去，直到最后一分钟，我是属于诚实的丈夫谢元的。虽然他打伤了我，而且今天那恶魔逼我离开你，可是我仍旧给你保留着。我有钱——你不要问这笔钱从哪里来的吧！——我们要马上离开这个地狱到远远的地方去……可是她要说的话一句还没有出口，她的丈夫便像溜了缰的野马，狂奔出门外了。

她茫然不知所措地在谢元的身后追赶着，如同追赶着自己逝灭了的灵魂……

四

一个月以后，有一个判决的杀人犯从法院的看守所里移送到监狱里去执行他的刑期。当他被押送进监房的时候，一个值班的，缺了一只门牙的看守，用幸灾乐祸的口气对那杀人犯说道："嗬，朋友你来了，真是等苦了我啊！"

然而，那杀人犯并不回答。他仅仅以绝望的眼睛看了对方一眼，然后，习惯地提高了镣环继续往前走去，末了，他在指定的监号门外站下。

缺了一只门牙的看守一边用钥匙开着门锁，一边喜形于色地向杀人犯说："我该给你恭喜啊？你已经报了仇啦！"

他仍然不去回答。铁门开了，他不知不觉地走进去，许多犯人蜂拥过来，"老朋友，你又回来啦！"

这次，他勉强苦笑一下。木立了半天之后，他那颤动着的嘴唇，开始发出一种迟缓的、谐和而悲哀的音乐："……我为了你们的寂寞，我特意回来陪伴你们，从此以后我永远陪伴着你们了！……老朋友们，一直到我死的时候，我才离开这里呀！"

五

卢沟桥事变以来的敌军，在世界以外的牢狱中，演成种种丑恶残暴的话题。而且使那些来自不同省份的罪犯异常地关心他的家乡。每天从看守、公务员的口中探听来的新奇的消息，使他们淡漠了自己可怕的生活。

一天，一件更新奇的消息更使他们兴奋得发起狂来，然而有一部分犯罪过重犯人被失望打击得像死一般蜷伏在铁门里边，谢元就是其中的一个。

过两天谢元借个机会当面质问典狱长："为什么别的犯人可以上前线，我不能？"

"你杀了人！"典狱长冷然地回答。

"我还敢杀日本人！"

"你的罪太重了。"

典狱长走开了。

"不，我没有犯罪！"谢元跟在典狱长身后肯定地自辩着，"你们也给我一支枪吧。"

"不要妄想，"冷酷的声音从墙壁那面打进谢元的耳朵，"你安心活下去吧。"

这是深秋之夜。

当犯人们全已入睡的时候，这个不肯安心的杀人罪犯谢元开始进行他的冒险的越狱工作：他利用从厨房间偷回来的小铁铲，迅速地挖掘着监房的墙壁，然而不幸被那个不尽职爱睡觉的老看守意外地发觉了。

法官问谢元："越狱是犯死罪的，你知道吗?"

"知道，"谢元毫无顾忌地回答，"我不甘心死在牢狱里!"

"那么，你甘心死在枪弹下吗?"

"甘心……"

"不怕?"

"不!"

"那么，我要宣判你死刑!"

谢元两手握着被告席的木栅，坦然地对法官说了最后的一句话："能够特别恩典我，请你把我送到日本兵那里，我将咬掉一只耳朵再死，就满足啦!"

法官特别恩典了谢元，把他送到黑房子里去。当一个月过去之后，谢元又从那里回到他的终身的栖所时，这次他果真疯了。

现在，谢元就在疯人院里度着：可以说是"安心"，而绝无"妄想"的生活，爱和憎，以及世界的全体都不属于他的了……

旗　手

　　周长江在全队里醒得最早，每天是那样，当他爬到小山岭锻炼臂膀的时候，他还看不见太阳的影子。

　　他是个壮汉，就是性情过于倔强了。人们比喻他是一只顽强的熊，因为一只熊被猎人用尖刀划破肚皮而致肠子流露时，它还要自己撕断肠子，抛到一边去，继续跟猎人决斗的，那么，由于这个比喻就可知周长江的性情如何倔强了。

　　这样的性格，是特别适于他的职务的。他在突击队里充当旗手，到明天已经有两年的历史了。两年的时光，和敌人接触不下二百次，队长战死九名，十八名队员中，只有万广源和佟志还是他的老伙伴，其余那些全数伤亡了。

　　伙伴在不断的恶战中，不断地伤亡和添补着。旗手周长江就在这样环境里，以伙伴和敌人的血培养得一天比一天撒野起来，他在战场上如同一匹见了大草原的野马，没有谁能够制止住他向前奔驰。他左手笔直地举起那面被风撕破的，被血溅染的"抗日义勇军"的旗帜，右手握住手枪向日方瞄射，并且他总是拼死命地喊着："杀！……杀！……杀！……杀！……"

　　每一次周长江都是冲过他的队伍六七丈远。那面被风撕破的，被血溅染的旗帜，比周长江更倔强地振着翅膀向前冲刺，队员们都好像疯狂一般紧跟在旗帜后面，一齐喊着："杀！……杀！……杀！……杀！……"

这个单纯的而且怪吓人的进行曲，每一时、每一刻都结在周长江的记忆里。他简直就是那样一架机器：举旗、冲杀。此外，再也不会其他的动作了。

鸟从窠里飞出来了，它们绞成一股粗大的绳索，在山谷间、在桦林中到处噪叫。

这时候周长江也从他的窠——山洞里走出来，他愉快得像一只小鸟，一边掠着野花，一边跳跳跶跶地向山顶上爬，刚爬到山半腰，他遇见放哨的老伙伴万广源。

万广源先打招呼："老周。"

"嗳。"

"老周，你明天两年了。"

"嗯。"

"明天，队长给你庆祝两周年纪念哩！"

"可是，明天你也两年了，一道庆祝吧？"

"不，咱们不同；队长说你是咱们队里独一无二的功臣哩！"

"我有什么屁功！有功的人都牺牲了！"

他们同时很响地叹了口气。周长江就丢下万广源爬到山顶上去。

风很硬，白桦林的树梢在周长江的眼下弯曲着腰部摇晃着，肥大的叶子挤擦着扫动着，发出松涛般的巨响。

这也使他兴奋，他感觉这是陷在大敌之前，正需要他登高振臂一呼，大家冲杀过去，于是，他就以那瞭望不尽的白桦林，作为假想敌，认真地做一个举旗、冲杀的姿势并且呼啸起来："杀！……杀！……杀！……杀！……"

声浪在山谷间、桦林中激荡着，鸟惊扰起来，成群地从树顶一直钻到半天空，隔一会儿四散开了，渐渐又回到它们的枝头上。

兴奋逐渐消灭以后，他自己扑哧一声失笑了。他纳闷儿地想：这是神经错乱吗？不然，为什么在脑子里在眼睛里老有敌人的影子，而且这些影子一遇到他总是望风披靡的。

他嘲笑那些被他惊扰了的鸟，它有许多弱点像敌人，譬如最明显的就是，当没有大的声浪打击它们时，它们就像皇上一样，随便在桦林里飞啊、唱啊、拉粪啊……可是一有动静，就仓皇不知所措了，飞东飞西，失声地噪叫一阵，然后藏到安全的林丛里去。

这比喻全是事实，许多许多敌人，就是这样在周长江手下溃败的，并不是他随便轻视敌人。

两年来不曾有过一次为敌人们所慑服，不但没被慑服，他反而拿他们来消遣，假如隔几天不消遣一次，他的心就发起焦来；当这时，他常常私自拿着旗子，跑到附近山岭间的草原上任意驰骋。

有一次一个队员在后面追逐他，他就比被猎狗盯梢的野兔跑得还快；可是在这不甚平的草原上兜了三个圈子之后，他让队员追上了，并且用腿把他绊倒在草地上。

队员夺取他手里的旗子。

周长江认真地保护着他的旗子，争夺结果，那个队员被他摔倒了，鼻孔流着鲜血。

那个队员很生气，爬起来对周长江说："你，你太撒野啦！……"为什么呢？用旗杆往死戳我！"

"不是活该啊！谁让你随便夺我的命？"

"命？啊哈，旗子就是你的命啦！"

"那可不！"

"可是，我是跟你开开玩笑啊。"

"小伙子，你拿我的命开玩笑？那可不行，哼，那怎么行呢！"

经过这一次示威，队员们谁也不敢擅动周长江的旗子了。

当他举起旗子的时候，周长江就俨若神圣那样不可侵犯。

他是全突击队的灵魂。

现在他站在山岭上锻炼着臂膀。虽说是夏天，从夜里袭来的潮风，总是森凉的，它围绕着山岭回旋，好像冬季的海潮拍击着周长江的全身，然而他坚韧的皮肤，丝毫不为蹂躏，而他的四周竟像荡起温流，他出汗了哩。

哨兵万广源在山脚下招呼着："下来，老周……"

他立刻跑下来了。另一个队员催促着说："准备！"

周长江回答那个队员愉快的一笑，一直就跑回山洞里去。队员们的武装已经准备好了。

他拿起旗子和手枪来。全队跟随着他，仿佛一条蛇虫，在起伏的山冈上蜿蜒前进。

大家埋伏在一段山沟里，前面有矮的树丛屏障着。他们的枪口从小树夹缝伸出去，几乎埋没在青草里了。小虫和蚱蜢被这骚动惊扰了，横竖乱飞一阵。

周长江的心脏为这最大的兴趣跳动着，他握牢了旗子和手枪。两条腿运足了竞走时的冲力。喉咙似乎在发痒；他竭力梗止着他那熟练的歌子——让杀……杀的声音变成迫促的呼吸。

他猛然想起老伙伴万广源方才对他说的明天庆祝两周年纪念的事情，他暗暗地觉得惭愧，他自问自己："我有什么功劳配得起庆祝呢？"

他总是觉得什么也没有，这是有他的理由的：第一就是敌人仍然连续不断地出现他的眼前，敌人存在，使他没有接受什么功劳的勇气，同时，也使他没有接受什么庆祝的勇气。

然而，庆祝明天一定要举行的，这使他局促不安了。他非常害臊，全个身子发热，他蜷伏在壕沟里，简直像盖在蒸笼里的蜗牛，尽可能地缩曲着。

旗子已经展开了，它像不甘寂寞似的，在树丛后面震荡着翅膀。和周长江的心翼的鼓动，总是非常谐和的。

现在他把全副的精神，集中在一个问题上：要怎样才能配得起明天的庆祝呢？这时候他心翼的鼓动就超过旗子的震荡了。

他思索着，一直地思索着……

一排枪声，接着又是一排枪声，他好像是被惊醒了。当第三排枪的枪机还没有扳动时，周长江就像一匹不羁的烈马，跃出了壕沟，其余的队员也就一拥而上，紧急的枪声，混着拼命的喊叫："杀！……杀！……杀！……杀！……"

敌人的队伍零碎了，忽然又集拢起来，伏在草地上开始还击。

子弹好像广漠上的飞沙，向着周长江扬来。

旗子被打穿了好几个窟窿，但是它依然伸展着腰板，拨开很密的枪弹向着敌人冲进。在距离敌人二百码的地方，旗子突然扑倒了，立刻又跃立起来，便勇猛地追迫着敌人。

于是，敌人的阵线上紊乱了，活着的抛下伤亡的向森林里逃了，当他们还没有夺得一棵护命的树干时，忽然好像让谁扯住衣领向后倒下去在安静的草原上，翻滚着一片不被谅解的痛苦和哀求声。

和每次一样，周长江第一个先抢到敌人的阵地；和每次不同的是，周长江跌倒了。

他跌倒在一个已经死了的敌人身上，他还要挣扎起来，可是不能了，只有那面旗子插到草地上摇动着。

队长和队员们随后也赶到了，大家都积聚在周长江的身边。队长丢开手枪，俯身就把周长江抱起来并且问道："不要紧吗?"

"不要……紧！"

虽然是响亮，但已不像周长江的声音。他睁大着眼睛，让痛苦变为微笑。而且他的身子渐渐从队长的臂膀里沉坠下去。

队长战栗着，咬着牙齿又把周长江放在草地上。周长江的胸部被血水浸满了。

队长又问："你愿意怎么办?"

"庆祝我吧！"

"还有什么话?"

"这面旗子送给我。"

他始终握紧旗杆。直到队长把旗子蒙在他的脸上，他也感觉不到死的恐惧。这时他还可以听得见许多伙伴的叹息声，他愉快地微笑着，他用力掘动着旗杆，想要把旗子揭开，亲眼看看自己的光荣队长流着眼泪举起手枪，像瞄准为光荣而死的伙伴的头颅一样地瞄准自己。

然而，他遗憾了。

在他呼吸截止的时候，旗子上溅满了兴奋的血花。

记　号

这惩罚对于小柱还是第一次。他不能不衷心地感谢那位仁慈的、宽宏大量的少爷。被他怀恨的倒是那些帮虎寻食的奴婢，你看，他们单就这样主张。

"不要那样，少爷，牢牢实实地敲打他一顿就让他滚吧。"

"其实更用不着你费这么大的事，警察喊来，把他带去就完啦，让我打电话去好吗？"

可是少爷究竟是仁慈的、宽宏大量的，他不接受那些坏主张，并且呵斥着他们："全给我滚开！什么话呢？我连我自己的主权全没有了吗？"

可不是，那叫什么话呢？少爷的主权若是受奴婢们的辖制，这世界可成了什么世界？

"下贱奴！让你的主子行点好事吧！"

当少爷用小姐的绣花针向小柱左脸颊上乱刺的时候，小柱心里这样咒骂着多事的奴婢们。这种惩罚在小柱认为是一种儿戏，由于那微渺的刺痛，致使他周身麻痒，甚至于要使他发笑。不过，小柱却也了解那确是惩罚——然而是仁慈的，无论如何不能视为儿戏的，因此，聪明的小柱勉强忍住了笑，真像是受了重刑一般地哭叫起来了。

小姐终于忍耐不住了，从客厅里跑出来，站在大理石的石阶上大声地嘟哝道："快把针还给我啊！……做么惹他吱哇乱叫？……让他滚！吵死我啦！"

"淑娴，你别忙，等一会儿就还你，"少爷转过头来嬉皮笑脸地说，而后又转回去，继续向小柱的脸颊上刺着，"我也会绣花啊，淑娴你来看。"

"我不喜看！还我针，人家剩一点不让人家做完，真是的……"

"你绣的什么啊？"继续刺着。

"富贵荣华！富贵荣华！你这不是明知故问吗？"

"那多么俗气啊！等一会儿看我的吧。"

可是，在小柱的脸颊上，并没有什么出众的花样，那不过有些杂乱的、微末如沙粒的血滴粘贴在那里。小柱痛哭着，流出来的泪珠要大过血滴不止十倍了。

"饶了我吧……少爷。"

"我说了就算，一定饶你的。这也痛吗？"

"噢唷……痛！……痛啊！"

"那么，让我给你擦一点药水。"

少爷向小姐要墨水，于是拿来一瓶蓝色的墨水，少爷把它涂在小柱的左脸颊上，而后用一条小手帕向着涂起墨水的部位揉擦。

"还痛不痛？"少爷慰问道。

"谢谢少爷，我觉得是好了一点哩！"

少爷向手帕不曾沾色的部分吐了一口唾沫。他利用这一点水分，把浸在小柱脸上淡薄的墨痕擦去。于是一个出众的花样出现了，那种精致的秀丽的线条，引起了小姐的笑声。

那声音是异常犀利，而且是突然突破了她殷红的嘴唇。

小柱又变为自由的小柱了。他仍旧怀着忐忑的心情，像一条小泥鳅似的穿过大街小巷。他心里总是觉得那位好看的小姐的怪笑，既使人怀疑，而又使人讨厌。至于那位少爷呢，倒是个仁慈的人，不过，他既是给了轻轻的惩罚，那就够有情面了，为什么又给擦了不少药水，这少爷究竟是怀着什么心思呢？简直使头脑简单的小柱不可捉摸了。

不过最使小柱怀恨的，还是那个帮虎寻食的女仆，她的一句话仿佛是一把锥子，正刺到小柱顶痛的地方。过来的日子，虽是每时每刻都被捆在熬苦的生活里，甚而他也每时每刻都防卫着它——顶痛的地方——尽他的智力，不敢疏忽地防卫着，就是如此他还被人刺中了一次，那种痛苦的滋味现在简直是不堪回想了。

可是现在他回想着已经偷到手，又被发现了让人夺回去的东西了，于是他十分懊丧，痛恨自己，假如能够跑得更快一点，那一双八成新的银色舞鞋送给收买赃物的魏秃子，顶起码可以换来两角钱的。小柱若是有了两角钱的话，则一家人两天以内的生活就不会发生什么恐慌了。

因为小柱的念头完全牵到新的银色鞋和两角钱上，在表面看出，他是非常沉静，跟平常的人一样自由地溜达着，整日头埋没在楼房里了。当小柱走出市外的一条归家的大路上，他的身后拖着一个长长的背影。

离开喧哗的街市，他这才发觉他的周围有了不少多余的人物。那些人都像怪物一般地追随着他，注视着他，而且彼此传递着生疏的眼睛，像一群鸽子莫名其妙地叽咕着，这种离奇的空气，使小柱害怕起来。他虽然没有一一地认清许多的面貌；但他已经在这一大群中发现了一个共同的特征：狰狞，鄙视，阴险，乃至于露出侵害的恶意。侵害！这是他该有的猜疑，那正像动物园里的小熊对于每个观众都怀着的那种猜疑。

由于害怕，由于狰狞、鄙视、阴险，以及倾害等等的压迫，把小柱的眼睛弄得畏缩了。他深深地垂着向前走，他几乎失掉了坦然地向着人群正视一眼的勇气。假如他会土遁法，他就毫不犹疑地钻进地里去。因为他急于要躲开这些可怕的人群，但他不能，绝对不能！

他只好走快一点，企图把那些可怕的特征甩在身后。可是人家并不放松他，而且反倒引起了他们的反感似的，于是，那些可怕的特征，在他们中间更加显著起来了。

小柱着慌了，他像被猎人惊动了的小鹿似的奔另外一条小道遁逃。

　　于是人群在他身后骚叫起来："小偷!"

　　"抓啊! ……抓啊!"

　　"抓小偷! ……"

　　一直等骚叫平静了好久好久之后，小柱这才从垃圾箱里探头缩脑地跳出来。黄昏近了。留着微温的秋晚里，这时候撩起丝丝的凉风了。

　　他机警地在路上走着。这一带是和都市分立的贫民区，现在他陷入没有灯光照明的黄昏里了。小柱在这里走，比较安心一点。可是方才给他的教训，使他不能不提防周围行走的人们。虽然那些狰狞的、鄙视的、阴险以及倾害的特征，已经潜隐到逐渐浓厚的黄昏中，而他们在小柱的眼前、心头，却依然在活现着，追踪着，简直像一条嗅觉异常的警犬似的追踪着他……

　　"妈的，我又不是当官的，带了什么记号……这真怪啦! 为什么都知道我是……"

　　可是知道他是什么呢? 连小柱自己都不肯说明，不过在他仅有的自尊心里最忌讳的污点，终于让他人揭破了。

　　"小偷!"

　　为这两个音响所造成的名词，很使小柱害臊，仿佛被人剥光了衣服，赤条条地供人观览似的。他要逃跑了，离开这让人难堪的地界，然而，地球是没有边缘的啊。

　　他局促不安地往家里走。爸爸今天回来得很早，他正同五岁的妹妹，摸着黑儿在吃讨来的冷饭。小柱也饿了，他从一只铁罐里抓把冷饭，一塞就塞到嘴里去，接着又是一把……

　　起初，爸爸是沉默着的。当小柱吃了三口饭的时候，爸爸就问道："讨来几个钱? 给爸爸。"

　　"……哪里，哪里讨来钱呢! 爸爸……"

小柱以委婉而又镇静的语调掩饰他双重的惭愧：一种是一整天没有讨到一个钱；一种是背着爸爸做了不体面的事。并且他说完之后，手也停止了，他觉得吃爸爸讨来的饭，他的惭愧更加重了一层，因此他决定不再吃了。

　　由于三种惭愧的环击，小柱的脸好像火烤一般地发了一阵烧，他无意义地用两只冰冷的小手按在脸上，这样，他马上想起少爷给他的刑罚来。

　　摸摸脸，是平滑的，只是觉得有点浮肿——其实那是小柱的心理作用，他的脸本来是完整如初，并无异状——啊，肿这么高！他暗自惊讶起来。接着他就划着了一根洋火，把煤油灯点着了。

　　于是，这漫无秩序，肮脏到意想不到的家庭，被微小的光亮全部照明出来。

　　小柱用拾来的大半脱了水银的破镜片，挨近小灯照着自己的脸，仔仔细细地照着左脸，那上面有无数黑色的小斑点被他发现了。他往袖管上吐了口唾沫，送到左脸上胡乱地揩擦了一会儿，然后再照，仍旧一粒不缺地贴在原处，他照样擦了四次，那斑点仍旧顽固地留在那里。最后一次小柱竟把面皮擦破了。

　　"爸，你看这是什么玩意儿?"他躁性叫起来，把左脸送到爸爸的眼前。

　　爸爸不经心地瞥了一眼，说道："墨道子，擦去就完咧。"

　　"擦不下去，怎么也擦不下去!"

　　爸爸细心一看，他明白了，那原来是刺的字，这倒有什么稀奇呢，每个苦力的手背上、臂膀上、胸脯上……差不多不都有那个吗？可是刺在脸上的好像是只有儿子一个。

　　"可不，"爸爸说，"刺的字怎能擦掉呢？谁给你刺的呢？你不能让他刺在脸上啊！……怪难看的。"

　　"爸，你认识是什么字吗?"

　　"上边的，是个小字，下边啊，我看不清了。"

为什么看不清呢？爸爸不认识那个字倒是实在的。

爸爸一提起"小"字，小柱的灵机却马上就来了，他非常骄傲地显耀着他的光荣，他觉不出他的话既自欺，而又欺人。

"爸，你连我的名字都认不清吗？……下边的是个'柱'字，这是一个好朋友给我刺的啊，他还是个有钱的少爷哩！"

可是小柱是不是把自己的名字告诉过少爷呢？对于这一层，他是非常模糊的，他回想着，当他的思潮完全混乱的时候，他听见爸爸嘟哝道。

"不论是朋友，是少爷……反正把名字给刺在脸上……是不大好看的啊！"

第二天早晨小柱单独出去了。铅一般的天空，正洒着蒙蒙的细雨。街上没有晴时那样多的行人，零零碎碎的几个，都好像是后面有人追赶似的。唯有小柱他在闲散地游荡着。他倾听着由赤脚打出的音乐——谐和的泥水声。渐渐地肚子里也起了不平之鸣，沉雷一般地响起来了。

迎面走过来两个巡警。有一个在一丈以外就盯盯地瞅着小柱的脸。当他走近的时候，就像一面影壁把小柱挡住了。巡警说："往哪去？"

因为小柱一向是仇恨巡警，所以他横气地回答道："你认识我吗？……我愿意哪去就哪去！"

"你说了算吗？"

"可不！"

"我要带你到所里去！"

"你？你可没有那种权力啊！……我又没有犯什么国法。"

巡警冷笑着。另一个对着小柱横眉竖目地看着并不说话。冷笑的一个接着就叫骂起来："小兔羔子！你看我有没有带你的权力。"说着就拧拎起小柱麻秆似的胳膊："走！给你点苦头尝尝！"

小柱并不示弱，一只手企图扳开巡警的手腕，同时很理性地争辩着："你不要仗势欺人，我没有犯什么国法，你不能带我走！"

可是，另有个巡警又把他余下的一只手牵住了。于是小柱像被缚的小羊似的乱叫起来，声音也是恐惧的，也是哀怜的，而且，也是气愤的。

这之间，人就像苍蝇似的包围上来了。谁也不知道怎么一回事，莫名其妙地嗡嗡着。自然，其中有着不少文明人，他们从小柱的脸上已经得到巡警逮捕这穷孩子的理由了，他们向疑问的人们做着平凡的解答："没有什么稀奇的，一个小偷。"

这句话，把人们心中的神秘性打破了。而后他们就像单为发现食物的奇迹而终于失望的一群苍蝇似的，嗡然一声，便各向不同的方向飞开了。

小柱站在原告席上。

前一次，小柱是被安放在被告席上的。他对于这席位的对调，不关心，也不觉得有什么异动。所差的是小柱所最痛恨的那个少爷的男仆，这一次在前一次他站立的席位出现了。说一句法律话，他就是被告少爷的代表人。

"我们的少爷对于他的窃盗不愿起诉，"男仆对法官说，"他是希望双方和解的。"

法官转过来征求小柱的意见。

"我是随着，怎么办都行。"他斟酌了半天才说，他很担心他所说的话，假如不是恰到好处，那真是该死了。

"你没有其他的要求了吗？"法官问。

"要……球？……啊，我什么也不要。"小柱茫然而坚持地回答。

可是原告的义务律师辩护道："不，不，原告有一点不能放弃的要求：除无条件和解之外，被告应该负责把原告脸上的字设法去掉，按名誉赔偿上讲，我想，并不算太额外……"

"你以为如何？"法官对被告说。

"行的，少爷可以给他一些钱。"

双方很捷便地就把官司和解了。在庭上办完和解手续之后，小柱跟着男仆去到少爷的公馆。他没有见到少爷。男仆交给他两元钱，并且指示他到邻近一家医院去。

"只消两毛钱就能够把两个字弄掉，那你还剩一元八毛呢，妈的，这一次生意算做着了！"

小柱不高兴跟那男仆争论。接过来钱，许是数量太多的缘故吧，他的手，他的身子，全不自主地抖索起来。后来他一口气跑到男仆指他的那个医院去了。

他对医生说："两毛钱能够弄掉两个字吗？"

"什么？"医生还没有抬头。

"唔，唔，脸上的字。"

好奇心将医生的头颈拉了起来，惊骇地喊道："小偷！啊，你做过小偷？"

"做过，就做过一次……"

"你想要丢掉那两个字，是不是？"

"对啦！"

"那么，你打算要不要脸呢？"

"怎么讲呢，医生大人？"

"弄掉它是很容易的，"医生随手拿起一把小刀，说："来，割下你的左脸。"

"啊！医生大人，那我可不干！"

"滚出去！"医生用刀尖指着小柱的鼻尖，"这样不要脸的小杂种，你带着它一辈子吧！"

于是，小柱像只胆怯的小耗子似的跑出了医院。当他的心平静不久，刚要穿过一条横路的时候，一个巡警又从他背后追来了。

他在前面拼命地跑着……

梦和外套

他一定是莱维托夫，当那个非常熟识的面影从我的视线错过的时候，我如此肯定地默语着。但他阔大的步伐，已经把我丢在十码开外了，我绝不能让他走掉，这是多么富有神秘性的巧遇啊！我必须追赶上他，而且握住他那肥硕的、毛茸茸的、有高度温热的手，说："哈喽，认识我吗？同志！"

他一定咂一下亲密的嘴唇，不，惊奇地用舌尖打一下响，而后像巨人般地把我捕捉住。那时，我的一只手，会被他捏得发疼的。他将说些什么呢？我准备说些什么呢？……这未免过虑了，最要紧的是别让他跑掉，因为大街上的人比蚂蚁还多，这些蠕动的群，太阻碍我的行进了。

那巨人的背影，在迷蒙的灯光下，人群中，继续向前移动着。我几乎像浮水似的，用两手轻轻地拨开在我左右的人，加快地尾追着他。在一个十字路口，我终于和他并肩了。我在什么还未表示时，我的心首先跳荡起来。我局促、腼腆，而又兴奋，那心情，有些像初识的少女求爱。

但是，就在这时候，我觉察他并不是莱维托夫，他和他的面貌虽然异常相似，但我能看定他不确是莱维托夫，因为在他的左颊缺少莱维托夫那样个凸出的一颗黑痣。

于是我颓然地让他走开。

这天夜里，我躺在床上无论如何也睡不着。而且我的怀乡病复萌——那一望无垠的雪平原，那冰雪交错的松花江，那山林中被雪埋没着的白桦、古松……这些在现在，正是构成我单相思的对象，一齐复现我的眼前。在一种甘甜的迷恋中，我的梦，它竟像一只自由的雀鸟飞回我的故乡去了……

在哈尔滨，靠近松花江岸的一座囚牢里，我碰见了我思念的友人——莱维托夫。我们又将五年前的遭遇重演一次。

一个顶冷的夜间，我们的监房里来了一位新客。那时我正患着严重的伤寒症，穿着青色的夹西装，蜷曲地躺在士敏土的光地上。而他一走进来就蹲在我的身旁了。

不甘寂寞的林不客气地问他："白俄吗？"

"不！"同时他摇摇头。

"你是红党。"林的问话毫无感情，冷酷得仿佛是审判官。

"我是苏联的公民……"回答时，他用手互相揉搓着臃肿而发紫的大拇指。一种不可言语的愤怒，埋藏在深如井泉的眼窝中。继而他低调地抗辩着，又似乎是自白似的重复一句，"我是苏联的公民啊！"

于是林又追问道："那么你触犯了'满洲国'什么刑章呢？……你受了刑吗？"

"我不知道。"他沉默一会儿，看看自己臃肿而发紫的两个大拇指，冷笑着说，"我们的国家，对于一只牛也不会这样残酷过。这话，你都不会相信……"

"妈的，"林孩子气地叫骂着，"躺下吧，小伙子，当心明个儿来一群兽吃你的冻肉啊！"

他看一眼冷冰冰的士敏土的地，皱了皱眉头，马上站立起来。他紧紧掩上"宾夹克"的衣襟，并翻起皮领子，开始在空旷的监房中徘徊着，嘴里嘟哝地说："……我要走到天明……"

我听着他匀整的脚步，渐渐地失去了知觉。可是当我苏醒过来的时候，我感觉周身异常温暖，而且也异常沉重。莱维托夫的徘徊仍然继续着，脚步似乎有点疲倦了。

我略微启开眼睛，首先我看见莱维托夫身上的"宾夹克"不见了，他仅仅穿着一件比我的上衣更显得单薄的工作衬衫。然而那件暖和的皮外套却盖在我的身上。这种罕有的温情，使我的眼窝突然湿润起来。同时我一边挣扎来扯着"宾夹克"的皮领，一边感激地说："朋友，请你穿上吧，谢谢你，我是不需要这个的，饥寒对于我们已经成为习惯了。"

莱维托夫惊喜地跑到我的身边来，他按着我的手，不让我揭去他的皮外套。我感觉他的手仿佛冰块那么凉，而我的情感越发泛滥了。

"我确是不需要这个的，但是，你……"

"你顶需要。"他把揭去的皮领，又压在我的胸脯上。

"你不知道你自己的病很危险吗?"

这时候，林被我们的纠纷吵醒。他坐起来揉眼睛问我："怎样?"

"求你把这拿给他……我冻不死的，我不需要这个……"

"胡说!"林斥责着我，"你没有这个，命早完蛋啦!"

"为什么呢?"我奇怪地问。

正在林预备回答我的时候，监房的铁门突然开了，第一个进来的是又瘦又高而又狡猾的白俄看守长，两个看守跟在他的后面。白俄看守长猴子似的叫着："莱维托夫，典狱长请你。"

莱维托夫毫不迟疑地向着铁门走去。这时我连忙扯起"宾夹克"的皮领子叫着莱维托夫："朋友，穿上你的外套啊!"

白俄看守长两步并成一步走到我的身边，毫无礼节地揭去那件外套，叫着莱维托夫："你穿上它——"

莱维托夫做了一个手势，"请你好好地盖在他的身上……"

"你还是穿上吧，你不能再回到这个监房里来了!"

"不必你管，"莱维托夫烦躁地说，"还是请你好好盖在他的身上吧。"

说完，他迈开矫健的阔步，独自走出铁门。白俄看守长尖削的白脸颊，顿时浮出两朵红晕，胡乱丢下外套，没趣地走开了。

我喊叫着莱维托夫的名字，他没有回响。铁门关上了。纷杂的脚步声，渐渐地轻微下去。沉寂的甬道复又归于沉寂。

我无言看着林，而林正看着那扇黝黑的铁门发呆。他的呼吸是异乎寻常的急促。而他的眼睛含蓄着一种不可捉摸的感情。

"这是人类中最光荣的一件记录。"林掉过头，搓着手对我说，"莱维托夫是你的再造者——"

"我不明白，除这外套之外，还有别的事情吗?"

林看一眼窗外破晓的天空，然后开始述说着。他说，当莱维托夫来此不久，我就昏厥了，仅仅有一丝的呼吸，脉搏几乎等于停息。在他焦急地要求看守请医生来，可是竟被看守拒绝了。后来还是莱维托夫再三地哀求，过了半点多钟，他才去请来一位白俄医生。但是经他草率地检查，回答是："死不了的——"

"先生，他的呼吸快断啦!"莱维托夫气愤地说。

"他断气与你何干呢?"

白俄医生说完这句话就漠不关心地意欲走开；但是莱维托夫粗暴地拿住他的胳膊，说："先生，你要不设法挽救这个人，我要干涉你了!"

白俄医生突然挣脱他的手，厉色地说："谁敢干涉我? ……这里不是你们的世界，懂吗?"

"我懂得。"莱维托夫掂量着硕大的拳头给白俄医生看，"但是，聪明的先生，这东西很会捣乱你的安静啊!"

白俄医生似乎有点胆怯了，他躲到看守的身后发挥他的自尊："守分一些，若不，上帝会立刻降罪你这残暴的叛徒的!"

莱维托夫硕大的拳头一挥，就把白俄医生送到铁门以外了，他像从脚夫的肩头颠到地上的笨重的货物，砰的一声撞倒到甬道的墙角下。看守连忙跑出去关上了铁门。

白俄医生在甬道里叫骂着："你这暴徒! ……你这下地狱的暴

徒啊！"

就在这时候，莱维托夫脱下他的"宾夹克"盖在我的身上，并且他用手摩擦着我的手和头，企图增加我的体温。我的生命就在这样保护之下得以复活了。

从那天以后，我就永远没有会见过莱维托夫，而且也打听不出关于他的消息。但是他的热情永远像那件"宾夹克"使我温暖着……

在冷酷、死寂的生活中，那件外套便成为我唯一的伙伴，唯一的慰藉。在几次转徙时，我都携带着它。虽然到了春夏之交，我还是把它放在我的身边。我爱护它有逾爱护我自己的生命。

然而当我侥幸逃出地狱的那天，我的"生命"——莱维托夫的外套——竟被我的敌人，一个日本狱卒强制扣留了。最后他跟我说了这样一句话："我知道这件外套不是你的，所以必须给我留下……"

这是最使我痛心的！

然而，蠢驴！你能抢去我的纪念物，却不能抢去我纪念的心啊！

我和莱维托夫的重逢虽然有如一个梦，在今天，我的祖国却与一万七千万个莱维托夫握手了！

荒　村

　　四年以前，为了要访一个朋友，我和我的伙伴靳春徒步旅行到黑龙江省东北部一个荒僻的小村庄去。由起点到终程的距离，最多超不出六十华里，而且全程都是平原，但在这短短的旅行中，我和我的伙伴靳春都潜藏着凶险的预感，各不道破地潜藏着，自然，我们彼此都深深地感悟到这确是冒着生命的危险，在企图完成这次旅行。

　　除了穿在我们身上的应有的衣、鞋、帽之外，我们再也没有一点附带的负荷了。然而，当我一拔步，就仿佛有什么笨重的东西在我身后牵曳着。这清澄而温凉的秋朝，这朗阔而平坦的原野，并不使我感觉轻快，我想假如这是那类责任的负担在作祟时，我的伙伴靳春定也不会单独受到轻快的解放的。

　　实际，在那些自命解放了的聪明人，他们发了昏也不会因为什么责任去冒生命的危险。这些愚蠢的事，从来是要让愚蠢的人干的，他们看这些愚蠢的人和他们所做的愚蠢的举动，正像一匹巡行在猎人陷阱左右的猛虎。他们的愿望是属于猎人方面的，他们默默中给猎人做着善意的祷告。

　　这事，我有着一个例证：当一个铁路同寅因为违背了殖民地“猎人”的言行，而吃了耳光时，在那些所谓聪明人之间，就增加了一个永可传颂的笑料。现在我犹能忆起当时刻画在他们脸上的皱纹：那是慑服在正义之下的，被他们抑制了的快意的狂笑的皱纹啊！

　　然而，在这到处都设着陷阱的平原上，到处都露着快意的狂笑的皱纹的人群间，我和我的伙伴终以机警而坚强的步子到达目的地了。

这个小村庄以稀有的，我们意想以外的荒凉与破败的姿态，出现在我们眼前。大约在半年以前，我个人曾经来过这小村庄一次，那时，它还保持着近于原始时代的完整而纯朴的风格。那时，虽然是在冬末，树枝上没有绿的叶子，但它的肢体并没有残缺一点。而现在虽然在它的枝杈上还留着晚秋的衰绿，可是每一棵的干或枝，无处不在残缺着，无处不呈着可怕的创伤。它跟这里农人从几世以上承继下来的遗产——茅屋、牲畜栏、露井、耕种工具等东西，同样地受了蹂躏和摧残。"荒凉""破败"这两个字眼儿，还不足以形容出这小村庄的真相，因为，在我的感觉中震荡着愤恨与恐怖的战栗了，我仿佛刚才看见一伙巨盗洗劫了这村庄之后，留下世世代代不泯的愤恨，欢快地逸去。

我们原本打算当时返回的，凑巧那位朋友外出，要到半夜才能回来，并且我们必须见面才行，因此，我们就留在他的家里。

他有个妈妈，这一个生不逢辰的老太婆，被不幸的命运熬瞎了双眼，这是她另一个小儿子告诉我们的，他说妈妈的瞎眼，完全是××鬼子的罪恶。于是，这个天真的青年，就鼓着由乡土养成的毫不羞涩、毫不说谎的直憨的嘴唇，指手画脚地诉说起夏天里的一个早晨，怎样遭受了××鬼子蹂躏的经过。他指着外面的田野，述说当时被踏践的惨状；他指着马栏，那么凄怆地讲述，并追怀着那两匹被牵去的耕马；他指着身侧被炮火轰塌了而补葺未久的土墙，而后他将全村荒凉与破败的面貌介绍给我们。这一位不幸的妈妈，立刻被这重新卷来的山洪触着了。起初她是默默地听着，默默地叹息以至于默默地流泪。末了，她竟至突然恸哭起来。这却惊骇了我们。

"她哭了！"靳春很有些同感的样子，小声地说。

"我的嘴真该打！"青年打自己的嘴巴说，"可是，怎么能让我不说呢？……我不是一个哑巴啊！"然后他掣起我俩的臂膀走出门外："那只好让她哭个够，常常是这样啦。只要她一想起那件事，她就哇哇地哭起来，真的天神下界也管不了她……你们想，我用什么话安慰她才行呢？让她哭够就好啦。……你们听我讲！"

于是他抬起头来望了望灰色的、寂寞的天空，他暂时沉默着。我从灰色的透明中，看见镶在他黧黑脸上的肌肉，迅速地耸动几下，这时我发现他的瞳仁浸润在晶洁的水里，他是哭了；然而，他尽可能地仰平他的面颊，好不使盈满的泪水从斜角溢出。我很能了解这直憨的青年农人的苦心：一个本质倔强的人，绝不愿在他人面前露出弱者的性格的，也绝不愿以眼泪代替诉说的，虽然如此，这个不说谎的人却向我们说谎了。

可是，我有什么权利非难这青年呢？我只有爱惜他像爱惜他的哥哥一样。我为了替他掩饰羞愧，我催促他赶快讲下去。

"不要想了，你随便讲吧。"我说。

"唔，唔，"他迷惑地应着，把衣襟掩了一下，随后就坐在铡草的木墩上，说道，"讲，你们听。"

他讲了许多，大都是关于他嫂子被小鬼子奸杀的事情，这件事，在发生不久以后，就有人传达给我们了，可是现在经这青年如实地描画一番，我仿佛身临其境似的，目睹了那可怜的女人的惨死，看到她狼狈地卧在殷红的血泊里。

他的诉说带着可怕的尾音，结束在黑夜中了。我抱紧胀闷的心坎，把头深埋在阴森的夜空里，听着从四处传来夜虫的申诉。同时，我听见胸壁间的血流更澎湃地涌动着……渐渐又平静下来，我什么也不想了，我只在盼望着我的朋友早些回来，我急于见他一面。

"这里没有姑娘了，连年轻的媳妇也没有啦！"

年轻的农人从木墩上迟缓地站起来，这样自语似的叨念着。然后他悄悄地走进屋里去。这时候，那不幸的老太婆的哭声已经停止了。

这青年农人热好了早晨剩下来的小米粥，喊我们去吃。一张破旧的方桌放在土炕中央，桌上除了四只碗和四双竹筷之外，还有一盏小油灯，以及一个生着很厚的黑锈的小铁罐，那里面有很少的黑盐粒敷在罐底上。我们围满了这张小方桌，开始喝起粥来，粥非常稀薄而且混着一种浓重的霉气。我却不过那年轻农人的推让，终于把少量的黑盐粒合在粥里了。接着他说："你们的命真好。你们要是明天来呀……你们就吃不到咸的啦！"

听了这样的话，我很后悔不该把盐放在自己的碗里——我无意中剥夺了这一家可怜人的口粮！这件事，我觉得我做得过分残忍了。

我和我的伙伴靳春带着惊奇的感谢的眼色，勉强吃完这盛情的晚餐；然而我的胃在向我咒骂起来，扰闹起来。

这很难说明的气味，不宜呼吸的茅屋，使我不能久留，于是我们走到门外去，那年轻的农人也跟出来了。

我们全都沉默着，就像静化在这秋夜里似的，一任那湿凉的风，从我们周围扫来扫去。我们仿佛是在黑夜误入绝少人迹的荒冢，让恐怖夺去了说话的勇气，一直沉默着，沉默着……

突然，女人的歌喉，在这死寂的夜空中荡漾起来。我根据那年轻农人所说"这里没有姑娘了，连年轻的媳妇也没有啦"的话，对这女人的歌声，感到极大的惊疑。然而那离奇的歌声，像驾着骏马的车轮似的轧过来了：

> 辘轳把[1]，
> 三道弯，
> ××兵，
> 上炕沿，
> 年轻的娘儿们啊，没有地方躲；
> 半夜三更，
> 下井台。

---

[1] 辘轳把：木制的汲水器，木架上装以乚形杠杆，一端为手摇把，一端圆柱形为绞放汲水绳索之用，为北方农村汲水之利器。

这确是女人，而且这是年轻的歌喉，年轻的脚步，于是一个轻捷的黑影，在我们不远的前面消逝，不久，又是一个黑影跟踪前面的一个掠过去。

"这是什么？"靳春问，由于他的语声，我知道他是害怕了。

"妖精！"青年农人很严肃地回答。

我在一旁不相信地轻笑着。

"你笑？"青年农人说，"你不信？……真的啊，这是我们村子里的人妖……她住在井里——"

"怎么，她住在井里？"靳春急性地追问着。

"可不，我怎能糊弄你们呢？……她是住在井里，每天晚上，她必定让她的当家的①把她系下井里去，她坐在柳罐②里睡一夜。第二天早晨，她的当家的再把她系上来……你们没有看见吗？后面的那个，就是这人妖的当家的呀！"

"为什么她要这样呢？"我问。

"为什么？"那青年农人像是呵斥我的糊涂似的说，"这就是这样年月！我不是当你们说过吗？这里没有姑娘了，连年轻的媳妇也没有了！可是，只有一个，可是，她是人妖，她每夜，每夜住在井里……可怜的人妖啊！"

我以这青年农人悲梗的话语，对照那女人离奇的歌声，我忖测那女人一定是遭到我朋友的妻的同样的遭遇；不过，她侥幸，她没有死，然而，在这贞洁村妇的身上，刻下了残暴肮脏的创伤，于是她疯了，于是她被人称为"人妖"了。

我的伙伴靳春提议一同去看看那下井的女人，却被青年农人制止了："不能！那很危险，若是让她听出生人的动静来，她就要跳进水里去；现在千万别去惊动她啊！过一会儿我领你们去。"

我们足足等了一个时辰。

---

① 当家的：指丈夫。

② 柳罐：指以粗柳条编制的汲水桶。

椭圆的月亮已经从远山的树顶爬上来了，由全黑乃至朦胧的秋夜，逐渐明朗起来，我看见这辽阔如海，沉静也如海的田野上，麦、谷，以及其他模糊不辨的植物，在轻浮地摇荡着它们的头颅。这些破败的茅屋颓垣，在这凄冷的白光映射之下，使这小村庄加倍荒凉了。

那青年农人领着我们向东道走去，他在前面，等我们走到他所指给我们的那口井还有四五丈远的时候，他便放轻了脚步，那正像我童年捕捉蟋蟀时，跟着它的鸣声向前走一样。

"别咳嗽！"

他转过头来，将两手圈在嘴周，喑哑地嘱咐着。我们的动作，全都听他一个人支配。我们的呼吸窒息了。当我们的脚拂过井周的荒草时，他用迅速的手势让我们停在那里。

我看见他小心翼翼地伏在井台的木框上。他的头颈探进井口，随后我听见一种空谷中的回音："二嫂，我是丁武啊！"

"……"是女人的声音，听不清楚。

"是的，你别怕，我哥哥回来啦，他要看看你呢？"

"……"

"他来了，他就来了。"

他拔出头颈，在他脸上露出紧张的欢悦。他担在木框上的胳膊像拍动着的翅膀似的向我们招手。我们仍旧不敢放重脚步走近井台。他又向那女人喊一声："他来了。"于是他站起来，把井口让给我们俩。当我们的身子俯下井口之前，他郑重其事地对我们耳语道："看一眼就躲开吧！千万别出声，别说话啊！"

我们频频点着头。我们像一对淘气的孩子，窃看可怕的把戏似的缩头缩脑地把头颈探进井口。一股阴森的冷气扑到我的脸上。我借着俯射的月光，顺着辘轳把绞放汲水绳的那一端正垂下的绳索，张大了眼睛向井底探望：模糊地可以说是近于理想地看见柳罐中坐着一个女人，她仿佛仰起头来向上看，然而我们的头部反背着光亮，更难看得出我们的面孔。因此她喊叫起来："丁武！"

我觉得我的背脊有人拉一下，接着我就像做梦一般坐在井台上。那青年农人随即补充了我的位置，他匆忙地回答道："二嫂。"

　　"啊！丁武你骗我啦；你领了鬼来！"

　　"你别冤枉人，我们走了。"

　　当那青年农人慌张地抽出头颈时，他的后脑误触在绳索上。

　　"你骗我！"女人狂叫起来，那种声音有着不可形容的尖锐和战栗，从那仿佛不能容纳这种声音的井底升到空中，"鬼不能奸污我！我上天去了……"

　　安静的井底，突然泛滥起来。

　　"糟了！"

　　青年农人失色地说。他一边慌忙地绞着绳索，一边对我们说："你们俩把我汲下去，这要快，慢一点就浸死她了！"

　　我和靳春管制着辘轳把，他站在柳罐上，慢慢地把他放下去，于是，不久，井水就更加泛滥起来。同时辘轳把的木架左右摇撼着。我的两手也不自主地抖动着了。

　　"把我汲上去！用力！"

　　我们用所有的力气，开始绞摇着辘轳把，每当往下绞摇时，我们就以胸脯推压着手把，补助臂力的不足。因用力过度，我们的喉咙和鼻息发出一种窒闷的吼音。辘轳把的全身关节，也咯吱吱、咯吱吱地乱响起来。我们只顾拼命绞摇着，绞到什么样程度，我们全不知道；一直到那青年农人的头顶从井口里凸出来，我们才知道大功告成了。

　　"再用劲摇两下！"青年农人叫着。

　　我不知道靳春是不是这样，我实在没有多余的力气了，在这功亏一篑的当儿，我感到了莫大的危险：虽然我们已经用手臂和胸脯压住了手把，可是我们再也不能将绳索绞上来一分，并且我们触地的脚尖仿佛腾了空似的，渐渐地渐渐地悬起来了，手把向后推拨着我们……啊！这可怕的一瞬！我暗自惨叫起来，然而我继续以全力跟厄运搏斗，那简直像牺牲自己的生命去挽救不可言喻的大不幸似的。

这时候，青年农人的一手已经攀住井口木框的上缘，重力减轻了大半，因此我们的脚尖也着地了。继续绞摇着手把，我觉得我的力气还有许多富裕，可是绞摇将及半周，青年农人就爬出了井口。庞大的柳罐从井口当中浮动上来了，那里面曲蜷着一个长发蓬乱的女人。

青年农人把她抱出来了，她仿佛是熟睡在他的臂弯里那样的安静。我按抚着她湿淋淋的胸脯，它轻微而迂缓地起伏着，我惊怕到极度的心因此略微安稳了一点。我像安慰自己，又像安慰别人似的说道："她活着……"

"活着？"靳春很意外地重复一句。

"我们要把她送回家去，一块儿给她当家的赔个不是就算啦。"

我们一切全听从那青年农人的话。我和靳春就像一对请求赦免处分的罪人，低着头，跟随他身后，从一条狭曲的草径向她家里走去，我的眼睛始终不离开那女人的面孔，那如同一粒白色的海石，坚硬而圆润，她的鼻孔扩张着，眉头紧皱着，显然的这是愤恨露骨的表现，然而，她在恨谁呢？恨我们吗？不是的，她是在恨那群鬼，那群没有人道，没有人心，只会奸杀抢掠的恶鬼！

"鬼不能奸污我！我上天去了……"

一路上，我的耳神经，尽被那悲壮的、尖锐而战栗的声音充塞着，牵绕着，它如胜利的高歌掀动了我周身的血液，光荣将我的罪戾浴去，将我一切的哀感浴去，我只怀着满腔的兴奋，有如凯旋的战士。光荣的牺牲者在我们的前面引导着！

她如皎洁的明朗的月亮照给我们一条去路。她和我们的路虽不相同，而目的却是相同的——我们至死不被恶鬼所屈服！所强奸！……

我敲着门，门开了，月光拥进去代替了灯火。一个中年农人挺立我们面前，他首先就看见了他的女人。他对青年农人问道："怎的了？丁武，她死了吗？"

没有立刻回答，他抱歉地摇一摇头，然后走进屋去，把她横放在炕上。这时靳春在她原来靠着青年农人怀里的那只手中，发现了一把小剪刀，而且在她的左臂肼和左项发现了两处伤痕，血和水混合了。

"这不要紧，"中年农人漠不关心地说，"让她把血流尽我就得到解脱啦！可是，丁武，她究竟怎的了？"

于是青年农人将适才经过的情形毫不掩饰地讲给他听，到末了中年农人责备他道："丁武，你做错啦！你不应把她捞上来；我被她累够了，你说我要这样一个疯疯癫癫的废人干吗？……我盼望她死，她死，我什么牵挂全没有啦……我干我的去！"

"你别忘了从前的恩情啊！"青年农人说。

"恩情？"他冷笑着，"我不忘有什么用呢？"他想了想又说："她还是死了好……我想个办法，报答报答她的恩……情……"

那中年农人突然呜咽起来，他抱住女人无所顾忌地哭着，正像个死了母亲的孩子。

我们被那种透骨的凄怆迫出门去。

我思索着，漫无头绪地思索着这月光下惨白的世界……

半夜，我的朋友果然归来了，我把带来的消息、计划和责任全交给他。在一早四点钟，我和我的伙伴靳春离开了荒村。

三天之后的晚间，我的朋友秘密地打发他的弟弟来找我。我们踏着秋天落日，步出车站以外的野地上，他无意识地玩着掠下的野草，同时小声地对我说："……兵车全列出轨了，你是比我们先知道的，这次，我们得到更多的兵器和大马，还有很多，很多用木盒装的饭，可惜他妈的太腥气啦，我们不能吃！……现在我哥哥已经赶回原防地，全队都平安——这回只死了两个，受伤的有五个，都很轻——不过，我们村子又遭了一次大劫；他们拿这村子解了恨，房子全让大炮轰平了，人也死了不少！再有那个叫作女妖的娘儿们，她在这次劫数里，被陷落的井活葬了！啊，这真是再惨没有的事情……"

"她的当家的呢？"

"不知道。"

"你没有找他吗？"

"找过，在我们的村子里已经找不到一个活人！"

"你，你妈妈？……"

"也不知道，我想，她不会再活在人间了，我找遍了死尸，整的或碎的里面全没有她，末了，我从一堆乱草里找出一只鞋子，那鞋子她一共穿了五年。……啊，五年多了！现在它们俩分了家！"

现在我想起那青年农人的话，想起了我自己：生我的故土，养育我二十五年，一旦也分了家！我被迫到祖国来，过了一个春天，又来了一个春天，这鸟语花香的柔媚的春天，使我怀念着故土的风沙，使我怀念着四年以前旅行过的荒村，那荒村已经变为荒冢了！

一条军裤

太阳西斜的时候，潜驻平顶堡的骑兵连连长，得到敌军中尾联队攻袭平顶堡的确报。目前敌军正在开始渡河，细草河距平顶堡只不过二十余里的途程，虽然中间有一段嶙峋迂回的山道，但最迟在两个钟头以后，必能开到平顶堡的。连长为了避免农民和部队遭到最大的损害，已经下令全连准备向平顶岭撤退。因为需要留下一个机警、可靠的刺探，就把连副马彦德留下，恰好马彦德有个女人，这足可掩过敌人的侦察的。

连副马彦德是一个顶有名誉的军人。全平顶堡几乎没有一个农民不晓得马彦德。"给我们的马彦德立个牌坊吧。"有的人向村长史伯伯这样提议过。可是始终未能成为事实，那是因为连长向村长史伯伯婉言谢绝了。他说："那是不可能的，这一块土地上，还没有到随便让我们立牌坊的时候。大家既有这样的好意，还不如记在心里头，那比什么都好啦，并且也不会令人看破的。"

不错，人人都把马彦德的好处记在心里了。就连那个傻子，外号叫杨踮脚的石匠，他的脑袋里也印着马彦德的肖像哩。只稍被谁一提，杨踮脚的眼前立刻就有济公传中的人物，也许是雷明，也许是陈亮出现了。他曾经用一块半透明的岩石，暗地里给马彦德塑一个石像，他把它立在后岭的一棵老松树下。许多石匠看了那像，全都不知是谁，因为手工太劣了，简直连耳朵全看不着。

当杨踮脚听说骑兵连全部撤退的时候，他却着了慌，他丢开饭碗便一跛一瘸地向外跑去。老掉牙的妈妈破着嗓子，警告他："你要作死吗？你这小冤家，给我滚回来！"

可是杨跛脚早跑远了，他一直跑到马彦德的家门口，他赶快趴窗子一看，马彦德正在屋里同他女人翻箱倒柜地收拾东西。于是他着起急来，用拳敲着窗棂叫道："喂，怎么的？你也要走吗？"

"不要你管闲事，"马彦德在屋里喊着，同时他摆挥着手，"离开这儿吧，杨跛脚你应该躲回家去！"

"喂，你说我跟你去行吗？"

"你尽说胡话！"马彦德走出门来，跺着脚劝说着，"你赶快回家去吧。"

"不，我不能让你走，若是走，就得带我去！"

马彦德真着急了，用手推着杨跛脚的胸脯："真是个傻家伙，你简直不要命啦！快给我回家去，去！小心日本兵活埋了你呀！"

杨跛脚用倔强的胸脯，跟马彦德抵抗着，这使马彦德非常棘手。忽然他想到兜子里还有两角钱，两角钱，在这穷僻的乡下无论在谁看来都是庞大的数目啊！这是多么诱人的东西！

"我是跟你开玩笑呢，我不走。给你拿着这个回去吧，好兄弟……"

杨跛脚一下就接过来了。黑朦胧里他分别不出那是什么，送到眼前仔细一看，他立刻像损坏了他的自尊似的生起气来，把它塞进马彦德的兜里，顿着那双跛脚咆哮："我给你做过活吗？你为什么给我钱呢？"然后回头就走，嘴里嘟嘟哝哝地说："你不走，我就不走……反正你要走，我就跟着你！"

越过一口枯井。在一排秫秸障子后面的正结着半熟的粉红色的樱桃树下，他突然站住了。也许是他的脚步过重的缘故，这株樱桃树主人的老黄狗，瓮声瓮气地吠了一阵，终于因为它查不出声音的来处，也就不愿意多话。可是敌人的第一颗炮弹在堡外轰然一声爆炸了。接着机关枪就像刁婆子嘴似的，无的放矢地唔唔个不休。于是全堡子的狗，开始向那狂暴的、无礼的詈骂还了腔。

杨踮脚陷在隆隆的、嗯嗯的、汪汪的、混杂的声浪里晕眩起来了。他踌躇着，一踮一瘸地围着樱桃树转绕。回去呢？不回去呢？这个简单的问题，始终萦回在他的脑子里，可是始终也没拿定主意。

马彦德家的灯忽然灭了。

这个奇迹一被杨踮脚发现，就骇然自语道："哇！你看，灯灭啦！……不是要走吗？"

果然，马彦德的门开了。随后一个模糊的黑影，慌慌张张地走出来，而且迅速地向着樱桃树这边移动。这回杨踮脚什么全都明白了，他赶忙紧了紧腰带，又卷一卷裤脚，一边胜利地嘟哝道："好——你骗我……哼，你是看我傻啊！……我哪里傻呢？我在这儿守着你哪……你是要上天，还是要入地，我也借个光儿。"

模糊的黑影越来越近了，而且渐渐能够分辨出那确是马彦德了。于是杨踮脚快活起来，同时他想要跟马彦德开个玩笑，他悄悄地绕过了秫秸障子，像个发现了耗子的老猫似的，弓着腰预备冷不丁地扑过去。可是，马彦德走到井沿却站住了。

他看见马彦德把一个包裹丢进井里，然后转身就往家里跑。杨踮脚失望地直起腰板，发了半天呆。经过的事情，他实在莫名其妙。更加混杂的声浪几乎簸动了他，他晕眩地向家走去，仿佛刚才做了一个回想不出的，只是感觉着特别疲倦的梦。

幸亏村长史伯伯招待有方，敌军破例地讲一次人道。可是村长史伯伯却大开了屠杀，甚至于把全村的肥猪啊，鸡啊，鸭啊，杀死了一多半。村长史伯伯以前听人说日本国鸡蛋精贵，日本兵偏偏又爱吃鸡蛋，所以他把全堡子的鸡蛋，连人家挑出来预备孵鸡崽的全收集来了。当夜敌军就肥酒肥肉地大吃一通，兵们全高兴得像一次毫无损失的凯旋。中尾联队长威风凛凛地拔出战刀来，对着那小丘般的鸡蛋堆，一面挥舞，一面高唱起雄壮而激昂的军歌，兵们就小声附和着。有的躲到村长史伯伯院子的暗角里，好像武士道似的用战刀斗起剑来，互相故意用不是人声吼喝着，威胁着……

这一夜，就是那样平安度过。虽然村长史伯伯害了千八百条兽命，却也保全了不知其数的人命。"这是史伯伯的功德！"全堡子的农民，大都有这样一个相同的感觉。

天刚亮，情形可就变了：敌军像村长史伯伯收集鸡蛋一样，开始在家家户户搜查"匪人"：石匠周七因为收藏多量铁器，当场被砍了头；董家菜园子小家伙秃葫芦，因为没脱去破草帽，说是有辱皇军，就被大头冲下插进五尺多深稀屎臭劲难闻的肥料坑里；丁九叔那个快要死的老头子，无缘无故就给活埋了；最惨的是钱长顺的媳妇和姜半仙的女儿玛瑙被敌军轮奸之后，又用刺刀刺进子宫里，挑开了肚皮……这些不过是有着尸首可证的。至于，失踪的，没有下落的，还不止这点点数目哩！

只有一个人是有下落的，他就是记在每个人心里的爱国爱民的军人马彦德。他是在一点钟以前被捕的，因为敌军在马彦德家门的枯井中搜出一条军裤，于是这个"叛军"的嫌疑便落在他的身上了。现在他正被扣留在后岭中尾联队司令部里。

因为事件比较严重，又因为马彦德至死也不承认那条军裤是他的东西，末了，中尾联队长就派了一个"中国通"，名叫藤泽正雄的军曹，向村长史伯伯提出条件：限十二小时以内献出抛弃军裤的人，否则，即将马彦德枪决，并将按户拷问。

于是，村长史伯伯立刻就召集全堡子缙绅，开个紧急会议。为了保全全堡子人的生命，大都一致决议联名证明那一条军裤就是马彦德的；可是唯有村长史伯伯极力反对，他用正义说服了那些缙绅们，因此大家又另行商讨其他的办法。

时间一点，两点，四点，五点……很快地过去了！全堡子的农民们都像大难临头似的，战战兢兢地期待着一个两全其美的办法：既能解救马彦德，又能免除全堡子的灾难。老太太们在菩萨像前燃起高香来了。"磕头啊！……不信神佛的，挨雷殛的小杂种呢！"她气极地咒骂着不愿给观世音磕头的子女们。但是，这中什么用呢？

马彦德的妻子，跑到村长史伯伯这儿叩头求救来了。她的嘴唇像纸那么白。她的手脚不知往何处安排才好。她带着哭声哀告着，然而却没有一滴眼泪。

"史伯伯！史伯伯！……救救我！"

当村长史伯伯把马彦德的妻子扯起来的时候，适才派去的人也把石匠杨踮脚领进来了。他向村长作个揖，就一屁股坐在小孩的小木凳上。然后他掩着衣襟看看马彦德的妻子，又看看周围的缙绅，再看看村长，问道："用我吗，史伯伯？"

"哦啊，不是用你，"村长史伯伯嗫嚅地说，"东洋司令捡一条军裤，没人领，你去把它认来吧？"

"那是马连副的军裤吗？"

"唔，不！不是他的！"

村长史伯伯认真地辩白着。同时大家都对杨踮脚大吃一惊。

"我明白，"杨踮脚眯缝起小眼睛，笑着说，"你们谁带我去领呢？"

"跟我走吧，"村长史伯伯下个最大的决心说，"连马太太也跟我去吧。"

三个人往后岭走去了。这一条道是杨踮脚每天必经之路，他熟悉哪一条小道好走，因此他反而成为向导了，他在二人前面一踮一瘸地走着。有时他搀扶着村长史伯伯跨过一道小水沟，有时他挽着马彦德的妻子，拉上一段比较斜陡的坡道。"别害怕呀！"他笑嘻嘻地向两个人喊着。"这样路没什么难走的哩……往前看哪！……喂……不能够总回头！"

通过几道哨兵线，他们就到了岭顶上敌军的司令部。

"中国通"军曹藤泽正雄代替中尾联队长审讯："这男的是谁？"

村长史伯伯喉咙发颤地回答："军裤的原主。"

"这一条军裤是我的！"杨踮脚抢着说。

124

一霎眼杨跐脚被军曹摔倒了，他发了一阵昏，又晃晃荡荡地爬起来，向军曹理论道："不给我，我不强要，为什么摔人呢？"

军曹用带钉子的大皮鞋，冲着杨跐脚迎面骨踢了一脚，恶狠狠地骂道："他妈的！你是个探子！你说！"

"我是石匠！"杨跐脚按着迎面骨伤处回答。

军曹转过来问村长史伯伯："他是石匠？"

"是石匠，嗯嗯，他还是个傻子。"

"傻子？喂，你从哪儿弄来这条军裤？"

"跟一个红胡子要来的。后来，听人家说，那玩意儿犯法，我就把它扔在井里啦……"

军曹把审讯的经过报告给中尾联队长。联队长用雪白的门牙咬着下唇，思量一会儿就命令军曹喊来两个兵，把杨跐脚扯出帐篷去了。

两个兵端平枪，押着他走下了岭。因为迎面骨受了重伤，那一只跐脚越发跐得厉害了。然而，这条道又是熟的。他老远看见了那棵苍老的大松树下，立着他的精心杰作——马彦德的石像。他没得到兵的允许，就一直奔那个石像去了，恰好跑到石像跟前，后面的兵就喝令他跪下。他自言自语："我明白。"于是他倔强地站在石像的旁边，他想喊一声胜利的口号，他要喊"我的军裤"，然而觉得不太好听，他正苦想着美丽动听的句子，突然枪机哗啦响了一声，于是霎时间，杨跐脚美丽的脑子迸开了一朵鲜红的大花，无数的白色的花蕊，仿佛无声的甘露一般，洒落在杨跐脚的精心杰作的石像上了……

中午的强烈的阳光，从栉密的松针隙处，漏射到石像的头顶。树梢卷起松涛，富于弹力地左右摇曳着，雨线般的光芒，在石像的脸上闪耀着，闪耀着……石像仿佛在跳动起来。而它的创造者却静悄悄地躺在它的脚下。

最后的一次试验

孩子阿龙的脑袋是一座都市的仓库。

大世界，先施公司，国际大饭店，大上海戏院，虹口公园，逸园跑狗场……像蚂蚁群似的，数不清的所在，他把它们一无遗漏地珍藏起来了。有时候，他在那之间提出一个做成种种美好的幻想，有时候他想得太焦躁了，它们就一窝蜂似的拥出了"仓库"，在他眼前骚扰着，在他耳边嗡嗡着，于是他的"仓库"空了，美好的幻想，随着晚上的炊烟，随着远处、高处红的绿的灯群，缥缈乃至明灭不定了。

孩子阿龙的脑袋永远是发着昏的，舌头永远是浸在口涎里，而且他的心上生了无数只手。这孩子只要一离开他的穷病的母亲，一离开他那个人家所谓"不如狗窝"的家，一离开乱坟岗子似的贫民区，就快活了，他混在汽车、电车、士女们，以及从播音机钻出来的不知名的小调的里面，他都是毫不陌生地应酬着。就是这之间，他的口涎淌出来了，心上的手也偷偷摸摸地往外直伸。接着他就发起昏来，他背着甚至比他还要大的破竹筐，从这一条路穿过那一条路。

他竟忘记了运用手里的夹板向垃圾箱里寻找食粮。

于是，这一天的结束：明天他同他母亲需要准备"挨饿"的。

阿龙是惯会挨饿的，然而他在许多饥鬼之中，还不算顶能耐的一个。小李达王阿虎一闭气三天米饭不下肚，还能绕着跑马厅快跑两圈，这在饥儿之中简直都成了佳话了。阿龙虽然也醉心于小李达王阿虎"饿"的光荣，然而，他对于王阿虎的手头不稳，总是不大赞成的。一次王阿虎刚从牢狱放出来，阿龙拿朋友资格劝着他："你不能再那样干啦，不是吗，你应该学学好——"

"告诉你吧，阿龙，玉皇下界，也劝不住我！"王阿虎用拳头可劲敲一下胸脯，又说，"我可真想要学学好，可是肚子不答应我怎么办？阿龙，你说一闭气我也挺他三天！可是再挺他妈的三天，天上也不落下馅饼来啊，你说有什么法子？"

有什么法子？阿龙一时也答不出来："反正你是不应该那么干的……我是这样劝你……"

阿龙费了吃奶的力量才想出上面两句话来。可是他的眼圈红了。

这孩子是一个伤感家，他有热情。

而且他有道学先生口中的礼义廉耻，他并不是什么国法告诉他的犯罪和自由；然而阿龙连一次书本都没有摸过，那是什么地方学来的呢？连他自己也讲不出来。

阿龙永远像一只忧伤的小羊，尤其是在他母亲面前，用多么大的力量，也不能做出一个笑脸。他总认为自己是母亲的罪人，母亲的穷病，都怪自己不长进，没有出息，就连自己叫人家瞧不起，捡公馆门口的垃圾挨西崽打，常常饿饭……这一切一切，不全是为了那个缘故吗？

用什么方法才能使自己有出息呢？当阿龙在捡垃圾的途中，他冥想这一个问题占去二分之一，越近傍晚，他的冥想越远，有时候那冥想会带着阿龙疲倦的身子，一块儿随着朦胧的日色沉下西天去。

太阳没有感觉地兜着圈子，而阿龙的天真却做了这圈子的俘虏了。

"我们全是这样说你呢，"阿龙的小伙伴阴天乐一边留神马路上滚过来的纸团，一边向阿龙说，"'阿龙，阿龙快变成老爷了！'——"

"为什么呢？"阿龙反问，"我并没有发财啊！"

"可说是呢，并没有发财，可就有个老爷样儿了哩！"

"竟扯淡，咱们这样还能做老爷？等着再托生吧！"

"阿龙你记着，"阴天乐郑重其事地说，"你若有做老爷那一天，我给你当看家狗你都不爱要哩！"

阿龙用夹板敲一下阴天乐的破草帽，帽檐从他前额竖起来了，太阳光立刻扑到他一片雪的脸上，阴天乐变了个瞎子。他把帽檐拉回原位时又对阿龙嘲笑地说："饶了我吧，饶了我吧，老爷，我是人，还没有变狗啊。"

"你是白种人，"阿龙把"白种人"三个字的音调特别加重了些，而且气愤的，"你是小巴儿狗，我还得打你。"

当阿龙再举起夹板的时候，阴天乐一跳就钻进一条弄堂里去。他的眼睛大了。他回头来喊道："好厉害的家伙啊！以后谁敢跟你在一块儿？"

这一天的夜里，阿龙实在睡不着觉，他翻来覆去捉摸着今天阴天乐对他说的话，这使他感到伤心，"凭什么说我快变成老爷了呢？"现在阿龙认为"老爷"两个字加在他的身上比挨西崽的打还侮辱。假若小伙伴们为了这，平白无故都跟他疏远起来，阿龙更该伤心了。因为他是爱他的小伙伴的，虽然，他们也有时为了争夺一个空罐头，把头打出了血。

从那以后阿龙更加忧伤了，可是当他一碰见他的小伙伴们，他就立刻恢复了从前那样快活。阿龙已经知道小伙伴们呼他什么老爷，全是因为对他们突然冷淡的缘故，而今，他决心要把每个小伙伴给予他的冤枉纠正过来。所以他恢复了从前那样的快活。

露水还挂在矮矮的小草上，地是发湿的，而且还留着点昨夜的凉意。六个捡垃圾的孩子已经在那儿守候着了。从郊外的苇塘上扫过来的西风，好像一匹狡猾的恶狗，偷偷地扯开了孩子们的衣裳。一个一个全是抱紧又褴褛又龌龊的布片，哆嗦成一团，他们打着喷嚏，淌着清淡的鼻涕，十二只眼睛被牵上了辽远的大道上去。

他们耐心地等着它——倒垃圾的汽车——等着它给他们载来大批

的食粮。一直等到西风把他们的心都吹冷了。

"喂，咱们还是跳舞吧，好不好？"阿龙一边揩去鼻涕，动议地说。

"好！好，拉起来！"于是异口同音。就手拉着手，做了个圈子，开始转着跳了，那是没有什么纪律和步法的，他们只是疯了一般地转着跳着，一直到浑身发热甚至出了汗才能停下来，每次都是这样干的。

"阿荣，阿荣，你再唱一个给我们听听。"

转的速度已经退到开始时那样慢了。阿龙这样怂恿着阿荣。"对啦，让阿荣唱一个！"

大家一齐叫着。转的速度更加迟缓了。

"唱什么呢？依你们点吧。"

阴天乐连忙提议道："唱嗒嘀嘀嗒。"

"好啊，就唱那个吧！"

大家一齐听着。

阿荣习惯地打扫一下嗓子。态度的严整简直跟他的年龄一点也不相称。他开始唱了。孩子们迟缓的步子，踩着阿荣的歌声，轻慢地，谐调地在转，然而步伐总还是错杂的。

> ×××，资本家，帝国主义者，
> 我们的精神使你们害怕！
> 勇敢向前冲，努力做斗争！
> 嗒嘀嘀嗒，嘀嗒嘀，嗒嘀嗒。
> 将来的主人，自然是我们，
> 嗒嘀嘀嗒，嘀嗒嘀，嗒嘀嗒。
> 美丽的将来，在前面候等，
> 嗒嘀嘀嗒，嘀嗒嘀，嗒嘀嗒。
> …………

不知唱了多少次，阿荣也不管它是不是字句颠倒，或对不对，只是拼命地喊着。孩子们常是选着他们最熟悉的一两句忽而合唱起来，歌声非常清脆地占据了郊外的早空。

　　三五成群的麻雀从远处低低飞来，飞到孩子们附近的时候，它们就像花箭一般突然钻到半天云里去，越过了孩子们的头顶之后，渐渐地又低翔下来了。

　　一个黑色的怪物，从辽远的地平线上，掩护在黎明的尘雾里冲过来了。

　　"来啦！——来啦！"一个孩子突然地喊着，他不知不觉地把手松开。圈子破碎了。

　　倾下来了……

　　这是从都市的粪门里排泄出来的，孩子们以及孩子们的家属依靠它吃饭。它们全是一堆从洁白的口腔反刍出来的，吻完了的，然后又被抛弃了的各种空着肚皮的凹瘪罐头、香烟筒和破碎的酒瓶之类的东西，在它们之间发出那种强烈的腐臭，连狗都不屑一闻，可是孩子们却一个一个像竞技一样，在那庞大的堆积里，踢着脚，挥着夹板，他们的呼吸比捉蟋蟀时还要平息，心也是那么地跳荡着，眼前画着美丽的布片和金属小块的幻梦。

　　阿荣从另一个角落里翻出一只半开的罐头来，他掀开了盖子，里面还有半下像李子般大红色的圆圆球。他用衣襟马马虎虎地擦去沿上的土渣，往嘴里倒了一下，"阿龙。"

　　阿龙一愣，暂时抬起头来，面孔对着阿荣做个无声的问号。

　　"真开口哇！来，把它带回去给妈妈吧。"

　　"不，给你小妹妹拿回去吃吧。"阿龙谦逊地拒绝着。

　　阿荣也不十分反对，把盖子关严了之后，顺手就放进阿龙的竹筐里。

　　阿龙的眼圈红了。

当孩子们的希望从那堆积间塞满了的时候，照例大家要歇息一会儿。同时，他们也就开始谈论着。估价着自己竹筐里的货物，能换多少铜板。他们恰如一群吵架的鸡雏叽喳成一团。唯独阿龙蹲在一边，望着远天冥想着。

"你们看！阿龙老爷，"阴天乐嚷着说，"阿龙老爷又摆架啦。"

"你这小子竟放屁，"阿荣骂阴天乐，"咱们谁像老爷！谁也不像啊——"

"不对，阿龙真像个老爷，咱们谁都不像他，你们瞧……"

阴天乐故意做个阿龙那样沉思、那样大方的姿势，这样，倒把他自己显得越发滑稽可笑了。

"看你那个猴色吧！"得金可劲儿把阴天乐的肩膀一推，阴天乐就倒下去，两端翘了起来。

于是，阿龙的阴郁沉进孩子们的笑海里。

三天后的夜里，外面正渐渐沥沥地落着秋雨，阿龙守在母亲的身旁，翻看着午间捡来的那本漫画。阴天乐推门就闯进来，说道："阿龙，阿荣被巡捕弄到行里去咧！"

"为什么呢？你说——"

"天晓得，他妈的因为什么……"

"不要紧，他去去就会回来的。"

阴天乐走了之后，阿龙的眼圈又红了。他把那本漫画盖在脑袋上。许多矛盾不得解释的事，马上指问着他，"像阿虎那样孩子坐西牢，像阿荣那样的孩子也坐西牢！天晓得，这是什么道理呢。……阿荣真会很快就回来吗？……天晓得！"

末了，阿龙哭了，泪水从漫画和小脸夹缝淌了下来。

这之后，阿龙更加阴郁了。

但是，他渐渐地似乎懂得了"钱"的威权。

"有了钱之后，什么都会有了吧？巡捕、西崽，他敢欺侮有钱的人？……敢吗……恐怕没有那么大的胆子哩！……是不是呢？……"

阿龙是这样想的，然而即使他想得通又能怎样呢？阿龙还是个阿龙罢了——阿龙是一个穷人家的孩子！

　　不知有过几百次，阿龙的"仓库"被一个不知名的暴徒搬运一扫光了。但那里马上又被阴郁的空虚所占据，于是阿龙就慌张起来：他一只手要将"仓库"的所有夺回，一只手又要将阴郁的空虚推开，而结果呢，阿龙总是完全失败的。

　　"钱！什么都是钱！"

　　当那时候，孩子就这样可怜地想了，也许失望地叫起来。

　　自从卖晚报的小齐三讲给阿龙一段新闻以后，阿龙又复活了。

　　那是四月二十几的事情，阿龙决定从第二天起，每天由进款项下，抽出三个至六个铜板储藏起来，他计划两个月期间要凑足一块钱，一分也不能少。于是阿龙像一个荒漠上的孤独的旅行者，他常常是忍住饥渴，跋涉着那苦涩的长途。

　　两个月才能达到他的目的地呢！

　　阿龙并不怕艰苦，因为这，他才觉得近来的日子比过去有幸福，有向上的希望，而且阿龙也把母亲和他的贫苦的小伙伴们，看作跟他同样的幸福，有同样向上的希望。如果这一次试验是成功的。

　　"妈妈，"阿龙握紧母亲干瘪的手说，"我将来若有钱，有很多的钱，妈，咱们就搬到国际大饭店顶高那层住。妈，你爱听戏，你爱看电影，你爱逛公园吗？——不要去也好，人们都说公园是顶龌龊的地方呢……妈，大世界真好，那里什么都有，若是现在就有四角小洋……现在就跟妈去……可是，忙什么呢，将来若有钱，有很多的钱，咱们就整天整夜钉在那儿吧。……妈，你说你还爱什么？……说啊，妈！"

　　当阿龙兴奋地、焦急地摇动他母亲的手的时候，母亲刚刚闭上了眼睛，仿佛很舒适地睡着了。但阿龙却不能信：母亲是睡了。无论什么时候母亲也不曾冷淡过阿龙的，每个夜里，即使她病得很重，她也要支持片刻，安慰阿龙，教训阿龙，或是跟阿龙扯长道短。这次阿龙非常惊奇，他想：莫非是昏过去了吗？

　　突然母亲的手越发扣紧了阿龙的手，手的森凉，使阿龙不好的念头加强，他胆怯地抽回去身子——原来阿龙是背着窗子坐在母亲身旁的——一抹惨淡的月色，透过几乎让灰尘盖满的小窗子，恰好照在母亲的脸上。现在阿龙能很清楚看见母亲闭着眼睛的脸上留着那么多苦笑的痉挛，泪流在滚。

　　"妈！"阿龙平了一口气，接着就失望地叫了声，"为什么？妈，你哭，这是为什么？……你什么，什么都不爱吗？……你乐意苦？！"

　　"我的傻孩子，我的傻孩子，让妈妈安安静静地想一想……不困吗……你该睡觉了……明天还要起早。"

　　母亲什么也没有想，而阿龙却一直想到天亮。

　　又想了不少新的试验——不确定的试验，他不知道，是不是更快一点实现了他的梦。

　　夜里。

　　阿龙背着垃圾筐在街上。

　　他在计算：今天由口袋里再提出六个铜板，储藏的总数该是七十八个了，这个数目阿龙对于自己两个月的计划，觉得有十二分把握的。

　　他非常高兴，唱了起来。手插进破衣袋里，绞混着里面的铜板，哗啦，哗啦啦直响，好像一种金属乐器，跟歌声配合着。

　　许多眼睛好像萤火虫一般，在阿龙的脸上一闪，就飞过去。许多梧桐叶子在脚下乱扫。许多枪声在阿龙前面响了。一会儿，许多人像败阵的兵慌张地跑来；有的躲到角落里，有的钻进弄堂里。有撕布似的喊声："强盗！……强盗！……强盗！……"

　　阿龙像失了魂似的，竖在行人道上，他不想躲，也不想钻，任什么也不怕，可是他怕强盗从他手里逃脱了。

　　当枪声更迫近的时候，阿龙从昏暗的路灯下看见对面冲过来一个黑色的怪物。于是他赶忙把垃圾筐和夹板丢在一边，准备一个搏斗的姿势，他还抱着一个必胜的决心呢。

怪物绝没有把一匹小巴儿狗——阿龙，放在眼里，如果不给他闪道的话，他就要一直从阿龙身上踩过去；但想不到小巴儿狗偷口了，他的胯间冷不防就被阿龙抱住，而且摔倒了，压在阿龙的身上。

"松开！"他一边挣扎，一边拼命地吼着，"松开！——拿枪打死你！"

阿龙恍惚听着这么一句话。接着后脑海就被猛击一下，又一下。并不痛，只是一阵阵发凉。

"完了，妈呀！都完了……"

阿龙虽然那么绝对地想着，可是，手并没有松开，反而更加抱紧，如同箍在棉花捆上的胶皮圈。

第三下击在太阳穴上，这回阿龙完全失去了知觉，手松开了。那个怪物爬起来就跑了，当他跑不到一丈远的光景，左腿中了一枪，于是又突然倒下了。

"不要放！"他在马路上滚着，大声地喊着，"不要放啦！"

枪，仍然啪啪地乱响十几下，五个中西探捕一齐按在阿龙的身上，阿龙被揪着胳膊架起来。

"不是。"一个华捕说。

于是，手松开了。阿龙的身子前后晃了晃，又倒下去了。一会儿他又爬了起来，两只手抱着脑袋，拥进人丛里去。

"我捉的强盗！"阿龙揉了揉眼睛，看见那怪物架在两个探捕之间，他就忍住疼痛愉快地叫了。

"要命的小鬼！……"强盗用右脚把阿龙踢一个跟头，正撞在一个西捕的脚底下，阿龙顺手抱住他正要迈步的大腿，和抱强盗时一个样："我捉的强盗，……我的脑袋，叫他拿枪打，打坏啦！"

"滚！"西捕咒骂着，"什么枪？他只有一根铁棍！"

"不能！是枪……疼啊，快要疼死我啦！"

阿龙号啕着，紧紧地抱着。

"滚！"西捕把枪嘴顶住阿龙的前额，"滚开，不？打死你！"

"不能，我不是强盗……我捉的强盗！……你为什么？"

然而，阿龙把手伸开了。随后好像一只受了弹伤的小鸟儿躺下去，头埋在胳膊里。呜呜地哭了起来。

这条街依然是冷冷清清的，仿佛方才并没有发生一次不幸的骚乱。

梧桐叶在阿龙周围跳着回旋舞，并且沙啦沙啦地唱着凄凉的小曲。

小雨洒下来了……

"不应该这样对我……照说，该给赏的……捉了一个强盗。"

当阿龙拾起他的被踩凹瘪了的垃圾筐的时候，他这样愤愤地嘟哝着。

雨点更密了。阿龙负着流血的重创，负着第一次试验失败的失望，蹒跚，叹气，在迷蒙的夜雨中。

是一百三十六个了。

这一个数目简直使阿龙的心脏激动。这一个数目无论从哪一方面讲起，阿龙全应该引为自傲、自荣。这一个数目平复了第一次试验失败的失望的伤痕。

伤痕，仅仅是被铁棍戳了三下罢了，阿龙的"仓库"呢，依旧是完整无损。不但无损，而且它对于阿龙成为一个顶好的教训：当这孩子暗自摸弄他脑后的疤结的时候，他就立刻想起来那一天夜里自己做的事，如何鲁莽，如何混蛋，以及如何危险了……

"为什么要做那样试验呢？混蛋！若是枪，一下就打死喽！……赏钱，哼，有什么用？……可是还是没有那么一回事！"

他永久认为那次是一个不值一提的冒险，他怕一切小伙伴嘲笑他，虽然在他脑后袒露着一个伤疤，所幸这孩子用谎话把它掩蔽了。

谁都知道阿龙是跌伤的，连他的母亲也认为是那样。

等头发从疤结上生长出来的那天，阿龙已经有二百二十六个把握。而日程呢，才不过将及一个月，无疑地，阿龙的计划，要先期完成了。

现在的阿龙确真是阿龙，他有了童年的天真，而且一天比一天活泼起来了。不过阴天乐却认为是一种古怪的奇迹呢。

"阿龙，你哪一天要娶媳妇?"阴天乐调笑着问。

"你妹子嫁给我，是不是啊?"

"妈个蛋! 你为什么冷不丁地就快活起来了呢?"

"你，你管不着……"

"真奇怪: 从打阿荣进监牢，你就一天比一天变啦……"

"什么话，别尽屈人心吧，你哪里知道，我该怎样惦念阿荣啊!"

"我哪里知道，……反正谁也瞒不了谁，看谁快活?"

在黑暗的苏州河岸上，阴天乐看不出阿龙的脸又跟往日一样忧郁了。他绝不会知道，偶然的调笑，在阿龙本身感觉上比铁棍猛戳三下还要痛苦。

"快活?"静了一会儿，阿龙终于闭不住了，"那倒是不假，阴天乐，我问你，假设有人把阿荣救出来，你快活不快活呢?"

"我自然快活啦! 可是我一点也不信——"

"你不信啊?"

"不信，有谁会把阿荣救出来。"

阿龙马上紧紧地捏住兜袋里的铜板，似乎起了一阵失望。阿龙想: "假如阴天乐的话应验，完啦! 什么全完啦!"

于是，今夜，阿龙想多买一个大饼吃了，可是，没有。

重浊的苏州河流，在黑洞洞的夜里，好像一群逃难的难民在跑。它蒙在极端的恐怖下，屏息着，无言地奔驰……

一个很漂亮的女人，从阿龙的对面慌慌张张地走过去了。

阴天乐扳下阿龙的肩膀说: "瞧，你的媳妇……"

"咱们不配，可是，等到一有了钱的那天，也就许……"

是一种巨石投水的声音，击碎了河畔的夜，击碎了阿龙的话。

阿龙和阴天乐停住脚步，耳朵竖起来向河里倾听。

是一种泅水者败于急流的挣扎和轻微的嘶叫。阿龙非常熟悉这件事情。他立喊道："人！……"

"人！……阿龙，一定是那个娘儿们啦……"

当阴天乐这样解释的刹那，阿龙一转念之间已经毫不犹豫抛开垃圾筐，脱掉半截破夹袄，咚一声跳进河里去了。

河岸上仿佛是个夜市：灯光照耀着，人群涌动，喧嚷着，在无一时宁静的空间，时而流出来叹惜和责骂的声音："咳咳，咳，咳咳……"

"大家不能让那乌龟把这可怜的女人领回去。"

"当然，有巡捕老爷在这儿，牢里去，牢里去好，这女人可以脱出苦海的！"

"咳，咳，把大衣脱下来，给那女人披上！"

"脱！狠心的东西！你还要给她罪受哇！"

"不脱，打啊！打死一个少一个！"

"稀得打他，别沾了咱的手吧……"

"诸位请散开，这是夫妻间的勾当，不要胡说八道。"

"绝不是，你不能放走他！"

"绝对不是，这小子是一个贩卖人口的——"

"一点也不屈说他，我认识他这小子。"

"大家救救这可怜的女人吧！"

"咳咳，咳咳……"

女人俯卧在临时借来的长凳上，脑袋悬挂在长凳的尽端，疲倦地呻吟着，大口呕着水。阿龙像守望在病重的母亲床前的孩子，站在女人的头前，流着无意识的眼泪。他像被雨打湿了的旗子，垂悬空际做他得意的呆想，他没有感觉到冷，人们的喧嚷他似乎也没有听见。

"你的筐都踩扁啦，阿龙。"阴天乐触着阿龙的臂肘说。

"呃，呃……那不要紧啊……"

这一次不比上一次吧，阿龙暗暗想，上次是侵害了一个人，差一点连自己也侵害了，但这次是很顺利地救了一个人，踩扁了筐子要什么紧呢？有了钱，不是什么都可以办到吗？

一个男子和一个巡捕，把那女人从长凳上架起来了。她看见那男人像突然遇到一匹猛兽那样尖叫一声，全身在两人之间发抖地拖坠下去，脱褪了粉脂的脸，仰到脊背上去，拼命地摇着，头发上的水珠甩到阿龙的脸上了。

"我不回去啊！……"她喊，"我死也不回去啊！"她一只胳膊从巡捕那边挣出来，往后打坐坡。

"你怎么能够死呢？"阿龙趁势要向那女人表功，"你死，我还是救你……"

"是你……救的我？"

"是……"阿龙非常爽快地回答，"是我救的你。"

女人响亮地笑了一声，于是，很斯文地立起来，向阿龙招着手说道："走近些啊，好孩子。"

阿龙向周围所有的脸孔投以得意的傲视，这孩子埋怨夜太黑了，灯太暗了，不能在人们之前充分地露露脸，真是一件美中不足的遗憾。但同时他又羞怯地回避着周围击来的无言的赞叹，他怀着一个初出茅庐而获得冠军的选手领受奖品的心情，走到女人面前去。

"太太……"两个字受了猛烈的扇动，立刻摇撼起来。无数颗顶小的金星在阿龙眼前闪烁着。他怔忡地、哭丧地按着热辣辣的右颊。

"是你……你打我？太太……你吗？"

没有得到回答。人群又恢复起初的涌动和喧嚷了。而且有一样的叹惜和责骂倾泻出来："咳咳，……咳咳，……"

"什么理由要打这好孩子？"

"这女人魔疯啦吧?!"

"变喽，年月变?! 这年月不能救人的。"

"咳……咳……咳咳……"

什么都没有了：人群，喧嚷，灯光，女人，都没有了。只有阿龙跟阴天乐，好像两具弃尸似的留在河岸上。

阿龙的手仍旧按着右颊，睁大失神的小眼睛，企图通过黑色的夜空，擒住那女人的背影，然而，这是孩子困惑的呆想。

西北方飘送到阿龙耳朵里的声音，像从峰尖上越过来似的那么高遥："哟！……魔鬼啊……打死我也不肯回去……哎哟！哎哟……救命，救命啊！……"

仿佛是一个新的机会来了，阿龙张开了松弛的小嘴，倾听那呼声，他觉得声音是熟悉而可怕，于是，陡然打了个冷战，一头撞在阴天乐的怀里，哭道："我见了鬼……阴天乐啊……我见了鬼咧！"

自从阿龙受了那次失败的打击以后，脸上总是热辣辣地难过，他恨阴天乐，为什么偏向伙伴里宣传呢？但实际却是阿龙自己心虚，本来一个特别意外的嘴巴，事实上，不会热辣辣地那么长久的。

不是阴天乐从中证明，阿龙当真认为是活见了鬼。他想："世界真算文明到底啦，文明的全改了人性！"他这样想是一半来安慰自己，一半拥护"非鬼论"。

然而，这孩子脸上的热度，好像要一直那样保留着，它代替了阿龙脑后的疤结，这是一个无形的失败的记号，单凭一点点的自慰，不能揩掉它。

那只有阿龙的伟大计划的成功，才有那么大的威力。

是十月二十七日。

阿龙拿三百个铜板，换来一张一寸宽，三寸长，花花绿绿的航空奖券。号码是094239号。还是现从同伴里一个会写阿拉伯字码的，学来1234567890之后，才知道的。他把那号码背得烂熟，在梦呓里也是一个不错。

的确阿龙什么都忘掉了，忘得干干净净的了。一群崭新的、快活的、幸福的预感包围着他，他的"仓库"随着涌来的时日，无边无岸地膨胀起来，从疏忽的罅隙处四溢出去……

和以前相反：阿龙总嫌日头走得太慢，当这孩子不耐烦的时候，他真想一抓把日头抓到手里，像抛皮球似的抛到西边去，很快就赶到了前面业已注定的时运吧，可是，日子总是不慌不忙，按部就班地过着：黎明，晌午，黄昏，黑夜的工作……十一月五日终于黎明了。

在阿龙十一年的感觉中，这一天，可以说是他有生以来，最美好、最快活的日子了。他的眼睛在黎明之前就合闭不上，他一直是鼓着希望的翼，跟时光竞进。航空奖券叠成两折藏在拳头里，他想做一个出众的魔术家，准备张手一变，使他母亲也莫名其妙。

十一月五日的太阳，在阿龙的眼睛里是黄色的。

十一月五日的北风，弹着树梢，在阿龙的耳朵里是一种不知名的音乐。

十一月五日，在阿龙的"仓库"里，发现了以上两件新奇的物事——新奇的物事是他从前一点也不曾认识的。

而阿龙可认识逸园跑狗场的大门。

像庙会一样，男的女的老的少的一批又一批，从横在大门上用墨笔写着"第××期航空公路建设奖券开奖欢迎参观"十八个斗大字的白布之下，仿佛冲锋陷阵似的推挤进去。这里面有阿龙，他牢牢实实地握住奖券溜着边往里乱挤。

守门的巡捕把阿龙的胳膊扯住了："滚！滚！滚……"

"不是随便看吗？为什么不让我？……"

"滚！"巡捕把阿龙扯个跟头，"这里没有给你预备地方。"

"为什么不让我？"阿龙从人群的脚下爬起来，理直气壮地喊，"不是随便吗？……我还有奖券！……"

阿龙认真地把奖券从拳头里抽出来，递给巡捕查验。巡捕莫可奈何地摆了摆手，这孩子像个被释放的小扒手，夹在从通红的嘴和整洁的牙齿里喷出来的哄笑中钻进了大门。

无论这孩子的眼睛瞪得多么大，开奖的手续，他也是看不懂，他只能看着两个大的和一个小的金球一会儿转了，一会儿又停了。至于不知从哪里冒出的喊号码的声音，阿龙却能听得一字不漏。他的心头被两个不同的意念循环不断地纠绞着：……过去失望……希望未来……

时间并不久，但抻着脖子跷着脚站在看台上的阿龙，他感觉比捡半天垃圾还累人，他的脑壳发胀，口腔发干，眼睛和腿全有点不服他支配了，只有他的耳朵像架收纳号码的机械。

……过去失望……希望未来……这一个轮盘不知转了几十回，结果把阿龙转昏了，转疲倦了。

突然："××××××第一奖！第一奖独得二十五万元！"

在这一个激动的呼声之下，接着看台上的人们就骚动，哄叫起来：虚伪的笑，失望的吼，以及勉强的沉默，都是出自自然的表演出来。然而，唯独阿龙却站在那儿一劲儿发呆，一直到所有的骚乱渐渐平息之后，他才把那张奖券茫然地举在眼前，喊了，大声地喊："第一奖！二十五万元！"

几百只惊奇的视线，把阿龙一直送下看台去。

当阿龙走出大门的时候，他没有看见方才拦他进门那个巡捕向他抛着嘴笑。他也没有选择好他应走的途径，就从大街拐到一条生疏而僻静的街道去。非常平坦的柏油路，绊着他的脚，他像醉鬼一样，头脑和腿脚都是混蛋得不可思议。

"咦，老弟，回家吗?"一个衣冠楚楚的汉子，从后面拍一下阿龙的肩膀说。

"……回家。"

"咦，老弟，恭喜发财……中了几奖，"那汉子一边说一边就把宽大的手伸过去，"拿来，我看看奖券！"

"你要看?"

阿龙顺从地把奖券递过那汉子的手里。

几秒钟以后，阿龙的奖券和梧桐叶子滚在一起了。

再过几秒钟，阿龙听见那汉子的骂声："倒霉！……倒霉！让瘪犊子骗啦！"

阿龙以捡垃圾的敏捷手段，从梧桐叶子堆里，把奖券捡出来。

从光秃了的树枝上，从人们的服装上，从麻雀的羽毛上……都能看出这个季节是冬天了。

然而，在孩子阿龙的身上，却找不出一丝冬的意味。他的服装，他的面孔，他的情绪，总是显示着秋的残败与凋零。而孩子的母亲呢，在饥寒、穷病的交迫下，她的呼吸的动力，已经一刻比一刻滞涩了。

阿龙的那张忧郁的小脸，近冬以来，好像突然被寒气所凝结，可是，虽然如此，他那个进取的精神，并不因屡次失败而至于心灰意懒，这孩子可以说是一个知情达理的创业家，不，冒险家，他不怎样怕失败，他怕的却是失败以后想不出新的计划，如果这样，他什么希望全没有了，于是他才忧郁起来，一直等他秘密地发明出来新的计划，忧郁马上也就融解了。

所以"计划"是阿龙的"春天"，阿龙那一点希望的微笑，也是暗藏在"春天"里的。

经过了炎凉，又经过了冷酷，另一个"春天"终于来了。

不过，阿龙总是嫌它冒险性太大，除此而外又再没有比较妥当的法门。当希望的要求迫切的时候，他要那样做，他不能不那样做。

"如果侥幸呢，流血破皮都不要紧……不呢，要了我的左胳膊也行。反正是冒险了，只要是……"

阿龙是这样准备下的。只要是得到钱，牺牲什么都不在乎。这孩子总是有这样的念头："没有钱的人，比残废还要痛苦。"

对不对呢？自然还不能肯定，因为残废的滋味，阿龙实在并没有尝着过。

在一个病院的三等病室里。没有火炉，没有医生，也没有看护。

病床上，有人在呻吟着，有刚才入院不到点半钟的第八号患者，直挺挺地仰卧在床上，仿佛在深睡中。由头部绷带沁出的血印在扩大着。他左腿的膝盖下已经分解了，那儿还草率地夹着两块竹板。

所有病人脸上突出的地方，都渐渐地模糊下去了。没有灯火。昏暗和凄冷裹着一片惨痛的呻吟，从门和窗的罅隙拥挤出来，送到百呼不应的黑暗的耳朵里……没有回响。

病室里昏暗越浓了，同时，病人的呻吟也加重了。他们好像被敌人俘虏来的伤兵，随便丢在一个地方，你痛，你渴，你无论怎样他都不管，那是单靠命运来看护自己的性命。因为这些病人，病院根本没有什么需要：不过组织上是附设着它，它对于病院恰如人体组织中的盲肠。

"灯！"有人提出需要了。

"药啊……止痛的药啊！"第三号切着牙齿在喊。

"呃，呃哟……都死绝啦！"

"真是死绝啦！喊哪，第八号这个孩子大概完啦！"第七号这样说完后，于是有人喊了。

"大夫！来一个大夫……看护呢？他妈的！"

接着是一片气愤的叫骂，代替了一片惨痛的呻吟，然而，回答他们的是一片更无望的冷静。

突然，第八号呻吟起来："渴，渴，渴啊，水拿来！"

这时候，一个大夫和一个看护妇膀靠膀走进来了。电灯忽然亮了。在那位大夫盛怒的脸上还残余着一点腻笑。

"猪猡，谁这样不要命地号？谁？……不要脸！"

"渴！我要水！"第八号无力地喊。

"晓得？"大夫从黄色的灯光下，瞧着第八号讪笑着说，"腿（水）给你留着哩，不给你割。"

"水啊，渴，我要水啊！"又是第八号无力地喊。

"要腿（水）？要腿就别往汽车上撞……真是奇闻，这点点就要自杀！能说话，说，你家在什么地方？麻烦！还得给你送信……"

"水啊……水……"第八号像一张纸的脸上打了一个痉挛，仍旧沉睡下去。

在许多要求不同的语声中，大夫皱着眉头出来了。

隔一会儿第八号又醒了："渴啊，水，水拿来。"

他欠起半截身子。伸手把茶几上一瓶药水抓过来。看护妇赶忙拦住他说："做什么，你？"

"渴，渴……"

"不行，毒死你，这是碘酒。"

"不管事，你敢赌东？……我喝……你五十块钱给我？"

看护妇把药瓶夺下来："呸！财迷，要死啦，说吧，你家在什么地方？"

他随着看护妇的咒骂又倒回到枕头上，全身抽搐着，肮脏的黑鼻孔张大了。

"姆妈！……到牢里去……要……几百……"

一条白布单拉上来，盖在第八号的头上——看护妇毫无情感地干完了她的手续之后，报告去了。

夜更深了。

北风摇着刁狡而冷酷的鞭子，向夜空里抽策着，向一切没有防备的罅隙处抽策着……

在一个病院的停尸所里，孤零零地停着一具瘦小的满身斑鳞的尸体，额角分裂着，左腿膝盖下显出可怕的畸形，嘴在张着……

北风从高高的通风窗跳进来，摇着刁狡而冷酷的鞭子向那尸身上无情地抽策、抽策……完全僵了。

没有一个人知道，他就是捡垃圾的孩子，冒险家阿龙。

重 逢

八字桥一场争夺战，足足在狂风暴雨里持续了三个钟点，才把顽强的敌军击退。

敌军的先头部队约有五百多人，完全被我军的刺刀所歼灭了。现在这一块连空气都被击碎了的地带，夜幕落下来。风和雨正常地进行着，它仿佛获得胜利的我军，气势更加浩大，哨兵所的掩蔽物，垂柳和绿竹，顺着风向，深深地伏下身子，河水也好像激增了许多。

女救护队员冯伟玉和她的同伴陈兰手挽着手，在泥血混凝了的战场上巡逻着。她们以呼唤代替灯火，更为了减轻敌军逆袭的目标，她们是尽可能地控制着自己的声音："受伤同志哼一声——"

…………

担架队、救护员、伤兵、气绝了的战士，互相在黑暗的泥泞中拥撞着，羁绊着。若断若续的炮火，在另外一条战线的上空，像彗星般划过。那沉重的轰炸声，好像是要把地球毁成两半。冯伟玉觉得自己比遭遇凶险风浪的海船还晕眩。然而她能意识到那猛烈的炮火，是从黄浦江敌军舰上射过来的。跟着每一个弹火的轰动，都使她激愤得忘形。

"这残暴的！"

偶尔她便这样失去控制地喊叫一声，可是那声音并不像她所用的力气那么大。陈兰听着，知道她嗓子是嘶哑了。

"冷静些吧，嗓子都哑了。"

她不相信陈兰的话，她只感觉喉咙间非常干燥，似乎需要喝一口水，于是她便迎着风，张开嘴，让雨点润泽着喉咙。

集合号响了。救护队的工作人员，都在结束他最后的工作，开始向那低闷的号声集拢去。冯伟玉一面在泥泞里拔动两脚走去，一面仿佛这恐怖的战地值得她留恋似的，时而以凄厉的声音，单调地喊着："受伤同志快哼一声啊，我们要回去了！"

在救护队长点完名之后，一行行队列开始冒着黑暗和风雨，向后方移动了。沿着一条泥泞凸凹分不明的狭路行进。大家都小心着自己的脚下，彼此很少交谈。冯伟玉企图增强对暴风的抗力，她和陈兰紧紧绞挽着臂膀，一种强烈的颤抖，立刻传布到陈兰的身上。

"冷吗？"

"不。"

她随即把胸脯挺起，腰板伸直起来。现在她很想向这位南方姑娘夸耀一下北方的寒冷，但结果那种不能控制的颤抖，使她消失了夸耀的勇气，她为了避免难堪，于是她把胳膊从陈兰的臂弯里抽出来，于是她变为孤零零的一个。她虽然可以听见行列的脚步声和伤兵的呻吟声，但是她瞪裂了眼球，却看不见一个人的黑影。

她的衣服一直湿透了贴身的马甲，她颤抖得像通了电流的电锤，无论怎样把自己坚强起来，不但不能约束它，反而任它来摆弄。"冷吗？""不。"冯伟玉确有这样回答的自信，然而那连续不断的颤抖，却不允许她那样强辩啊！

每遇坑坎不平阻碍了她的脚，她的心就突然悸动一下。她的感觉中，总是有残缺不整的尸体横卧在她的前面。这战争，这人类的互相残杀，使她从内心里萌生了一时难获解答的疑惧。

"这残酷的战争啊！"

那内心的控诉，竟脱口而出了。落在她身后的陈兰听着冯伟玉的话，好像逼问一个有证有据的罪犯似的："你说——答复侵略者的战争也是残酷的吗？"

沉默着。回答这质问的是一阵不可抗御的风雨。这风雨坚持下去了。然而冯伟玉的控诉，却早就已软化下来，这并不是由于陈兰的驳斥，原来她自己已经发觉那种疑惧是极端矛盾的了。

她重新把胸脯挺起，腰板伸直起来，一分钟以后她又在暴风雨里颓唐了。

"到附近村子停一停脚吧。"

队里有人提出请求。终于在队长引领之下，摸进一座人家逃散了的荒村。

经过一番草率的安置，疲乏的安静了，痛苦的伴着一弛一张的暴风雨的呻吟起来。在远处有零星的炮火伴奏着。冯伟玉在这样一阕催眠曲中，紧贴着陈兰的脊梁睡着了。

家乡已是飘雪时候了。

冯伟玉轻轻地将脚踏在雪地上，亲切的，甜蜜的，倾听着由脚底发出的雪的回音，这是五年多不曾听得的自然的音乐了，如今，它竟在凄楚地低吟着，好像是向她诉说着别离之苦的衷曲。

过分的兴奋，使冯伟玉全身的血流，加速地周转起来。她独自行进在洁白而恬静的雪道上，每迈出一步，便近一步。加强她的接近幸福反而胆怯的心情。现在她是迎着凛冽刺骨的寒风，从每个毛孔眼里排泄着汗珠。心，莫名其妙地缩瑟着，缩瑟着……仿佛两只有力的手把它强力地扣拢起来。

她遥望着一别五年的故居，并无多大改变。只是在和故乡分手时，那挂在墙头上的青苔，现在让积雪掩埋了。在她越接近故居的大门时，她越感觉着恢复了青春。她准备以捉迷藏式的会见，突然地去拥抱她的母亲和弟弟。——啊，多么有趣！她想，忽然她又想：此刻母亲和弟弟是不是还都健在呢？她的手跟门接触了，没有多余的工夫去猜想那些问题，当她不知怎样推开房门的刹那，一个魁伟的汉子立刻出现她的眼前了。

"啊，弟弟！"

她疯狂般投扑过去，两只胳膊像钢圈似的环扣住对方的腰，她似乎企图以片刻的拥抱，来补偿五年来离别的苦痛。头埋进对方的怀里，接连地叫着："弟弟!"她简直是疯狂了。

陈兰在熟睡中被冯伟玉摇醒了。

"嗳，你做什么梦啰?"

陈兰拖开冯伟玉环扣着的一只胳膊，反去摇动她。她被惊醒了。霎时间她并不相信那是梦，她稍微让那适才疯狂了的热情冷静一会儿，暴风雨的吼叫，伤兵的呻吟，炮声，又在她的耳畔奔驰着了。

于是，她完全失望了，她委屈地呜咽起来。她恼恨陈兰破坏她的好梦，同时也恼恨那梦不该这样玩弄她。

现在是早晨三点二十分钟。救护队长为了避免敌机袭击，立刻准备出发。他站在一列担架的最前方，命令全队以一小时十五华里的速度，赶回三十华里的后方伤兵医院。言毕，那面被淋湿而且折皱了的红十字章旗，便在风雨中笨拙地飘摇了。

队伍像上足了发条的玩具，勇健而且安静地突进着。每个人都讳言那种不幸，他们都是靠着两条腿，把自己，把受伤的勇士，从不幸中拖出来。

风停了。雨由迷蒙的变为浓重的大雾，黎明被隔在大雾的后面。队伍和不幸离远了，一副副笑脸从雾层里透出来。在每副担架的间隔，可以辨出对方的面貌——那面貌全是跟衣服同样腥胜的呢!

"日本兵!"

一个队员这样呼叫着。这清清楚楚的三个字，简直像一支奇兵，从厚雾的四面八方兜袭上来，这一列像是中了埋伏的队伍，顿时慌乱了：胆怯的已经丢开担架和伤兵，自顾逃命。被丢开的伤兵躺在担架上詈骂着。冯伟玉尾随着破碎的队伍跑起来，但是她并不觉得害怕，她的拳头握得那样紧，她的面貌变得那样狰狞可怕——她绝没想到自己会变成这样——肌肉、血管都像在崩裂了一样，假使这场恶战是一触即发的话，她要比任何人都来得残忍哩。

没有枪声，也没有厮杀声。然而那呼叫又起了："跑什么？蠢东西！——我说的一个鬼子伤兵被我们抬来啦！"

人们穿过厚雾，一齐向那声音聚拢来。冯伟玉再也不能忍耐，她一边在人们的背后往里拥撞，一边提高嗓子嚷道："快杀死这强盗……把他抬来干什么？莫非救活他，让他再来杀死我们吗？"

像一块石头投进河里，人们被它激动了，这一群要复仇，要手刃敌人而无机会正感苦闷着的人，疯狂了。

"不要加害受伤的敌人！"

救护队长想用官话来镇压这场暴乱，但那没有用。失却理智的人们拳头举起来了。

"复仇啊！"

"打啊！"

"打死他！"

这最后的，尖锐而超出一切的喊声，是女队员冯伟玉，这一个厌恶战争，厌恶人类互相残杀的女性，现在一变而为杀人的唆使犯。她搅混在人群中间拼命地向核心里冲撞，她咒骂着自己，是这样的无力，无用！她在焦急地懊丧着：眼睁睁地把向敌人报复的机会失掉了！

"打死他啊！不要留这样一个祸害啊！"

尖锐的吼叫在给无数个拳头助着威。忽然一个队员由内部叛变了，他怪声怪气地喊道："停住！停住！——他是个中国人啊！"

大家像是受了催眠一般，那挺硬的拳头，立刻软塌塌地垂悬下来。冯伟玉趁着大家精神涣散的夹当，钻进核心去，这回她跟敌人接近了。

"什么？别受他欺骗啦！"

"——他是，我——向谁申——冤去呢？"

她发现了，一个穿着大和军人制服的壮年，右胸口上被血渍涂满着。他的眉毛并不像日本人那样浓重。冯伟玉俯下腰分辨真伪时，那

149

人的瞳子已经随着上翻的白眼球翻转下去。

"他死了!"

她依样地尖叫起来。然后她怔忡了一忽儿，突然她像昏厥了一般倾倒到那人的身上，她立刻又回到梦境中：两只胳膊像钢圈似的环扣住对方的腰，她似乎企图以片刻的拥抱，来补偿五年来离别的苦痛。头埋进对方的怀里，接连地叫着："弟弟!"……但是连四周都死寂得毫无回响。敌军的炮火突然又轰动了。她好像从梦中惊转似的耸立起来："向这残暴的复仇!"

空军陆战队

到现在为止，在这个战争发达的地球上，除了苏维埃联邦有空军陆战队的组织而外，别的国家还没有，可是，自从雄踞东亚的日本帝国，以轰动全世界的卢沟桥事件，借端侵略中国以来，他们的秘密而且效鞏的组织——空军陆战队却在中国发现了。

在南京——中国的首都，完全受这种出神入化的奇军威胁着、捣乱着，幸而它的范围不大，据军事当局说，那只限于敌军空军俘虏的看守所里，人数仅在二十名以上，而且其中有十六名是受过轻重不等的创伤的。

假使你曾亲眼见过苏维埃联邦的空军陆战队，或者，不然你曾看见过在中国映演过不下百次的"十月革命节阅兵典礼"那张新闻片的话，你一定知道，空军陆战队的唯一的必备用具，就是一张又白、又软、又大的降落伞了。而日本帝国的空军陆战队也有。更奇特的是，当他们着地时，飞机也随着落下来，然后它跟他分了手：一个被收拾起来载送到战利品展览会去，一个便押解到敌军空军俘虏看守所里。

然而，这个被日本帝国膺惩的、不说理、野蛮的中国，并不一点外行和冷落了它和他，一边按件签上：发动机、飞行帽、救生圈、罗盘针、降落伞、机关枪等的花名，让千万个不说理的、野蛮的百姓欢迎它；另一边却检查伤害，对症下药，待以上宾之礼，每位赠木屐一双。

空军少佐栗原卯之助他知道：中日战争，日本帝国对于中国作战人员，是没有"俘虏"这一名词的。当他在那架日耳曼造的战斗机上，自由地操纵着舵盘的时候，他常是注意力外溢地探虑着另外一个问题："野蛮的支那，残杀俘虏——"肯定地默想着。凭着他的玄想，雕塑出一副残忍的面容——这副面容就代表了中国的社会、政治、思想以及其他的一切。

空军少佐栗原卯之助他知道：中国绝对不比日本帝国再和善一点，他从鼎鼎大名的日本的社会主义者山川均氏和左翼文学家林房雄氏的笔下，得到了最显著的证明："中国人惨无人道！"于是他深虑着的一个问题，便不成为问题了。

不幸，空军少佐栗原卯之助做了俘虏了！当他跟那架日耳曼造的战斗机"分手"的当儿，他已经是不省人事。一觉醒来，他发觉自己躺在不甚习惯的钢丝床上。脑瓜被绷带包扎得只剩下一双眼睛和一张嘴。鼻子里充满了碘酒气味。

"横须贺吗？"

他不甚清醒地探问着左侧那张床上的病人。——他是在十天以前被俘虏来的轰炸机驾驶员长尾重雄少尉——他阔长开加厚的嘴唇，准备吞下对方的肯定的回答。然而，对方对于少佐栗原卯之助的质问，似乎不大感兴趣。他习惯地按一按额角结疤不久的伤口，合好眼睛，带着讽刺的口气："大人，这是支那——"

支那，这是多么让人发抖的两个字眼啊，简直像一座冰山压在他的胸脯上，他的呼吸立刻从冰结里窒息下去了。但，他停定的瞳仁上画着许多疑问号，他不十分相信对方的回答，随后他以空军少佐的身份，半斥责地质问对方："欺骗我吗，同志？"

"我愿意这是我的家，"对方不耐烦地说，"但是，大人，这确是支那。"

经过对方加重阐明以后，少佐栗原卯之助凝冻了的知觉，逐渐融解了。由于胆怯加深，把头部的伤口刺激得恶痛起来，他那样过分地号叫着，竟忘却了日本帝国军人的身份。

"要命——要命——痛死啦！"

痛楚和恐怖合在一起的声音，是非常难以形容的。只研究人的身体，而不懂人的心理分析的医生，也只会医治痛楚，不会医治恐怖。现在医生拿着止痛针管走到空军少佐栗原卯之助的床前，他亲切而轻声地用日本话呼唤着："栗原君，栗——原君，打一止痛针好吗？"

"好的，"他想，然而感觉灵敏的栗原少佐忽然想到一种不测，"不要。"他严词拒绝着医生的请求，于是医生就失望地走开了。

像从险境中脱逃出来似的，他的心释然了。

不过医生那种亲切的面孔和声音，又使感觉颖敏的栗原少佐特别怀疑，那么用什么才能证明那种不测是可能的呢？是的，这需要搜查相反的事实——他想，当日本给支那人打毒药针的时候，也不会露出那副凶狠的面孔的吧？

为避讳医生借口，他变得更蛮憨，而且利用心理来克服痛楚；尽可能地把号叫压低，低到几乎他自己才可以听得见。

这种懦怯的做态，在勇敢的、不怕死的空军少佐栗原卯之助看来，是件绝顶的耻辱，但是有什么法子想呢？当耻辱接近死亡的焦点时，他是不得不委曲求全的，暗暗地丧损一回帝国军人的尊严了。

太阳西斜下去，窗外铁栏的影子，爬上室内东墙的天花板上了。空军少佐栗原卯之助跟痛楚战斗得疲困了，糊里糊涂地昏沉过去。

月亮好像一盏强烈的、白色的照明灯，高悬在夜空中央。稀薄得像薄雾般的散碎的云块，带着匆忙忙的神情，从它面前飞驰过去。

空军少佐栗原卯之助睡醒了。他僵直地仰卧着，睒视着窗外明朗、寂静的天空，脑子里涌起了纷乱的遐想，末了，他整理出一个头绪——那便是死的恐怖。

空袭警报响了。

这凄绝、惨痛，这报告预防生命死亡的音乐，在明朗而寂静的天空中，缀成漫长的交响。于是，空军少佐栗原卯之助的头脑又恢复到纷乱，然而他困惑地镇压着它，对于别人的慌恐或准备逃避，反而表示出显而易见的嘲笑。

"栗原君，到地下室去。"医生仍是亲切而轻声地用日本语催促着。

"支那人到地下室去，"他翻了翻讽刺、侮蔑的白眼球，"我不!"

长尾重雄已经磨下床来，他的耳朵突然触到这么句话，像似遭遇了无端挑衅，一场恶骂一样，他不能忍受地停下脚步，愤然地，代替无可奈何的医生回答："大人对于死颇感兴趣吗?"

"你是谁?"像军法官那样严厉。

"空军少尉长尾重雄，大人。"

"你怎样到这里来的?"

"跟大人一样，我是乘着轰炸机……"

空军少佐栗原卯之助的嘴唇抖颤起来了。他不知怎样对付这个怪物才好，满心要痛殴他一顿，但阶级的威权，在这里是不便，而且是不准行使的。

"滚开! 这无赖!"

对于这种粗野的、倨傲的詈骂，长尾重雄倒并不怎样生气，他很了解，跟这种类型的家伙论争，那简直像用自己的手，挤破对方的脓包一样。

"再见吧，勇敢的大人。"

空军少佐栗原卯之助以饿虎扑食的眼睛，目送着长尾重雄走出门去。现在这宽大的病室，只剩他一个人了。外边静得像墓地一般。这使勇敢的栗原少佐连听到自己粗重的呼吸都有点可怕。这之间，他忽然起一种不祥的感觉，渐渐地，肉体向空中飘悬起来。四面八方响着"再见吧"的告别词，那声音跟长尾重雄的一样含有死别的预言的意味。

紧急警报又响了。这短促的笛声，冷落下去不到五分钟，激烈的空战便开始了。两方的飞机都飞得很低，空气受到强烈的压迫，宽大的病室像浮标似的摇荡起来。那密得几乎连成一片的高射炮、机关枪声，使门窗玻璃起了硕大的共鸣。

　　空军少佐栗原卯之助沉着地仰卧着。他用两只肥厚的手掌，按压住狂跳的毫无节奏的心。当他分辨出"日本帝国的空军"经过屋顶时，他便像中魔似的连连大叫："大日本帝国空军万岁!"

　　炸弹仿佛企图掀开地心似的，接二连三地爆炸起来。在每一弹的爆炸，而不知伤害多少生命财产的时候，空军少佐栗原卯之助，就那样兴奋地喝一声彩。然而，爆炸的巨音迫近了，房子摇撼了，有的门窗玻璃被震破了，碎片乱飞了。空军少佐栗原卯之助在这种危局中，再也不能沉着仰卧着了，他整个身子平铺地从床上移动下来，地板扑通一声，仿佛着了一枚较轻的炸弹。

　　看守兵从门外跑进来，他借着月光，用锐利的眼睛向空旷的病室的四周，骇异地搜查着：桌、椅、病床……全是跟平常一样安置在原地，只是床上那个俘虏不见了，于是他端起枪跑近床前，不凭信地掀起铺在床上的毯子，摆在眼前的确是平日的床面。看守兵焦急地搓着脚，脚尖突然触到一块软塌塌的东西，这意外的东西，使他的汗毛耸立起来，他赶忙向下看，立刻发现那张绷带缠满了的脑袋，便什么都放心了。

　　"喂，上去——床下并不比床上安全多少哇!"

　　空军少佐栗原卯之助依然不动声色地躺在地板上，原来他已经被不断的狂炸，吓得魂飞魄散了。

　　在中国首都的日本空军俘虏看守所里，流行着一个顶好听的绰号，可是，自从空军少佐栗原卯之助的头伤医好，从病房移解到看守所来以后，那绰号，便像遭到狂风的絮花，飞散得无影无踪了。

　　像遭到狂风的絮花，但是它是不会脱离开这个地球的，今天在此处不见，明年在彼处它将萌生出一棵小树来。

在中国首都的日本空军俘虏看守所里，空军少佐栗原卯之助是全体俘虏的领导者。现在他去掉头上的绷带，少尉长尾重雄才得以赏识他的本来面目：正方形的、发光的、黄褐色的脸上，镶着两盏明灯——眼睛，有一个俄罗斯式大模大样的鼻梁，两孔朝天又破坏了它整个的美丽。从前他是很爱栗原少佐的嘴，健康而又匀整的棱角，可是现在——让其他的器官配合起来反而使他讨厌了。

俘虏里产生了这样一个"领导者"，长尾重雄感觉非常不安；那不是为了讨厌他的形象，而是他的思想，因为他总像残忍猎人的一匹忠实猎犬一样，用他主子赋予他的爪牙，看守那些受过伤的小动物。

但是，少尉长尾重雄并不向他妥协或屈服，因此，在俘虏被领导的群中，空军少佐栗原卯之助也把他看作例外。他打击这个不驯服的对方唯一的手段，便是那一句讽刺："耗子们，向支那投降吧！"

当少尉长尾重雄一听到这句话，他立刻对上下一联："勇敢的，到床下逞能吧！"

于是对方的脸涨红了，他常常用中国供给他们消遣的书籍或围棋子，发泄他的羞愤。

一天，中饭刚过。有一个中国空军高级军官来访问这些俘虏们，他用比医生更加亲切的态度，开始他的谈话。

"诸君，对于敌国的待遇，是否感到欠周到？

"诸君，在精神方面感觉有什么痛苦吗？

"诸君，为祖国，即使受到痛苦也是应该的，这是鄙人敬佩诸君的一点；另一方面，鄙人却非常替诸位抱歉，不应当说抱不平的。请原谅，日本帝国主义的统治者侵略中国，不是利用近代的武器，那是利用了成千上万的出身朴实、被压迫着的日本平民的血肉！这些满足自己的欲望，满足自己血统的欲望的自私家，残酷的刽子手们，才是中国直接的敌人，才是中国真正的敌人……同时，这种敌人，也正是被压迫着的日本平民的敌人。诸君，人类是厌恶战争的，没有一个人愿意拥护战争，破坏和平……诸君，请回答我，中日间的和平是被谁破坏了呢？——中国吗？日本吗？"

"不是中国！"

被空军少佐栗原卯之助认为有神经病的西牧贡空军少尉，不假考虑地回答着。随后，他更兴奋地剖白道："请您告诉中国的友人，我西牧未曾用一枚法西斯的炸弹，伤害着中国的财产与生命……我敢这样说——"

那军官向西牧贡走近，他把胳膊伸开来："西牧君，中国的友人！握手吧！"

这是难以令人置信的，当两种民族正在战场上血战肉搏的时候，日本空军少尉西牧贡，却跟中国空军的军官热烈地握起手来。西牧贡不管背后的人对他怎样暗算，他的手像一把老虎钳子似的钳住对方的手，而且上下乱抖着。他的呼吸急促，心脏突动，耳尖热辣辣地发烧。

"我敢这样说，"少尉西牧贡重复着，这次的声调，比忏悔时的申诉，还要使人感动，"我西牧贡未曾用一枚法西斯的炸弹，伤害着中国的财产与生命，请您告诉中国的友人吧！"

晚饭以后，全体日本帝国空军俘虏，在看守所前一片草坪上散步。

这十九位飞将军，都是穿着一律白色衬衫短裤，或东或西，非常闲适地溜达着。天空没有浮云，晚霞好像挺直的麦芒插进毫无遮挡的天空里，这半天变成朱红，那半天仍然是淡薄到几乎透明的蓝色。看守兵孤独地抱着枪，仰着头不在意地看那些归宿的喜鹊和鸦群。

空军少尉长尾重雄和西牧贡膀靠膀沉默地走来走去，西牧贡忽然说："什么时候我们才回祖国呢？"

"你说呢？"

这问题反又落到西牧贡的头上，他不愿意解答。他摇一摇头，叹了口气。

"西牧，你想家吗？"

"想，还不是等于空想？"

"那么，你快祈祷和平吧……和平以后……"

"以后怎样？"西牧贡截断长尾重雄的话说，"以后也不是我们的幸福啊！"

"我们完全绝望了，西牧，是不是？……我们的幸福，单等待着生命最后的火把了。"

"不，我不像你那样完全绝望……我也不祈祷什么和平……假使这地球，单是东半球也好，它能健壮地翻个身……我不回家也没什么……中国的仗，打得顺利不呢？我们……"

空军军曹佐藤盛卫迎面走过来。他拿一张折叠着的纸条递到西牧贡的手里，随后就走开了。西牧贡沉思一刹那，然后展开了它。

西牧贡：

限即刻向荣誉的大日本帝国空军悔过。否则，折断你的被敌人污辱的右手，献给荣誉受损的大日本帝国的空军。

栗原卯之助　鹤田健三郎　德久佑　丰田良藏

杉本重道　铃木正雄　杉村正　千田次郎

日下部矶吉　楠田谦三　国武务　佐藤盛卫

桑田忠太　上片平直辅　神尾式春　神崎登　金原诚

"哀的美敦书哇！"长尾重雄说。

"看，阵容该多么严整……可是，为什么没有你呢？"

"他们要我干什么！难道那双狗眼会认不出我是怎样个人物吗？"

西牧贡不再说话，眼睛眯缝着，一排雪白的牙齿咬住下唇，木屐甩掉了，一边向空军少佐栗原卯之助走去，一边喊叫道："英勇的'床下将军'！您要用我的右手吗？请来拿！请来拿！"

少尉长尾重雄紧跟在西牧贡的身后，浑身的肌肉突然紧张起来。

霎时间，人和人已经接触了。

空军少佐栗原卯之助雷厉地劝告对方："让你悔过！"

"无过不悔！让你们拿去我的右手！"

还不待空军少佐栗原卯之助指挥部下动手，西牧贡的拳头已经击中他的鼻梁。于是，一场混战开始了，少尉长尾重雄变为西牧贡的后援。空军少佐栗原卯之助反而站在战场以外，两手按着酸痛难堪的、流了血的鼻子，喊："包围他！扭断他的——右手！"

在众寡不敌的形势下，少尉西牧贡和长尾重雄被围困在核心了。

看守兵、中国空军高级军官、医生，以及看守所负责人员，全都跑来了，他们拼出全力，才把这混战的俘虏们驱散。胜利的一军，由领导者日本空军少佐栗原卯之助领进看守所里去了。少尉西牧贡从痛苦中挣扎起来，他的右手从腕间下垂了。然而，作为西牧贡后援军的长尾重雄，腰部却受了重伤，他仰面朝天横在草坪上。

从看守所的里头发出一串声音："大日本帝国万岁！大日本帝国空军万岁！打倒损害大日本帝国空军荣誉的西牧贡及其帮手！"

少尉西牧贡真的疯狂了，他的喉咙战栗着，喊不出他想说的话。他的神经被那种声波，激动得麻木了，然而他还不是完全失去了知觉，当中国空军高级官佐又把胳膊伸开来时，他知道把他的左手递过去。于是躺在草坪上的长尾重雄兴奋地喊起来了："中日被压迫民族紧紧地握起手来！"

"打倒日本帝国主义！"

最后一句，是看守兵给补充的。

万 大 华

老木船背着骚扰的山城，向长江的上游航驶着……

不太鲜明的三角形的小红旗，一劲儿摆荡在桅杆的顶端。表面上看来，风是柔和的，但那面小红旗，却在哗剥哗剥地吵闹个不休。江流也是冷寂的，只是有时在崎岖的河床上颠簸起急剧的回旋，企图吞没这只老朽的木船，但它仅仅打个冷战似的便跳出那张吐着白沫的巨口了。

弯转而狭仄的江面西岸，层层叠叠黑色的岩石，好像两道无尽长的城壁，连续下去。年轻的槐和松，从岩石的夹缝伸引出来，那些佝偻的躯干，那些半黄半绿的叶子，都呈着早衰的模样。

太阳像是在长江的尽头悬挂着，它欢快的脸上，像是覆着一块颜色极其复杂的，彩虹一般的轻纱，它的光明就从那里面透射到两道墙壁的当间。江流像是流动的金液，跃荡着辉煌的波纹。

兰花站在船头上握着篙竿，一面聚精会神地支住凸伸的岩石，防止船身与岩石的冲撞，一面注意那根用竹条编成的纤绳，它一落进峻高的树丫上，她就举起篙竿把它高高地挑起来。她不慌不忙地工作着，适中的发辫在她的丰满的背脊上也不慌不忙地甩动着。那毛茸茸的刘海底下，虚掩着一双油汪汪的黑眼珠，像是永远不知道疲倦的小雪球，在那愉快的、康健的、棕色的脸上玩耍。她右襟上端的纽扣不自觉地解脱下来，白腻的胸脯下，隐隐约约地露出一半富于弹性跳动的乳房，当她赤着的脚板，过重地站在船板上的时候，它就要整个跳

160

到外面来。

兰花一面指挥着年迈的在掌着舵的父亲，又一面吆喝着拉纤的两个伙计——船夫："把纤绳拉紧点吧，天要黑下来了……"

这只船上是满载着一群从山城转下来，疏散到上游各地的难民。这船必须在黄昏以前赶到距此还有六七里地的一个村子落锚，一直等第二天蒙蒙亮，才能继续向前航驶。兰花害怕贪黑，所以她这样提醒他们。

然而，她的提醒是无效的，从桅杆上端扯到岸上的纤绳，仍然垂着深度的弧形，那行进在高低不平的岩岸上的投影，仿佛一条疲惫不堪的长蛇一样。船夫万大华和六指儿，也都是疲惫不堪了，瘦而矮的六指儿在前面，他几乎把短短的上身弯成九十度，斜横在胸脯上的纤绳拉板，因为用力时间过久，已经把他破旧的蓝短衫揉成一团，肚脐子露了出来，但因为弯着腰的缘故，它是陷进无可再陷的肚皮里面。

后面的一个就是万大华，他比六指儿长六岁，已经是快满二十九岁的汉子，但他比六指儿粗壮高大，而且看来也比六指儿纯厚、爽直得多，他的力气虽然还有不少的富余，然而他的心却十分地困倦，托在山峰一般的颧骨上的两只眼睛，永远像失去了什么极珍贵的东西，忧伤地望着地上。他的脚步有时突然蹒跚起来，像是找不准身体的重心似的。同时，他的嘴像走了盘的留声机，总是似唱而非唱地哼着：

靠长江啊，
吃长江啊，
吃靠十年快半老，
赤手空拳一身光啊！

长江年年东流去啊，
十年长成了兰花娘，
…………

吃长江啊，

靠长江啊，

…………

万大华的有气无力的歌声，仿佛飘浮在低空中的一群不被人注意的絮花，一遇着风，它便立刻跌落在岩岸上或江面上了。

六指儿踏过一段小湾子，眯着的黑白不分的小眼睛，从自己腋间向后晲着万大华说："听见吗？嘻……"

"什么？"万大华板着面孔问。

"你的兰花娘发命令啦！"六指儿咂一下嘴唇，又把小眼睛一挤，说，"上点劲儿吧，我的驸马哥……"

万大华没有还嘴，他只是收拢紧垂下的拳头，狠狠地向六指儿瞪了一眼，然后还是似唱非唱地继续哼：

长江年年东流去啊，

十年长成了兰花娘，

…………

一只雪白的江鸥，突然受惊地从伸入江面的一块岩石下飞了起来，当它在六指儿的身旁打个旋子的时候，他张开那只六指儿手捕捉过去，可是那只白鸟已经劈开晚霞，钻到半空中去了。

万大华找到一个刺他的机会。

"多一个手指头也没用啊！"

"嘻，可不，"六指儿的两只小眼睛几乎眯缝得不存在了，"越是真喜欢的东西，越是不容易弄到手唎……"

六指儿一说完这句话，就避开万大华的视线，噘起贫血的薄唇若无其事地吹着口哨，那响亮、短促而也有着抑扬的声音，充分地含着骄纵、挑战的意味。

听到这口哨声的万大华，感到了很深的屈辱，他真想扯住六指儿的括风耳朵，对准他的鹰鼻子狠狠地打几拳，一直到鼻孔流血，作揖讨饶为止……这想头已经是不止一次了，每当六指儿向他露出骄纵、挑战的形态来，万大华就想给他那样的颜色看看。可是，他总是觉得对方像是个不懂事的孩子，他认为向弱于自己的人采取报复手段，并不算自己的光彩。

而且这一回和往常更不同了，万大华已经暗自发过誓，要忘记她像陌生的过路人一样。他不但决心禁止肉体去接触她，甚至决心禁止自己的欲望去接触她。为了这个，万大华整整有两天不理睬兰花了。自然，因为她所引起的纠纷，他也尽力避免扩大的。他后悔不该对六指儿说那么一句带刺的话，他更后悔，不该信口乱唱——那唱里不是有兰花的名字吗？

"万大华，疼吗？……万大华，把你的腰多弯一点吧……"

这喊的是兰花，虽然这又是命令，可是那里面是含着过多的顽皮的，万大华已经感到过分的难堪。他在这只船上做了将近十年的船伙，船主陈九爷——兰花的父亲从没有呵斥过他，也从来没有背后讲过他一句坏话。陈九爷认识一个人就对一个人夸耀："万大华真是我的好膀臂啊……我丢了什么都不在乎，若是丢了万大华，这个……莫如拿刀子挖去我的心！"

陈九爷是这只船的船主，万大华就等于这只船的忠实而善良的保姆了。万大华是看见了这只船怎样降生，也看见了这只船怎样长大和怎样衰老的。同时他也就把自己一生最宝贵的青春时代，不知不觉地消失在这只船的身上。

然而，万大华以十年之久的最宝贵的青春时代所换来的代价，只够陈九爷那么一句向着外人夸耀吗？当然不只是这一点点的；更能够使这性情浮躁、欲望深远的独身汉那样安心和满足的却是船主陈九爷的女儿——兰花。

四五年以来，兰花给予他不可数计的愉快，兰花也给他留下了痛苦，现在，那痛苦正像密密层层的茧壳束缚着他。

万大华正在设法冲破茧壳，跳出这只朽老的木船，离开这时时刻刻流滚在眼前的灰暗的而平凡的长江，去到想象中辽远、广漠、新鲜活泼的地方——它，差不多半个多月以来，就强烈地刺激着他，诱惑着他，而且揉搓着他。有时候，他却也感到怀疑和失望；不过，那像浮在大海上的几滴油墨，没有几分钟的停留，便被前后夹击的巨浪消灭了。

他感到今天夜晚，在这个小村子里的一个值得愉快的约会，这使万大华他把兰花给予的难堪轻轻地拂开去。他用生平第一次的傲慢的目光，侧视着自己的身影——他昂然地卧于身后，周围闪烁着金色的光芒，他是在这样暗自矜夸着：周围的人群，甚至数尽世界上的人类，没有一个人的伟大，能够压倒他的伟大……

万大华忘记了自己是船夫，他开始鄙视过去十年生活的一切，这里边包含着曾被认为是幸福的……

这时候兰花看看悬在半空的纤绳正是原先那样松弛，于是她又用铜铃般的嗓子喊起来："修点好吧，万大华……难民全饿昏了，他们盼早点到，好下去办米哩……"

听了兰花的话，万大华竟局促不安起来，他立刻想弯下腰，拿出全部的力气；但是有一种自尊心矜持着他，他须过一会儿才能那样做。

然而六指儿等得不耐烦了，他涨红着刀条脸，气愤地叫喊着："没心肝就赶快给好人腾地方吧，……嘻，呸……怕又舍不得……"

这话像千百根锋利的针刺着万大华的周身，这创痛比任何酷刑都艰以忍受，可是他竟又意外地忍受了，他反而以沉默的笑——那是层叠不穷的痛苦积成的笑——回答他的敌人。

过了一会儿，万大华的腰果然弯曲下去，同时他自言自语："看吧，看谁舍不得？……看谁……"

他的脚不经意地绊在一块石棱子上，他未说完的话，也就这样停止下来。

兰花呆望着从船头激起的仿佛突然狂笑的水花，觉得胸脯一阵阵地有点发冷……

正是二更天。

上弦月永远保持着它周围的光明，让长江、村落以及一切动的和静的物体，模糊地呈露于广漠的夜海里。

恶魔般的黑云团，一群接着一群，用那么凶猛的暴力，企图毁灭她；但当它们袭拢到她的身边的时候，便被她强而有力的光明击败了；它们全像掩到岩壁上的海潮，起初的那么黑压压的一群，末了却变成碎粉似的，向四外溃散下去。

江水在不断地呻吟着……

空气像滤过的水，又清澄，又恬静。只有更夫的柝声和犬吠，在那里做着偶尔的谈话。这谈话，使人感到单调、沉闷和凄怆，它们配合江水的不断呻吟，组成一个声韵贫乏的交响乐，在给这个小村落催眠着。

老木船已经睡在这小村落的江湾里，几棵叶已半落的大梧桐盖着它的全身，叶影与叶影之间的月光，在船篷上摆荡着，绘出些不规则的花纹。

难民们烧饭的余烬，还在靠近木船的岩岸上三块石头的当间闪，动着稀疏而微弱的星火。一个神秘的人影，用轻捷如飞的姿势，从船头耸身一跳，就落在岸上，然后像是追赶什么东西似的，匆匆忙忙地掠过临时灶，余烬被扇动起来了。

这是兰花，她已经爬上杂草丛生的小丘，而且站在那里，扩大着张皇的黑眼睛，向一条曲折的、凸凹的、通达到小村子的山径上瞭望，在朦胧的月光下，她发现了一个模糊的人影，于是她就悄悄地跑下小丘，尾随着那影子走去，一路上她利用曲折和凸凹的地势掩蔽着自己，在相当的距离间，她永远可以监视着前面的影子的转动，而使那个影子永远也不能发现她。

起初兰花是一边监视着前面的影子，一边又不断回头回脑留心身后有无人们追赶她。一次，她仿佛看见一个人的影子往一棵大树后面一闪，而后便总也不见了，直到她把前边的影子送进一家房子，她再也没有发现后面的那个影子。

　　兰花好像猫似的走到那家房子的门外。这门的房子上钉着一块"第一区第三保保长办公室"的长木牌子。她就把一只耳朵贴紧在牌子下端的门缝上，倾注全神窃听着里面的谈话。

　　然而里面却像墓地一般寂静。只有摇摆欲灭的灯火的投影，在堆着积尘的纸窗上徘徊着。突然一个梧桐叶像只硬大的巴掌拍在她的肩上，她被惊吓得险些要喊叫出来。

　　兰花的眼睛立刻像蒙上一层罩纱，心也狂烈地跳荡起来，它发出鼓一般的骚音，扰乱着她的听觉。就在这时候，里面的对话继续开始了："你想好了吗？"

　　"想什么？早向你说过了……"

　　"那不妥，还是得改名更姓才行。"

　　"我不干，我就是我，改名更姓我不干……"

　　"再给你加上五元……"

　　"那加五十也不干，我只要有一杆枪，一些子弹……嗳，这就够了。"

　　沉默了一会儿，第一个发言的，这次变为严厉的声音："这不能由你，你非依我不行！"

　　"依你，你让我做替死鬼吗？……不干，老子死，也得死个一清二白。"

　　"哈哈……哈，你太看重自己了……就算是这样的年月吧，一年多以前，哼，一个穷苦力还值得论身价吗？呵哟！真是倒反天罡，打仗把你们这类货打得高贵起来啦，又……呸……"

　　"少说闲话，算了吧！"

　　"你先别走——"

兰花看见窗子上出现一个黑影子,而且那影子渐渐扩大起来。她知道再迟延一会儿不离开这门,就会被人发现的,于是她一侧身就把自己隐藏在房山墙的背黑里了。她收缩着身子待立着,但是那扇门意外地安静如初。

里面的谈话照旧继续下去,兰花无论如何也听不出讲的是什么。终于门开了,这时候,她听见最后的一句对话:"万不能反悔啊!"

"杂种才那个……"

随着门的关闭声,一个粗壮高大的人走了出来,他拖着不甚匀整的脚步,向着兰花的来路走去。兰花尾随着他,还像尾随着方才的黑影那样……

大约走了半里路的模样,兰花这才把脚步放重,加快地赶上前去,同时轻轻地呼唤着:"大华……万大华……"

万大华完全怔住了,他的脚不由自主地停下,当他回过头的时候,兰花已经带着焦急、失望的眼神出现在他的身边。她用捕捉的姿势,两手抱住了万大华的胳膊,随后又突然把那张焦急、失望的脸,埋到万大华的腋下。她发狂般地叫着,但那声音却多半包藏在万大华的腋下和她自己的口腔里:"我留不住你,你……你这就走吧!……还回船上去干什么呢?……我求你这就离开……那边没有你的牵挂啊……"

她嘴里虽是那么说,两只手却依旧像老虎钳子似的抱住万大华的胳膊,而且越抱越紧了。

万大华毫无感动地站着。他不想说话,也不想走开,他像是半溶解的蜡像,任凭兰花怎样揉搓他,他就怎样随和下去,丝毫反抗的能力全没有。

这沉默,兰花感到窒息般痛苦。终于她猛然从万大华的腋下抽出毛蓬蓬的头来,仰起脸,下巴几乎触到万大华凸起的胸部,以一种离奇不可测的目光,凝视着对方……

月亮像一块掺色的、透明的冰块,四面不着边际地悬在空中,仿佛给这平明的气流，加添了不少的寒冷，因此一切的景物，都仿佛是被凝结了。

万大华和兰花彼此都感觉到自己与对方的呼吸是异乎寻常的急促、粗糙，而彼此也都想就此分开；但彼此又都缺乏那样的决心。

就是那样又沉默了一会儿，归终还是由兰花打破那僵持的局面，她用乞怜的声音说："可是，你忍心把我丢在讨厌的六指儿的手里吗？……"

万大华看兰花突然涨满泪水的眼睛，简直不知道怎样回答才好，他干脆想回答她一句："是。"但这时他的喉咙被一种过分的兴奋闭住了。

兰花感觉到万大华的胳膊有点发抖，于是她摇动着他的胳膊，激他说："你怕他？……"

"谁？……"万大华小声地叫着，"他比我多一个指头，还多什么？"

"那么，你怕我爸爸吗？"

"他也不是我的老子，我干吗怕他呢？"万大华骄傲地挺一挺胸脯。

"既然是条好汉，就别离开我！"兰花半睁着畏缩的眼睛，期待万大华给她一个幸福的回答。

然而他摇摇头，并且用那只空闲的手，推着兰花的手腕，坚决地说："不，明天一早我就要离开你们……"万大华努力避开兰花的脸，无意地望着月亮。然后，他迟疑地离开她，独自往江岸那边走去，他借用模糊的自语，企图来给自己一些宽心："这种生活……再多过一天……我也不忍耐……十年了……这结果，对人，对己也算都有点好处吧？……唉，这一梦差点梦白了头发……幸亏醒转得早，若不然，想爬起来都没有力量啦！"

这些断续的句子，虽然万大华自己觉得非常之模糊、松懈；但兰花却觉得它比更夫的柝声都清晰、有力。她再也鼓不起勇气去挽留他，但是她又没有勇气就此与他分开。

于是兰花第二次追赶到万大华的身边，一并排走着说："是鬼迷着你的心？你非去当大兵不可吗？"

"唔。"万大华听那话都听腻烦了，因此他搭讪地回答，把步子加大了一些。

"你是看过的——他们是怎样地待他们，绳子绑上胳膊，像抓强盗一样……"

"这个，总是不大多见吧……"万大华不同意她的说法，并且举出事实来反驳她，"十天前，重庆的老百姓送壮丁，出征的景况，你也是看见过的啊……忘记了吗？那时候你说过这样一句话：'可惜我托生个女的，我若是个男子汉，非扛起枪杆跟着走一趟不可。'可是现在你又用这样话来阻拦我，请问，这是什么意思呢？"

"不是这么说……"

兰花也想来反驳一下，但是她找不出一点适当的理由来。她没有忘记那天自己所说的话，甚至她偶一闭眼，当时那种欢腾、热烈、悲壮的景况，立刻就活跃在她的眼前——那壮丁们身上披的红彩；那空中飞舞着的各色各样的纸花；那千万个人统成一条的吼声、歌声……总之，类似这样伟大的场面，她有生以来就没有遇到过，也没有梦到过，正是因为这个，她才不由自主地说那样一句又是遗憾、又是羡慕的话，她还记得：当那句话说出时，站在她身旁的六指儿冷冷地说一声："女人家倒有雄心，你呢？万大华？……"

"你呢？"万大华涨着脸反问。

"我不够格，又矮、又瘦，还多一个指头……我若是长你那样一副骨架，哼，老子一定打日本鬼子去！"

就是这句话激动了万大华，他明知道那是六指儿的诡计，但他觉得非中他的诡计不能安心。于是兰花的命运便同时被决定了。

"快走吧，"万大华听听没有动静，回过头催促着兰花说，"你出来这半天，他们非疑心不可……"

"疑心什么，他们睡得全像猪似的，六指儿那鬼还打着震天震地的呼噜……"

兰花虽是这么回答，但她的脚步却比方才加快了许多。

蜷曲在足足快睡十年的前舱底上的万大华，今天不像往常一倒下就睡过去，他听到潺潺不断的流水，他摸到生长绿苔的湿蚀的内舷，他看到黑黝黝的舱室，这些在他过去的生活中极其平凡、厌倦的一切，如今都能引起他的感伤来，因为没有多久他就要和这些足足陪伴他将近十年的一切告别。

然而是万大华还眷恋着这种生活吗？不，与其说是他厌倦它，不如说他怨恨它更恰当些。

现在万大华不愿意去清算它，他觉得未来的生活，一定可以抵偿过那些怨恨的，于是他努力驱散着它们，好让自己什么也不要想，像平常一闭眼睛就像死过去一样。

他闭起眼睛，脑子里清清凉凉地没有一丝的睡意……最后他用蚊虫般的声音哼着：

> 靠长江啊，
> 吃长江啊，
> 吃靠十年快半老，
> 赤手空拳一身光啊！
>
> 长江年年东流去啊，
> 十年长成了兰花娘。
> …………
> 吃长江啊，
> 靠长江啊，
> …………

哼着，哼着，他就睡了。

万大华睡得正甜的时候，六指儿从后舱爬过来，小声地喊醒了他。

"做什么又来打扰我？"他用手背揩去挂在嘴角上的吃水，很生气地问。

"不知为什么，陈九爷把兰花拖下了船……起来，快下去看看吧……这桩事一定不小！"

万大华把脑袋再往自己胳膊肘里缩了缩："不关我的事，……你去吧，我累得很，觉还没有睡足哩。"

"嘻，你累了？……嘻……"

"走开，你这讨厌的老鼠！"万大华气愤地打着六指儿的脚腕。

然而六指儿照样平和地说："告诉你好话，我听见陈九爷骂你——"

"他骂什么？"万大华突然坐起来。

"骂这个，嘻，我说了你可别生气啊。"然后六指儿学着陈九爷苍老的声音说，"我听见他骂你：'万大华这只癞蛤蟆！'嘻，完了我还听见这么一套话：'呸，你若把自己的肉给他送上口吗？……妄想！你瞧着，我怎样打跑了他，叫他变成三条腿的金蝉！'"接着他伸出那只六指儿手，扯着万大华的胳膊，再打个响鼻儿，说，"走，看看去，怎会不关你的事呢？我的驸马哥哟……"

六指儿临走的时候，他还回转过夹扁头，再三地叮咛着万大华："走，看看去吧……"

这一个意想不到的事变，使万大华犯了踌躇。六指儿的话，有一半他是相信的。然而，那起事的原因，一时他又猜测不出来。他为了要彻底明白这事变的原委，终于听从六指儿的话钻出了舱底。

月亮被漫天的乌云掩埋了，但夜空已经露出灰苍的颜色来。接着黎明的风，与喧嚣的江涛互相呼应。鸡扩大着寒碜的嗓门儿，仿佛要啼破这凝结着的，迟迟不去的乌云层。

万大华从船头跳到岸上的时候，他已找不着六指儿的影子。他一边揉着发涩的眼睛，一边向四外扫探着。在他寻到陈九爷和兰花之前，先听到兰花的发抖的语声了："你听他话……他是个人？……该死的小阴毒鬼！"

接着就是陈九爷的责骂："我信他，可是你这小狐狸精，怎么就看不中他？……"

万大华向那声音走去，那声音是在一个小丘的后边。

"谁看中他谁跟他过一辈子吧！我可不能，两间破房子，我没看到眼上……"

"我打跑了他！……看你怎样？"

"别老拿这话吓唬我，你去打，我看着……"

"我不敢？……你看着……"

"我看谁后悔……"

在小丘的顶上，万大华和陈九爷相遇了。

万大华冷笑着凑到陈九爷的跟前，"我给你送来了！"

"你还有脸？看我敢不敢打跑你这诱人的蛇？"

陈九爷把他那只鸡爪一般的拳头伸出来，它像只富有弹性的锤，在肘的上端挥动着……

小丘下出现了七八个难民，张大着好奇的眼睛向上张望。六指儿混在他们之间，用六指手扯着一个男人的衣襟，喊喊喳喳地讲："你看吧，这个骚家伙要挨揍啦！"

然而陈九爷的拳头触到万大华严峻的目光时，首先停止了那种紧张的动作，渐渐又垂挂下去。只有些破碎的字句，在他风干的嘴唇上颠簸着："……十年，我把你的翎毛养足啦……万大华你拍拍良心……你比她大啊……你……"

这微弱无力的句子，仿佛轻风撩动着古塔上的风铃，万大华的愤怒完全被那缠绵的控诉洗净了。他看了兰花一眼，然后伤感地说："我万大华没有亏你什么……陈九爷，你不是说打跑我吗？不必啦，今天我正要向你辞行……"

"你要到哪里去?"陈九爷困惑地问。

"到地上跑跑……"

万大华为了避开兰花的一双忧伤的眼睛,他说完那句话就转过身子,迟缓地走下山坡,走到半腰,忽然小丘的顶上有人喊叫他的名字,这生疏的声音使他发了一会儿怔,才转回身去。

那上边多了两个人,其中的一个便是万大华昨夜会见的保长,另一个汉子手里拿着一束绳子站在保长的右首,他扬着那束绳子,沉默地对着万大华,做着催促的手势。但是万大华不慌不忙地走上去了,切近的时候,保长说:"接你来啦!"

"走吧——"万大华看着那汉子手里的绳子,爽快地回答。

"你没有要带的东西吗?"

万大华看了看泪汪汪的兰花说:"什么全没有……"

于是那汉子扯过万大华的胳膊,狞笑着说:"委屈一会儿吧……"

他还没有把绳子打开,万大华已经把它夺过来了,随后一侧身,向江里投去,它画成几个圆圈,飞旋在空中,渐渐地扩展开来,终于跌落江面上……

江水微笑一声,一个浅浅的酒窝,一现,立刻就逝去了。

"对不起,"万大华半庄严、半诙谐地说,"要拿我当罪人看待,老子就不干了!"

之后,他旁若无人地走下山坡,他仿佛忘记身后一切的人们,只看着前面那条曲折而凸凹不平的小径。保长和那汉子都难为情地跟随他的身后走着。

陈九爷呆呆地望着万大华健康的背脊,好久以后才绝望地喊起来:"万大华,万大华……走到哪里去哟?"

"看谁后悔!"兰花咬着嘴唇说,眼泪已经流出来了。

陈九爷握住兰花的手,呜咽着说:"你……喊,你喊他回来……我不能让他走!"

不知道什么时候跑上来的六指儿突然握住陈九爷另一只手：
"嘻，你让他走吧，他去爱国……谁拦他，嘻，谁就该受万人骂
的……"他眯起一只眼睛看看兰花，而后又扬起六指儿手招呼说着：
"老弟不送你了，过后咱们火线上见吧……"

　　可是万大华始终头也不回地向前走去……晨光渐渐地在他的面前
浮了起来。他感觉自己像匹矫健的野马，奔驰在无边无际的大地
上……

生意最好的时候

在所有的商业正在倒闭、查封与叫苦的不景气当中，唯有沈万清铁匠炉的生意鼎盛起来。可是"建国"的前一年沈万清也跟其他商业一样，闹着要倒闭，叫苦的恐慌。这生意鼎盛的开始，应该是在"建国"不久一个穿黄呢制服的警官突然光临他那小小的龌龊的铁匠炉以后。

从那以后，那位警官就常常出入沈万清的门了，他那金色的帽箍，无由地给小小的龌龊铁匠炉生辉不少。

于是行将停火的大铁炉，熊熊的火花复燃了，一天二十四小时"叮叮当，叮叮当……"既单调而又震心的声音扬于户外。在夜里，居住周围距离一里远近的人们，全不得安睡，尤其是害失眠症的人。简直被那"叮叮当"的声音，一下一下地敲碎了心，他们辗转反侧咒骂着，不断地咒骂着，从黑夜一直咒骂到大天白亮。

但，咒骂一点也不碍沈万清的生意兴隆，也许，当人们咒骂正凶的时候，沈万清正在精神焕发地督促着几个"劳金"（长工）和徒弟加快他们的工作。他们的工作速度，简直没有法子满足沈万清的理想的，即使他们熬着夜，耗着早已疲惫的体力，沈万清还是在一边瞪着眼珠子叫骂起来："打起精神来啊，妈的，记得吗？明天又得交货啦！"

于是"叮叮当"的声音，突然更加繁重地敲打着失眠者的心。隔了些时候，那声音就又逐渐低沉下去了。

第二天一早，那位穿黄呢制服的警官就光临铁匠炉来，他开口就问："出来没有？"

"哈哈嘿，"沈万清得意地谄笑着，"如数一百！牢牢实实的一个不少。"

立刻就搬运到载货汽车上去。车临开的时候，那位警官叮咛一句："二十六号，一百！"

"您放心吧，错不了，反正我记住是：三天一批。"

一批，又一批地运去，"劳金"和徒弟呢，也是一批又一批地病倒下去了。

沈万清马上另雇来一批，来代替他们的职务，总之，他不能让"病倒"妨碍着他的生意。可是他不能不靠着"病倒"维持他的生意兴隆。

在盛暑，在熊熊的火炉旁，"劳金"和徒弟在一百十几摄氏度以上的热气里烘烤着，他们铁一样的身力，被那熔炉软化了。

一个"劳金"停下铁锤焦躁地喊道："热死我了！……我不能再干啦！"

"打起精神来吧！正是生意最好的时候。"

"那不干我的事……我，我不能再干啦！"

"蠢货啊，吃两天饱饭，就什么全忘啦……你想想，半月以前，连吃窝窝头钱全没有！"

沈万清最后一句话把"劳金"提醒了，他看见一个非常狰狞的饿鬼，站在他的眼前，其实那就是他的老板。

当他咬着牙齿抡起铁锤的时候，一种迅速的胀力从脚下直冲到头上，铁锤从手里坠下来，紧闭着眼睛和嘴，身子痉挛地向一旁晕倒了。

照例地向他脸上喷了几口凉水，随后抬到后面睡觉的房子里去。

沈万清照例地在一边瞪着眼珠子叫骂起来："打起精神来啊，妈的！记得吗？明天又得交货啦！"

"你一定要开开门！"一个"劳金"坚决地要求他，"你看，这么热，还能够干下去吗？"

"胡话，深更半夜，怎能够开门呢？"

"不行，简直快要热死啦！"

"这能算热？还没有叫你上'火焰山'！……"

激怒了其余的"劳金"们，他们一致地威吓着说："不行，不开门我们就全不干！"

沈万清今天实在怕这个呢，如果当下住了工，明天的货就不能如数交出，因此，他不假犹疑地就答应了那个要求。

门打开了。深夜的凉风，混进一百一十几度以上的熔炉里来。

然而，震天响的"叮叮当，叮叮当"的声音，闯进深夜里去了。

第二天早晨邻居的房东姜先生来了。

"沈老板，"姜先生笑着说，"近来生意可好啊？"

"还好，只是比以前操心多了。"

"操心"这两个字并不是话的主题，其实他正是着眼在"以前"两个字上，那么会听话的人，自然很清楚地回想到沈万清的现况与"以前"怎样截然不同了。

是的，姜先生很早就清楚地看出沈万清的"截然不同"了，据他自己的观察，最显著的就是沈老板没有以前那样的和善。

为什么会使一个人改变了原来的性情？姜先生并没有从各方面去推想，他所注意到的，而且他就断然地认为：那位穿黄呢制服的警官，是改变沈老板原来性情的主力。

就是因为这样姜先生跟沈老板谈话时，一开口便笑了，而且这笑，比以前还要特别突出、特别认真和亲切。

现在姜先生听了沈老板的谈话，斟酌了半天，说："啊呀，生意要好，就是操点心，也总比……"

"嗯嗯，是啊，总比没有生意强得多啊！"沈万清自鸣得意地打断了姜先生的话头，接着反问，"可是，姜先生也不错吗？"

"糟，糟极啦！房客已经搬得剩不到几家了。"

"呃！"沈万清假意地骇异着，他回想两个月以前，因为姜先生干

177

涉他半夜里不准做活，结果他们俩争吵起来的当时那种情形，现在他是非常泄愤的，他说："多么不幸啊！"这话不是同情的担忧，完全是故意诅咒姜先生。

"谁说不是呢，今天，没有办法……我才来请求沈大哥……"

"请求我？"

"是啦，请求沈大哥，告诉伙计们夜深做活，别再开门。"

"唔，唔，那怎能办得到呢？这是官家的事情啊！"

"那么，"姜先生一听"官家"二字，连话全不会说了，他斟酌又斟酌，终于把请求临时变更为哀求，"虽说是官家的事情，还是请沈大哥你尽点人情吧！……我说句实情话：今天夜里不能关门，我那边五位房客明天就一齐搬出去了！沈大哥你想，以后我指什么生活呢？"

沈万清摇了摇头说："还是你告诉贵房客忍耐些日子吧，一到秋后，我自然会把门关上的。现在，是啊，你也给我想想，我也是单单指望这买卖过活了……并且，这是官家派下来的呢！"

几个"官家"简直就使姜先生有话说不出了。他一连串地叹着气，懊丧地走出去。沈万清一直送他到门外，说："姜先生，你什么时候往外典房子，先给我一个信。"

隔了三天之后，姜先生果然来找沈老板谈判典卖的价目，沈万清很爽快地出了八百块钱，于是，姜先生立时就请来中证人和代笔人会同沈老板到一家酒楼里去，姜先生含着眼泪在契约上按了手押。可是当大家喝喜酒的时候沈老板却当众说了一句俏皮话："不是吗？以后我只好这么办：谁不愿意跟我沈万清做邻居，我就把他的房子买了过来！"

这句话，很快就传遍近邻房主人的耳朵里去，他们都说："沈万清这家伙疯魔了！"

可是，那是不对的，沈万清正是有条有理地经营着他的生意，同时，铁匠炉的门市部比从前扩大了两倍。"劳金"增加两倍，徒弟增加一倍。

官家的订货呢，现在竟增加到一倍半了。

三天一批，一批二百五十副。沈万清总像循轨的月球一样，按时交出，一分一毫全不耽误。

有的时候，沈万清为了增加工作效率起见，他就亲自出马，显得比任何"劳金"都卖力气，抡起铁锤叮叮当、叮叮当地干了一阵。然后，他叮咛着："当心分量啊，当心，二十五斤多一点才好！"

他也曾拿他刚做成的货色，当作标准的榜样，他这样向"劳金"说："看见没有，总是像这样：脖圈要厚，小环要粗……顶好，火候再老一点。"

日子一天一天地在永无休息的铁锤下敲打过去了。然而，每一铁锤下也都迸出金屑给沈万清留下。他有那样一个计划：到明年秋天——就是一年之后，必定用两万块钱资本开一个像样的铁工厂。

现在，天还没有亮，外面落着凄凉的秋雨。沈万清早已醒了，他躺在床上计划着他的计划，他预想成功之后，就可以包办全"滨江省"官家的订货，而且再过一年，那真是不敢设想了。

外面突然枪声响得很急，沈万清的预想停止了。他又想到年头上，年头不静，跟生意兴隆原来是很有密切的关联的。

不到吃早饭的时候，取货车就来了——往日总是在下午一点多钟——沈万清却自告庆幸多亏这一批货头一天下晚就预备妥当，若不然，免不了要费一些唇舌呢。

那位警官说："沈老板，厅长请你谈话。"

"呵……厅长？谈什么呢？你想——"

"总不外生意的事情吧？"

于是，沈万清上了取货车，到警察厅见厅长。厅长问："你的生意好吗？"

"实在不瞒大人说，现在生意在最好的时候。"

"很好！"

厅长说完转过来吩咐左右说："给他戴上一副！"

"这是为什么？大人！"沈万清喊叫起来。

"你不知道吗？拘留所里炸了狱！"

"大人，那干我什么事呢？"

"不要跟我装糊涂！分量不足，手工潦草，犯人弄断了镣环，那都怨谁？下去，给他戴上！"

两个警士拖住他，他哀求地喊着："大人啊！你别屈人心，大人啊……你放了我，你发发慈悲吧，我的生意在最好的时候呢！"

可是脚镣给他砸上了。沈万清端详它半天，突然喊道："不行，我要见厅长，给他看，这一副就是我做的，你们看，多么坚实啊！多么棒啊！"

可是又被看守推进监房里去了。

沈万清不可解地想："这是应该的吗？"

他看见了许多犯人脚上挂着的东西，完全是自己铁匠炉里造出来的货色，于是，他又想到他的生意。

他茫然地哭了起来。

五 分 钟

在一分钟以前，黄昏的尾巴，还从荡漾的晚雾中，降落这荒山之上，转眼间，山上崎岖的小径、花草、丛林，以及日军司令部的掩蔽物，就全部融合在模糊的夜空里了。

静悄悄地，仿佛这荒山的一切生物，全让沉闷的晚雾所窒息。缄默的风，张着轻飘飘的翅膀，盘旋在雾气的底下，忽而上升，忽而下降，忽而遁去，忽而又出现了。

黑暗拥抱着这座险峻的荒山，一切都像是缩小，变为无形，而一切又都像是扩展开来，凭着幻觉也难以摸到它的轮廓，仅有明灭不定的星火，眨着鬼祟的、多疑的眼睛监视在一切生物的头顶上。

突然，一种铁环的当啷声音，冲破了这座荒山的死寂，接着，在均整而清脆的音律中，一个中国军官从日军司令部里走出来，从他的完整的军装，完整的领章的符号上，可以证明他是一个中校参谋。从他的脚踝间的脚镣上更可以证明他是一个俘虏。

他的名字叫贺铮。

他是今天黎明之前，不幸中了日军的窒息弹而被俘的。当毒散醒转的时候，他已经离开自己的阵地和自己的伤亡过半的、溃退的部队，躺在距前方一百多里的敌军司令部里。他虽然立刻察觉领章还挂在衣领上，但取下来也是于事无补了，因此，他还是让他挂在那上面。

他以为祖国将来能够战胜它的敌人，而目前的自身要想战胜了

181

死，那却是绝对不可能的。因此他觉得一切的恐惧都是异常平凡，反正，他是决心以自己的青春，去完成军人的义务，并去完成他的天职的。

贺铮的镇静态度和坚定的回答，竟使敌军司令官慌乱起来。在超过三小时的审讯当中，他尽了软硬兼施的手段，可是，他急于要获得的，他的敌方的作战计划、战斗力的配置以及炮兵阵地……都全盘归于失望。最后，他不得不用死，而且万分迫近的死的恐怖，来威胁这个仿佛宝囊的俘虏。

"勾崩！"

这已经是最后的一句了，贺铮不再去想象敌军司令官说这一句话时的那副狰狞的面孔。因为毒气的残余，和适才浓厚的纸烟气的包围，把他的口腔、鼻腔及肺部，弄得都仿佛久旱的大田那样干燥，他非常需要一点湿润的东西润泽润泽它们。于是，当他一走出司令部的掩蔽物，就贪婪地吸了一口带着水分的、凉爽的空气，紧接着，第二口……末了伸展一下坚实的腰板，窒闷的心胸，得到意外的舒畅。

两名武装的日本兵押解着他，在一条被蒿草埋没的小径上摸索前进。走出十几步的光景，他又听见通译员豁亮的喊声："五分钟！"

那几个字在贺铮的身边，已经响过不下十次了，但那相同的几个字，却一次比一次森冷地打入他的心窝深处，直到最后这一声，就仿佛把他的灵魂引到另外一个世界上去，越是这样，他越不留恋这个世界，决心越发不易摇动。

贺铮的表面虽然十分安详，可是他的内心正像镣环那样亢奋地响着，而且他感觉到心的跃动的音响，使他听不见镣环的当啷声。

怎样死呢？他对于这个新奇的谜，浪费了好多宝贵的时光去猜测它，他首先猜到他们不会用枪，其次……可以使他致死的方法，那就多得不可想象了，究竟用哪种方法，他还不能预先断定。他想：五分钟以后什么全明白了，什么也全完结了！

他的手表已经被敌兵没收了去。现在他没有更准确的时计能以计算那五分钟时间的长短。按照平常的试验，每七十下脉搏等于一分钟，大约三百五十下左右，便接近那个时候。于是他一边徜徉地向前走，一边将手指按在另一只手的手腕上，但他还没有按到脉搏的所在，就像受惊了似的分开两手，他觉得这种举动，实在是愚蠢无聊。

脚步迟缓地延续着。脚镣的每一个铁环，都打开了铿锵的喉咙，唱着极其单调的进行曲，这荒山的四外，也同时遥遥地呼应着……

他不知走了多久，不过他知道一定还没有超过五分钟，不然的话，他就要立刻倒毙这荒山之上。

他开始诅咒这个没有月光的夜，这夜，除了一层接一层的黑暗之外，什么全看不见。甚至将来，不，也许就在目前，那个可怕的时候来到，敌人使用什么样方法消灭他的生命，也是难以看见的。贺铮对于这样的死，认为是毕生的最大的一件憾事。

时间慢得像是向后倒退下来。在很早以前，贺铮就总是觉得每一呼吸的间断，都有永远停止呼吸的机会，却又像是永远不能实现了。

正当贺铮的神志非常迷惘的时候，有一只粗暴的大手，突然地从他的背后一推，于是他的全身就倾斜着往前跟跄好几步，末了，被一种硕大而坚硬的东西绊倒了。他的胸部扣在那东西上边，而头部倒悬着。在十几秒钟以内，他没有变动另外的姿势，他沉默地伏在那里，等待接受不可知的死刑。这时候，他的听觉发现了兽类的鼻声，而且那声音就近在身边，他知道自己是被投入猛兽栏里了，于是他本能地站立起来，向着那鼻息声狞笑着……

两名看守兵在外面巡逻着。

贺铮的两条腿有点软，他胆怯地向后移动着笨重的脚，脚镣忽然响了，这响声提醒了他——胆怯，躲避，不都是愚蠢的自欺吗？同时他想，在这种情况下，逃出死的范围是绝对不可能的。现在他反而觉得要能快一些死倒是自己的幸福。

他的一只手已经触到那只猛兽的毛，毛是短而硬的，贺铮心里想：虎呢？熊呢？它为什么还不动手？是睡着了吗？而后他乱挥着拳头，企图惊醒它，无意中打在它的头上，他这才发觉它既不是虎，又不是熊，而是一匹马。

由于这匹马，又引起贺铮逃生的幻想：伏在马背上，或是坐在马背上，他就可以驾驭着它冲出敌人的封锁，可以逃出这座荒山，更侥幸而平安地回到自己的部队那边去……

马一连串地打着响鼻儿。

两个看守仍然在马厩外面巡逻着。

贺铮直呆呆地站在原地方进行他的幻想，然而那幻想只有那么一点点在他的脑子里翻来覆去地滚着，滚着……始终不能和他的理想接近。

突然有一种强烈的、摇摆不稳的电光，从外面直射进来，它被这马厩的稀疏的立柱分割成无数根白色的粗线，一会儿落在贺铮的身上，一会儿又落在马的身上或地上。

这时候两名看守兵已经停止巡逻，有一种较轻的脚步代替了他们的脚步，似乎随着电光的加强而逐渐加重着。

现在贺铮已经停止了不成为理想的幻想。他完全明白走进来的是什么。他很想迎接上去，但是整个身子偏偏沉重得不能移动一步。于是他只好献出年轻的生命，等待它来攫取他。

手电筒的大光圈整个罩住了他，贺铮变成个盲人，任什么全看不见。他只能听到敌军司令的急促无情的腔调，接着是通译员的口音："考虑好了吗？"

假如不是这个提醒，贺铮几乎把它忘怀了。五分钟以内，他一点考虑全没有，除了那一点企图逃生的幻想而外，尽在祈求着死，好像只有死才能使他得到至上的安慰。

贺铮对于那含有侮辱性的讯问置之不答。他昂着头傲然地迎着强烈的电光走过去。金色的符号，炫在鲜红的领章上。

通译员翻译司令的话："时候到了！"

"是的，我恭候已久了！"

贺铮回答这句话时，已走到敌军司令的切近，他迎着光已能看出对方模糊的面影，那是一副凶狠的塑像，他对着那塑像发出一声沉默的冷笑……

敌军司令突然把手电筒关闭了。

一时的沉默，便立刻陷入可怕的黑暗中。这之间，他们之间好像互相以粗暴的呼吸代替问答。马在一旁也像参加这个谈话似的。

为着投向死，贺铮服从敌军司令的命令，开始单独地向着死的路上踏去。同时，手电筒又张开它庞大的光圈，从贺铮的背后，探照到很远前面——前面仿佛是一条新辟的小径，越往前走，路越立陡起来了。

虽然贺铮每迈出一步，就发一次死的怀疑，而他的决心却不断在向死的目的迈进。他的眼睛注视着光明，也留神监视着死神究竟是从哪一方面飞来。

他吃力地向高处爬去。现在除开脚镣的音响有些骚乱的异动而外，一切都还是照常静默着。贺铮心里抱怨道："让我走到哪里去呢？死也是这样困难的啊！"

然而他发觉已经走近悬崖的边缘。

"跳下去！"

贺铮毫不犹豫地跳出那惨白的光圈，当他的身体已经离开悬崖的刹那，他还听见通译员重复地喊着："跳下去！——"

在一分钟以后，黑暗仍然拥抱着这座阴峻的荒山，仿佛一切的生物，全让这更沉闷的夜雾所窒息了……

娄德嘉兄弟

打柴的娄道嘉含着一泡眼泪，把弟弟德嘉和女儿珍子送出门外。

十二月的夜风，仿佛险恶的波涛，向着大地的空隙楔塞着。这黑色的无形的奔流，荡漾着怒愤而骇人的咆哮，连续的，正像无休止的悬瀑。

在互相沉默中，娄道嘉感觉他不是站立在稳固的地球上了，而是坐在为海浪颠簸着的断桨的孤舟里，每个浪花，每个漩涡，都能使他的命运倾覆，沉没。他的眼睛，甚至于他的希望，再也没有接触那平安与幸福的边岸的时辰了。他如同一个垂死的老人，没有余力去结束他最后要说的话。

那粗糙、多棱、硕大的手，像一把老虎钳子似的钳住弟弟德嘉的手腕，一种温和而怜惜的颤动，刺激着娄德嘉用暴烈的鞭挞濒于昏厥的感情。他的臂膀向后收缩着，企图从凄惨的境地中脱逃出来。然而这种企图却被哥哥发觉了。

这半衰的老人困惑地向前挪移着，突然像昏倒了一般环抱住德嘉的腰围，饱满的泪水倾注出来了。被日常的负重压成微弓的胸部，不规矩地鼓动着有如着了风的灯火。

"让我……再……亲一亲你呗，"这苍老、悲凉、断续而轻微的几乎被夜风吞噬了的述说，在弟弟德嘉挺直的胸脯上开始蠕动着了，"德嘉，这这也许是……最后一回啦……我也但愿不是……可是……这样避难，谁敢保我们……还能有……团聚的一天呢？……德嘉，德嘉！……今天以后的日子……简直……让我……不……不敢想……我没有什么……可说的……我也没有什么可嘱咐的……珍子有你，哥哥便放心啦……我让你们走……不能不走啊！逃命要紧……德嘉，你不用惦记妈……和我……我们全是……上年纪的人啦……那恶魔……不会作践我们的……只要是……"

由远处传来一阵狂妄的犬吠。半衰的老人被惊愕住了。他吞回话语，立起生了褶皱的耳朵谛听着动静。夜，平安地睡眠着。借着风力，他能偶然地听出从吕梁山飘来的风暴坠入深谷的轩昂的回音。这惯常的音律，竟使现在的娄道嘉的意识异样地空虚绝望，于是，他像受伤的蝙蝠似的抽搐着，啜泣着……

为衰老而全身每部都露出风干、瘪凹状态的娄道嘉的母亲，正在用无声的慈祥跟孙女珍子话着别情，她一只手抚摸着珍子的刘海儿，另一只手翻卷起油光光的衣襟，揩拭着仿佛久旱的雨滴般的不可多得的眼泪。珍子呢，她痴呆地站着，驯服地接受祖母的抚摸。她的恐怖心胜过别离的悲哀，越是这样，那种令她讳言的、亵渎的、骇人的故事越在她眼前蠢动，这一幅赤裸而活现的画面，把珍子的质朴的天真毁灭了。

狗又狂妄地吠了……

娄德嘉按捺着焦虑，用温和的动作将哥哥推开。他把父亲唯一的遗产——围枪横在身前，表示不能再留恋一刻了，他直率地说："难过也没用，哭也没用！哥哥，保重自己，好好照顾妈妈吧。没有事千万别到山里去找我。我相信，不是拉玄，过几天，咱们的军队一定能把这些魔鬼赶出咱们田地的……我带着侄女走啦，哥哥，你快搀着妈妈进去吧，外面风多大！进去吧……"随后，那坚定的、模糊的轮廓就融合在黑色的气流里了，消失了。

第二天早晨。

肥大如同白蝴蝶的雪片飞绕着吕梁山。田野，冻结的沟渠，被幔上一层洁白的外套。纤弱的马尾松好像经不住雪的重压似的，都在微微地弓垂着腰。

那迂回狭窄的山道被掩埋了。除去一些稀疏的、清浅难辨的山兔的爪印而外，再也寻觅不出一个人的足迹。

为了寻觅寒食，成群结队的老鸦冒着雪从山上的丛林里飞了下来，它们——那些黝黑的污点，毫无顾惜地将那柔白的垂帏沾染了，一种寒怆的鸣叫，给这静穆而朴素的空间破坏了。

在山的斜坡，在一个窑洞外，猎人娄德嘉用一块破布擦拭着父亲唯一的遗产——那支围枪的枪铳。因为残暴的敌人强占了他的村庄，他已经有三天没用那支枪了。今天，他想借着这雪天，猎一些山兔之类的山兽。但经他考虑一番以后，又决定不去了，娄德嘉以为，这里距自己的村庄虽然有三十里地，但那枪声也足以惊扰多疑的敌人。

于是他抱着围枪踱进了窑洞。珍子还躺在干草上酣睡着。娄德嘉怕惊醒疲困的侄女，他静悄悄地坐在一个白杨木墩上，两手拄着枪口，手背垫抵着下颏，在发着呆想。

他悬虑着他的田园，这一夜间不知道遭了多少灾难。那些壮丁，那些妇女，认识的或不认识的，谁又遭到敌人的残杀与蹂躏了呢？那些猪羊，那些牛，那些鸡鸭，自己的或别人的，谁的能不被强盗般的敌人抢夺去呢？还有那些小米和燕麦，那些煤和木材……全完了！想到最后，娄德嘉完全绝望了！而且这个从来不懂得什么叫作悲哀的猎人，今天他却不知不觉地流了眼泪，这两颗珍贵如大蚌珠的泪水，通过了皲裂的面颊，他毫无感觉地让它滑落到地上。

山——寂寞着。

这时的雪，更像遭遇春风的将残的梨花，从灰暗的天空中排山倒海地倾撒着。

悲凉的娄德嘉从低处的洞口，睇视着横在眼前的漫无边际的雪花，他的感觉被那织密的、茫茫的白片捆扎住了；现在，只有这不满方丈的窑洞是属于他的周围，此外，便没有一块可以使他立足的空隙。于是他不安地站起来。长长地吐了一口在胸中胀满着的闷气。

看着侄女，娄德嘉想起他的哥哥来，他想起那老鳏夫常常好向他请求的话："我任什么全没有！"在空闲的时候娄道嘉常是捻着他那仅有的苍白的胡须，用绝望的口吻，对弟弟德嘉嘟哝着："老婆，儿子，田地，房产和钱！……那些幸福的东西，我全没有！妈的，我除了有一个给人家造后代的丫头，还剩一把不值一个大钱的穷骨头！德嘉，讲句实话，说不定哪天，我也许一失脚从山上跌落到山谷里变作一摊肉泥！——山神呀，给我这遭罪的人一点福气吧，我自己情愿那样——"说到那儿，娄道嘉就当中插上句咒魔自己的话，"我是有言在先：用不着收我的尸首，真的，用不着！你能给小珍子找一个好人家，就算咱们没白兄弟一回啦！……妈呢，你从来就是孝顺的，我用不着多说……"

而今，这话像啄木鸟无情的尖嘴似的敲着娄德嘉已经受了伤的心扉。因此，他更加不安地复又坐在原处了。

他悬念着哥哥和母亲。他用从前的姿势出神地一动不动，简直像用钉子钉在那白杨木墩上一样。

傍晌了。

从白色的厚幕上，逐渐透出些淡淡的光亮。雪微了，但，大地和山都长高起来，高得仿佛要接触了天空。

雪——洁白的褥单，把大地上存在着的一切不洁的、丑恶的、杂乱的事物全掩盖住了。这里变为和平、静穆、缟素而美丽的宇宙，然而，这不实的外貌，却引不起猎人娄德嘉的同感。而他的心中正堆积着与那些相反的渣滓，而且没有方法将它们扫除。

他叫醒了侄女。他和珍子开始嚼着带来的面馍。娄德嘉并不饿，随便嚼着它来消磨那焦躁的时辰。

珍子嚼着又凉又硬的面馍，想起比较温暖的家来，"叔叔，咱们哪一天才能回家呢？"

"谁算得出哩！反正，哼，不把日本鬼子赶跑，咱们就不能回去！"

"谁能赶跑他们呢！叔叔，你说，是那些游击队吗？"

娄德嘉肯定地点点头，随后又连连唔了两声。

"可是，叔叔，游击队就不会让日本鬼子赶跑吗？"

"可想得乖！地下的蛤蟆，可吃不着天上的天鹅肉咧！…傻丫头，你是中国人，你可知道中国的游击队全在哪里？"

"我不知道，爸爸说过这山里全是咱们的游击队哩！"

"这山里？这山可大啦，日本鬼子他一辈子也难以摸着大门嘞！"

突然，脚步子踏在雪上的声音，投进窑洞里来。机警的娄德嘉首先听着那种声音，立即给珍子一个手势，让她靠在他身后的洞壁上。他右手提拎起装好了弹药的围枪，左手做成弧形拢在耳根后，审辨着究竟是人的脚步，或是山兽的脚步。假如是人的呢，那就凶多吉少了！

娄德嘉没有听错，是人的脚步声，不过他已证明，那仅仅是一个人。于是他默念着：一个，那简直比打兔子还容易。他抖擞一下，胆子壮了起来。

然而，机警的娄德嘉猜错了，随着脚步声出现他眼前的不是想象中的敌人，原来却是自己的母亲。

于是娄德嘉大吃一惊地叫起来："妈……怎么？你来干什么？"

这个头上脚下全被雪包围的老太婆，仿佛碎卒行人一样，一句话还没说，就栽倒在干草堆上了。待半天她才喘上一口气来。闭着眼睛向地下呕出一句话："你哥哥完啦！"

在已经怀着不幸的预感的娄德嘉听了母亲这句话时，反而还不如她说之前那么使他惊骇。现在，他只觉得有一件是他爱慕的东西，从他的心头被强盗掠劫了去，空虚与绝望抄袭着他，悲愤随后才追赶上来。

当珍子迟钝的理解力彻底明白父亲遭到不幸的时候，那个疲惫而跌倒的老祖母从干草堆上挣扎起来了。珍子哭哭啼啼地拉住老祖母的破袄袖，搓着脚叮问道："爸爸死了吗？爸是让日本鬼子杀死了

190

吗？……奶，你快说——"

"别哭，孩子，"老祖母打着牙巴骨安慰着快要发疯的孙女，"你听我从头说，别哭啊，天保佑，你爸爸没有死……"

"你骗我！我明白：你骗我啊！"

"不的孩子。"

"我不信你的话，奶，你发誓！"

"珍子啊，"娄德嘉阻挠着侄女说，"别胡闹嘞，快让奶奶说吧。"

有了充裕的时间，老祖母又在用僵冻的手翻卷起油光光的衣襟，揩拭着仿佛久旱的雨滴般的不可多得的眼泪。而珍子的泪水却像不竭的清泉似的流下来了。她感觉到老祖母头上、身上的雪一定很凉，可是她却没有心思去给她打扫。娄德嘉就根本没注意这个。

老祖母开始用没有牙齿的口腔，又是恐惧又是庆幸地诉说着经过："你们真是命大的，孩子们，哟哟，这不是鬼使神差吗？……你说呀，你们前脚走，日本兵后脚就来咧！一张口就：'你们娘儿们的有？'你哥哥摇摇头，可是朱村长他知道咱们的珍子啊！阿弥陀佛。他皱皱眉头，可没说啥，岂不知，那些鬼子是为着你哥哥来的哩！紧接着一个通译指着你哥哥问那个朱村长：他就是打山柴的老头娄道嘉吗？这回朱村长点了一下头，日本兵可就不问青红皂白，饿虎扑食地把你哥哥架走啦！……"

"为什么要架哥哥呢？"娄德嘉觉得哥哥既不是壮丁，又不是妇女，所以他十分怀疑，"妈，怎么不问问那个通译？"

"呀哟！"她受了惊似的继续说，"那些鬼子们全凶神附体啦，我怎敢！……虽是这么说，可以探听出一点眉目。随后妈就去见朱村长去啦，告诉我不要紧，日本兵不能杀害你的儿子，他们是要他做向导的。我问他什么叫'向导'呢？他说：就是让他领着去打游击队。可是我不信，这一定是朱村长他骗我啊！"

娄德嘉听了母亲的话，两只脚就有点站不稳了。他想立刻离开这窑洞，去证明这件事情的虚实。于是他用非常镇静的态度对母亲说：

"妈，我出去一趟，去给哥哥想个办法……"

"想什么办法啊，你能够救出你的哥哥吗？做梦的孩子!"

"妈，也许能……"

娄德嘉扛起围枪背着弹药袋，悄然地走出了窑洞。

他向着入山的，被大雪掩埋了的要道奔去。而他的意识，却绕过了那要道以外的道路。他的脚步是飞快的，但他的心却在那不能速决的岔路上徘徊着，徘徊着……

"德嘉，这……这也许是…最后一回啦!……我也但愿不是……"

临别时，哥哥道嘉向他说的话在他的耳朵里响着，突然，这个不知怎样叫作伤感的娄德嘉的眼窝又湿润起来。他握紧了枪把，在努力摈弃着兄弟间以往的友爱，摈弃着一切的嘱托……

娄德嘉偶一疏忽，一只脚就陷进雪瓮里去了，但他会不慌不忙地把它拖拽出来。

"叔叔，叔叔，等我一会儿……"

这在峻峭的吕梁山的山峰上，山谷中，忽上忽下在翻滚着的豁亮的声音，虽然娄德嘉分辨不出那声音的意义，他可能分辨出那确是侄女珍子在呼唤着他。因此他让过一面岩壁，爬到半峰时，珍子被他发现了：她正在顺着脚印——那就是娄德嘉的——几乎用两只手代替脚往山上爬哩。

"你跟来干什么？"珍子爬到切近时娄德嘉斥责她问。

"奶奶……奶奶……叫我来追你，叫我把你拉回去——"

"不能够! 你快回去告诉奶奶吧，我等会儿就来。"

天真的珍子拉住叔叔的弹药袋，"那不行! 那不行!"

"若不，你跟我去吧，好吗？"

珍子像是筹思了一下，而后就决定跟叔叔走了。

大约走了一点钟之后，在一个峰峦重叠的高处，娄德嘉停下了。他觅到一块可以掩蔽对方视线的大石。他把围枪放在那上面。

下面正是入山必经的夹道，这夹道是天然形成的迂回的上坡。道上铺着柔白而平坦的厚雪，还没有一个脚印曾破坏了这和平的美丽的夹道哩。

珍子两手扶着一块突起的岩石，胆怯地欣赏那和平而美丽的夹道，突然一阵旋风像个泼妇似的拥掩着珍子的脊背，她本能地向后抵抗着，臀部虽然已经平安地着了地，但是她的心，她的魂灵已经从峰峦重叠的高处坠落到百丈以下的夹道之上了。

"叔叔，我们离开这儿吧。"受惊的珍子鼓着小嘴说。

"别叽咕，孩子，你不愿意看热闹吗？待一会儿从那边——"娄德嘉遥指通过夹道的山下，"——就过来咧……"

"我不看！"珍子哭咧咧地说，"这里没我的爸爸呀！"

"有，担保有！你可要安静点等着啊。"

一切都安静着：山雪，马尾松，珍子和娄德嘉……唯有那不断的飞瀑在单调地吵闹着。

乘着透明的银灰的浮云，太阳露着模糊难辨的脸谱，以迟缓的速度向西驶去……

娄德嘉老练的听觉，开始搜查到一种金属的琐碎的音响。他紧张地擦了擦手掌，然后他把父亲的遗产——那支围枪从大石上拿下来，他神经质地检查着枪机以及喂饱了的枪膛的子弹，然后又严厉地命令着珍子："蹲下去！往后一点啊！"

那种金属的琐碎的音响近了，而且可以听得见杂乱的脚步声音了。娄德嘉的肌肉、血管、毛发都一齐紧张起来。他以稳健的姿势跪下，把围枪担在一块岩石上瞄准预备射击。

大约在四百米以外，娄德嘉发现了他等待已久的奇迹，他没有看错，那首先出现的第一个人确是自己的哥哥娄道嘉，是，又怎样呢？娄德嘉的右手从枪机的护铁上滑落下来了。

珍子发现了她的爸爸，她脸上的肌肉因惊喜而跳荡着。她仿佛被解放的弹簧似的跳起来，可是立刻又被娄德嘉扯倒了。

全副武装的日本军队，在娄道嘉的身后逐渐延长了。考虑的时间却逐渐在娄德嘉的心里缩短，于是他右手的食指重又坚决地勾起了枪机。突然，一种严厉的责骂在他的耳边震动起来："畜生！不能拿我的枪杀我的儿子！德嘉，你哥哥和你有什么冤仇呢？"

"饶恕我吧，爸爸，"娄德嘉乞怜地默语着，"为了保护那些救国救民的游击队，儿子要干一次不孝不悌的勾当了！"

之后，娄德嘉锐利的眼睛从标尺的缺口看见一张飘荡着苍白胡须的脸，那张脸，也是苍白的，而且带着几条新添的伤痕……

娄德嘉没有想到守在窑洞里的母亲；娄德嘉没有看见倒在身旁的侄女珍子；娄德嘉忘记了大道伦常……

猎人，娄德嘉仿佛遇到了一只猛兽，他狰狞地扳动着贴在枪机上的食指……

左医生之死

医院虽多是挂着"济世活人"的招牌，然而医生却多是看轻社会变化和忽视大众利益的人物。这是因为只要地球存在，人类总不会灭绝的，有活人在，一个医生绝不会因饥寒交迫而死。那么，靠治人而活自己的医生，仅仅懂得这一简单的"人生哲学"便足够了，便可以安然生存，假使他不，他，这一位医生，必然是个顶愚蠢的东西！

按理说，左医生是不应该愚蠢的。他从哈尔滨××中学毕业之后，随时就考入当地一个市立医科专门学校，三年以后，他卒了业，他聪明地运用着父亲的遗产，和用三年摸弄人户天天消毒的手接过来的文凭，自己开办一个小医院，而且自己来做这医院的院长。他能治内外两科，更兼治小儿科，可是他犹嫌不足，为了弥补这个缺憾，他马上和一个女同学结婚了，她是专门学产科的。于是，他的医院马上添设了一门产科，助产士当然是聘请自己的老婆了，缺憾呢，于是，也就弥补得天衣无缝了。

这位青年的左医生刚刚才二十六岁，在世情平静无事地过去的两年中，夫妻俩都很能"老成持重"地实行着世界医生的共同观念，简单的"人生哲学"。他们这两年来，除了"治死活人"而仍得报酬算作别人的不幸外，仅有一次助产士——自己的老婆让酒精灯烧掉左眉梢，这一点点意外的残缺，可以说是二十四个月生活里，一个比较不幸的事件。二十四个月的生活里，极平安无疵的生活里，落得这么一点微瑕，几乎引起他和她对过去的生活的不满，尤其左医生认为是一件可惜的憾事!

左医生很知道怎样去经营他的智慧,已经说过,他只不过研究了三年的医学;然而,任何种病症,他都敢接受医治,他是凭着医生们遗传下来的特有的镇静性,自高手艺性,处理着诊不出病原的病人,或者更加强一倍的"遗性",处理着一个绝无生望的病人。他用的是日本牌价值最低廉的药料。

若不是恐怕殃及自己和老婆的时候,他诚能焚香默祷,祈求瘟神布施给人类一点恩惠。他十二分有把握被选为防疫委员,那只若是哈尔滨警察厅刑事科科长——他的至亲三叔一句话,他马上就可以到防疫委员会去办公,防疫委员会左医生他知道,那是一个"临时发财"的机关,可是左医生"恐怕……"他时常避讳那种"祈求"的念头,而且,他也知道"祈求"的不可能,而且,他要遵从上帝"降福与人类"的意旨。

因为左医生是个"老"基督徒了。

年轻的左医生并不怎样好享乐,这也许该归功于上帝的教育吧。他可称谓安分守己的典型。不过只是好吃一些,吃,也曾经过医学的科学研究过的,缺乏维生素的食物,一概谢绝的,此外,日服三次"派拉脱"是他定期的、经常的工作。

因此,他的生命也有了相当的保障。他像一位与世无问的隐士,怡情养性,以期益寿延年。

他知道地球绝不会像流星那样易于陨落,世界无论变动到如何程度,不怕没有他栖息的场所的。因为自己是基督教徒,虽然曾自我否认是地球上的寄生;但是他承认自己是个极其渺小的动物,有人像这样讥笑他,他并不生气或反骂。

为什么呢?理由很简单,这是因为左医生除了挂着"济世活人"的招牌,实行他的简单的"人生哲学"以外,他将人类应有的权利与义务完全抛开了。

然而,他没有向任何人明白地表示过,假如有这样的机遇,不尽人类义务而坐获人类权利的时候，他可以立即声明："左医生并未弃权。"

他最厌恶、最鄙视，同时也最躲避人与人的斗争。斗争这两个字，在他的解释是"伤害"加"死亡"的缩写，他向来不去彻底分析它，偶尔一想，那血花，那尸骸，那悲惨的哭号，就不断地向他眼前耳边拥塞了。

左医生是最怕"死"的，他虽然明白死是人生的最后一幕，但是他说："天演淘汰的死，才是世界上最幸福的人。"

这又是左医生创造出来的"人死哲学"。

两年以后的世界变了，然而在左医生的周围没有什么明显的变化，他依然是继续干着他的自由职业，照常地营业着，照常地吃着有营养的东西，照常地日服"派拉脱"三次……

一天，有一个日本中国通——市政调查专员，带着三个警士，驾临到他的小医院，勒令他立即将悬在门脸上的牌匾下款"中华民国"四字涂去，于是他立即遵命照办了。

他知道为什么人家勒令涂去那四个字，他知道将换谁来统治他，他知道这是一件顶气闷顶可耻的事情；可是，他也知道那轻轻的一"涂"对于一个医生，干自由职业的人，是绝无影响的，因此也就绝不至妨碍他的平安的生活了。

这在他的心里并不算什么残缺，无论如何，它不及酒精灯烧掉老婆的左眉梢那样重大。

也许，这样想法是非常对的，当这以暴力统治下的殖民地的奴隶们伤亡率增加的时候，而左医生全身的汗毛一无缺少。

早晨太阳从东方出来，落到西方天就黑了，一天过去了，一月，一季，一年又过去了。

准备死的人们，依然在旧的环境里等待着，固然他还希望能幸免；不过他已准备去死，死是不会对谁客气的，所谓幸免也不过是拖延些时日而已！

死！在殖民地成为最时兴的名词。在城市，在近村，在人们足迹鲜至的角落里，死，又成为最具体的、现实的东西了。

法律能够保障"治死活人"的医生，已经够使左医生骇怪——然而左医生也很能镇过这个骇怪，他从来没有向任何人表露过，甚至于自己老婆。现在居然法律能够保障"杀死活人"的东洋人，则更使左医生加倍骇怪。他想，如果那也是一种职业，它的自由性，真真超越医生之上了。

不是他羡慕这个超自由的职业，而是他无端地失去"生存"的把握了。在他的观念中，已经扎了根的"人生哲学"连根都撼动起来。

由于这，想做"世界上最幸福的人"就很难了。左医生曾一度忧郁得不像个人样。

现在的哈尔滨警察厅刑事科，变为殖民地的奴隶的屠场了。左医生的三叔现在已经降级为刑事科司法股长，这还是赖他能够认真地作为那屠场的屠手，否则，殖民地的主人早就将他撤职了。

自从三叔得到一个屠手的职位，左医生立刻转忧为喜了，他曾这样想：叔叔手里的屠刀，绝不能放在侄儿的脖颈上的，况且自己可是个安分守己的人。

或者，你以为左医生的这种悬虑是不必要的，或者，你以为左医生是神经变态，以及是什么神经病患者，所有的猜测都是不对的，要知道左医生是世界上最聪明的全人之一，他从来没有想错和做错一件事。

在法律——说它是"公理"吧——能够保障"杀死活人"的殖民地上，殖民地的奴隶们，把生死问题当作人生的第一要义，那是最合理的，左医生不惜用全副精力注意着"死"，反之，也就是维护着"生"。为死而求生，才是左医生的求生之道哩。

是的，左医生可以很安心地过日子了：他的生命已经有了保障，安分守己的侄儿，有屠手三叔维护着，他就用不着像别人那样惧怕殖民地的屠场主人了。

哈尔滨发生一件最大的绑票案，被绑架者是"黑龙江省省长"孙其昌的公子。绑匪索五十万的巨款勒赎，可是结果被破案了。所谓绑匪乃系大学教授、中学教师及大中学生的组合。由警察厅分别拷讯和严密搜查之后乃发表如下的消息："该匪等乃系某部匪军之高级干部，在哈活动已久，今架绑孙省长公子，巨款勒赎，系为某匪部筹置军费，实行颠覆'满洲国'之阴谋。……在该匪窟内搜出无线收音机一架，手榴弹、手枪、子弹若干，及与匪军来往秘密函件若干。尚有余党同伙，当局正动员全国警宪，不久即可悉数弋获。"

其实那些"匪"们，并没有供出"尚有余党"的话，他们要这样捏造事实，故意造成无限数的冤狱，来充实和活跃殖民地的屠场。

隔些日子以后，一般人对于"匪"的已经处死于否，简直如同一般费解的谜语了。

自然，左医生也同样感到费解的，他为了应付朋友们的质疑，一天早晨他特意想到警察厅刑事科司法股去拜访他的三叔，他觉得给这个疑问一个解答，对于自己是无上光荣的，这之后，将有许多人来赞扬他，说："左医生能够知道'生与死'。"

"我打听您，那些匪犯您毙了没有？"

"你打听？"三叔这样问，"已经毙了！"

左医生马上告辞了。他带着一种猜破谜底的兴趣，走下司法股的楼梯，走过一条砖砌的甬路，再走过侦缉队的前门就到了中央大街。

司法股长挂电话给侦缉队长："注意，将有一个穿西装的青年路过侦缉队，他姓左，是一个医生，扣起他来，戴上脚镣关在第一监第一号里。"

左医生在第一监第一号里，他如同做一场噩梦一样，两眼呆直地望着左右的犯人，那些犯人就是某部匪军之高级干部，可是，左医生不知道，他知道他们已经被枪毙了。

一个犯人问他犯了什么案，左医生只是不住地摇着头，无话可答。隔了一会儿，他自言自语地解释着说："他们抓错了……他们一定抓错了!"

他祷告上帝,赶快降福给他,保佑他,他说他是一个安分守己的人,他说他是一个纯粹的基督教徒。

他在上帝面前也敢坦白地说一声:"左医生平生没有做过背教的事。"然而,现在他与"某部匪军之高级干部"为伍了,然而,他又始终莫解什么地方运用错了自己的智慧。

"这是我的愚蠢吗?"

左医生无时无刻不这样疑问着。他曾三番五次地向看守要求见一见他的三叔,可是三叔一次也不给他见。于是左医生借着上帝的威权痛骂着妨害他自由的人。

"您惩罚他吧,将他拖进地狱里去!"

当"某部匪军高级干部"被送进殖民地的屠场里去的时候,那里面有一个姓左的医生,他是个安分守己的人,是一个诚实的基督教徒,他从来就满意自己的生活的;唯有一件憾事,是在他老婆的左眉梢上。

三百零七个和一个

老祖父的精神经过一整天的骚乱，到晚上才算平静下来。他好像是得到了适当的归宿，舒展地仰卧在土炕上，等待着归宿的降临。

寂寞的夜，寂寞得近于空虚，又仿佛一切的生机全在这漫无边际的黑洞中死灭，永远地死灭了。老祖父死板的脑子里，也正在萌生着那样的幻想，可是那幻想刚一铺开就被讨厌的耗子给打断。

他忽然想起身旁那一包鸡蛋糕。摸着黑儿划着根洋火，耗子早已不见。鸡蛋糕包虽然完整摆在原处；但他还是不凭信，便去用手摸一摸，顺手把那顶油腻腻的、铁一般硬的缎帽头扣在它的上面。然后，急忙把剩余的半截洋火吹灭。

然而就在那燃着的半截洋火的光亮当中，他畏缩的眼睛，竟又碰到他所最忌避的一切，于是，那些旧的和新的悲痛，从他已经平静的心中又泛滥起来。

老祖父用鸡爪一般的手掌击着褶皱的前额和丝丝作痛的眼睛，他意图殴伤那想与视的机能，让自己变成一个白痴；没有悲痛，没有愤恨，也没有欲望，混混沌沌地挨过入墓以前的、非常短促的时光，他的悲痛也就在那时候结束了。

不幸，那种机能，反而在老祖父痛殴之下坚强地反抗起来，老祖父虽然向它施以极其残暴的手段，但他两只衰老的手，由于疲惫、紊乱，渐呈败退的状态，以至于屈服。

这次他想以恸哭去瓦解那些历历如画的悲痛，无奈他的泪之泉源，在两三天来就被他毫无节制的哭泣，弄得完全干涸了。老祖父一生都没有像现在这样胆小过，他不知道把自己藏在哪里才好，可是后来，他像一只不瞑目的僵尸，瞪着眼睛躺在那里，默默地哀求着："孩子们……死了的瞑目吧！活着的由你去……你们别再来缠磨我……离开我啊！孩子们，我必定对得起你们……"

哀求还没有完，他的周身已不由自主地发起抖来了——儿子带着刀痕纵横、血肉模糊的肢体，儿媳露出被轮奸而且击破了的下身，忽然走拢他的身边来，那种惨状和在三天前被敌军残杀当时的情景一模一样。他们木立着，迟迟不去；任凭那老人百般哀求与驱逐。

他摸弄着藏在衣袋里的和鸡蛋糕同时买来的那小包砒霜，他想：莫如早死了干净。偏偏另外一件事情起来阻挠着他，让他无论如何也要等待下去。

末了，老祖父还是划着一根洋火，他为了彻底防止那种惨状第二次在他的眼中复活，他又点着那盏小煤油灯。这方法果然有效：眼前什么全消灭了，只有黑黝黝的墙壁，冷静静地站在四周。但是，新的悲痛立刻又擒住了这可怜的老人——他在一堵壁上看见孙儿四广的照片。

六岁的四广，老祖父唯一的后代，就是今天早晨被敌军掳去的。据说单在这兰村被掳去的孩子就有三百零七个，这之中，有一百一十九个是女孩，其余的便全是男孩了。

老祖父从各方面探听来一个可靠的消息：在半夜四点钟，他的孩子四广，同时也就是那三百零七个孩子，敌军就要用火车把他们载到日本去了。虽然有许多孩子的家属对这消息表示怀疑；但老祖父却不，自从王进文秘密地讲给他一番话，他越发相信那是千真万确的了。

正因为老祖父比别人知道得清楚，所以他的心也比别的人更痛苦得多。当他的意识不能约束自己的眼睛而又看到四广的时候，他的神经突然痛哭起来，他没有泪，也没有声，只有那银白色的、飘动着的长须，在灯光中流出蛛丝般的光亮。

儿子与儿媳的死，像从老祖父身上切去四肢，现在孙儿四广的被掳，那简直就同剜去他的心一样，一个人没有了心，怎能活下去呢？

"四广，你再也看不见爷爷啦！"老祖父的手指点画着孙儿的照片，用细微的、凄绝的声音说，"就是真像王进文所说，你长大成人就不认识你的爷爷……就也许用刀用枪杀死你的爷爷……四广你可也杀不着我喽……"

不知怎的，老祖父说着说着，陡然间对于孙儿四广觉得隔膜起来，而且四广憨头憨脑的小脸儿，突然扩大成一副狡猾、阴险、狠毒的面孔，这种令人憎恶的相貌，完全类似老祖父近三两天来所看见的日本人。于是他变成极其严峻的语气，对着四广的照片责备道："啊，你是中国的血肉造成的，你是吃中国的米和水长大的——小四广，你不要忘记了你是中国人啊！"

变归原样的四广，向老祖父憨笑着，虽然那憨笑仅仅在他的瞳仁里一闪，他又似乎在绝望中又侥幸获得一点安慰，然而，这种安慰却勾起老祖父对于自身命运的悲悯。

夜，依然寂寞着。

无声的时光，前脚接着后脚，悄悄地从老祖父的身边擦过。而这仅有暂短命运的老人，对于那宝贵的东西，并不表示珍惜，他反而报怨那时光流得过于迟缓了。他焦躁地唾骂着它："嘟，牛！笨种！"

于是，他用连自己也莫名其妙的轻捷的姿势跳下地来，可是跳下来之后，他却像扎了根的老榆树站在地上。他不知道干什么才好。

在远处有一种隐约的噪音，从门缝挤进来。老祖父消沉了的意识，忽然被它激动了，他赶忙戴上帽头，提起那包鸡蛋糕，并且提着两件四广的旧短袄，灯也不吹，门也不锁就走出去。

他摸着黑儿去到约好的王进文家去。王家的房门紧闭着，老祖父轻轻地叩着门叫："进文叔，进文叔我来了。"

半天里边才回答："我不去了……我不去了哟！"

"狠心的，你不去看看你的长贵吗？"

"……长贵不是我的！……你……你快离开这里吧！"

老祖父的一只手颓然地从门板上滑落下来。当他迟疑地离开那片房门的一瞬，他那双干瘪的耳朵突然塞满了王进文的凄怆的哭声。

老祖父顺着大道，向兰村车站走去。零碎的、沉默的黑影，踏着忧郁的脚步，在他的前面活动着。一阵阵的、地老鼠般的凉风，从他的脚尖窜过。他的骨髓都感到寒冷了。

他继续迈着距离不等的步子。他的心，在倾注全力搜索着王进文的心——为什么一夜的工夫就变得那样冷酷无情呢？长贵不是他的亲生骨肉吗？孩子走了，再想看一眼也看不着了！可怜的长贵，你的爹心好狠啊！……可是，他为什么又哭得那么委屈呢？

虽然这个疑问不得而解，但老祖父却判定王进文是个狠心的人。

判定之后，而他竟觉得有一种不可形容的愉快注进血液里。于是他不由自主地私语道："四广，爷爷可算对得起你啊！"

尖锐的、苍老的哭号，仿佛陡起的旋风，立刻把老祖父的愉快吹散了。他愕然地停了一会儿，而后就如同一匹受惊的老马，一边喘息，一边咳嗽向着那种声音起处奔去……

老祖父越与那种声音接近，他的两条腿就越发不中用起来；但是声音却在不放松地牵引着他，奔啊，奔啊，他竟忘记了自己的衰老。

同时，他用颠簸的嗓子叫喊着："四广，等一等……爷爷来了……"

兰村车站月台下的第一线轨道上，停着一列以四辆三等客车编成的列车。机车的火口，正在贪婪地吞食着司炉的大铁锹上的煤块。司机座上的司机手，只在等待着开车号志了。

客车的门在锁着。全武装的日本兵，与日本押送人，在孩子们与孩子的家属的叫哭连天之中执行着他们的职务：他们用枪把、皮鞭、木棒来制止客车里三百零七个孩子的哭；他们用刺刀、皮鞭、木棒来驱逐蜂拥在月台的家属之群。

哭声和叫骂配合着，刺刀、枪把、皮鞭、木棒和人们的皮肉与血接着有声有色的狂吻——寂寞的夜癫狂了。

老祖父被裹在那癫狂的四围中，伸长着脖子，恨不得把自己的声音送到四广的耳朵里去，一声接一声地呼喊着："四广——四广——四广——"

他的喊叫被喧扰的骚者混合了，吞没了。直到把喉咙喊焦，他还没有得到回响。于是他拼着他的脆弱的生命，在各种武器的横扫之下穿行着，从这一面车窗，到那一面车窗……照样地喊着孙儿的名字。

在焦急，绝望中他意外地听到四广的回响；然而他分辨不出这声音是从哪面窗口发出来的，于是他再试探地叫着："四广——"

"爷爷——爷爷——"

他沿着那熟悉的声音跑过去，而且逐步搜索着，他终于在车尾的一面窗口发现了他的孙儿四广。

老祖父没头没脑地搂住四广的小脑袋，像受了委屈的孩子似的哭起来。嘴角飘着白沫，"你抛了爷爷……你……四广……我的好孙儿呀……你不要爷爷了！

"不要你了！"四广咧着小嘴，正经地说，"爷爷你哭什么啊？……我快坐洋船啦，明天，我就有新衣服穿……爷，你看见过海吗？……人家说，海上面有个大花园，一个大饭店，那里有好看的花儿；有鱼、有肉预备给我们吃……哦，你松开我啊，火车就要开啦!"

老祖父像从梦里惊醒似的抬起头来，不自觉地抽回了胳膊。他用惊疑的目光看看四广，没有错，那是面熟的器官组成的一副憨头憨脑的小脸，确是自己的孙儿，但是他为什么这样快就变了呢?

忽然想起王进文的话，现在他用它来质问他的孙儿："你长大回来是要杀死我吗?"

老祖父得到的回答，是一个严峻的沉默。

他偶然的、聪敏的感觉，立刻察觉到他与四广之间筑起一道极其生疏而且含有仇视性的界线，于是，祖孙之间，正在热烈进行着的血统爱，不幸被那道界线碰倒了。

两件旧短袄从他的腋下滑落到月台上。一手在摸弄衣袋里那小包鸡蛋糕，一手在摸弄衣袋里那小包砒霜。他像一尊弥陀那么安静，然而他的内心却在爆发着一种剧烈的交战，结果，他似乎得到了胜利，又似乎遭到了失败。

他捏出那包砒霜来，用极度发抖的手指把它打开，他捏了一半，暗暗地又把它塞进两块鸡蛋糕的心里。这时候汽笛已经叫过了。

兰村车站被更加癫狂的骚乱撼动着。这一列孩子列车，开始迈着犹豫小步，向着黑暗、苍茫的海边爬去……

老祖父失魂落魄地把那包告别的礼物——鸡蛋糕递到孙儿四广的手里。在他的回忆中，记得还嘱咐过这样一句话："别给别的孩子，这是爷爷送给你的礼物啊！"

孩子列车载着三百零七个小生命，披着忧郁的朝阳，奔驰在去向青岛的途中。当老祖父怀着不能确定的胜利和有失败的困惑吞下剩余的那半包砒霜的时候，他的孙儿四广与其余的三百零六个中国孩子，也搭着开往神户的日本海轮航出青岛湾了。

血红的朝阳，在透明的海潮上浮动着，清澄的辽阔的海面上映画着绮丽的波纹。四广手里拿一包用玻璃纸包着的各色各样的好看的"欧卡细"，憨头憨脑的小脸伏在圆的舷窗上，呆望着海水的细沫，在搜索着他的新的未来的欲望。

"看，好大的鱼！"

突然，他惊喜地叫喊起来，随后他从舱位里拾起一个油腻的纸包，猛力地投出舱窗，棕色的鸡蛋糕散落在海浪上了，浪花推着它折回青岛湾去。

海轮载着三百零七个中国的小生命，继续向前航进着，航进着……

遇 崇 汉

　　行为注定了我的人格。在行为证明我的人格改变之前，我无须将漫长的岁月中——二十二年了——内心所包藏的痛苦，告白别人，希求在心理上减轻我的痛苦，而不再让那无法洗刷的辱垢，随着我的年龄增长下去。我无须要求别人谅解我。在过去的漫长岁月中，我也没有那样的知己。你应该比别人更了解我的处境，在"九一八"之前，生我的故乡——大连，早就像目前的北平一样。我受的是殖民地的奴化教育；我的视野，仅触到那窄小的、被统治了的天地。生活环境和熏染，使我说不清楚中国话；使我学成了东洋式的礼貌——直到而今，鞠躬的样子还是硬挺挺地，就想改变温和一点都很难——总之，除了潜藏在肉体中的血液，还能证明我是属于祖国的而外，那所有的一切，都是万分可疑了。就是因为这个，直到现在还有少数的同事不大相信我。但是，我并不怎样为此焦躁，企图用理论为我的冤枉争辩，我唯一的保障，还是那个：从前，无愧于心的；如今，无愧于祖国的行为。

　　时至今日，我窃喜我也有攻击人的权利了，我绝没有向谁报复的企图，我只想，发挥那从我的人生经验中所获得的结论：越是爱好以恶言诋毁他人行为的人，他的行为越不如人。我的上司——我声明，他不是我的敌对——他是位不折不扣的政治家，他应该是百万大军中的灵魂、指南针。但他用愚昧的动作，损伤了他的机构，使自己走上歧途；同时，也不准更多的人折回正路。此外，他还干些什么呢？那是类似不顾祖国利害的商人正在进行的勾当——走私！他的办公室，成了交易所；他的下属，成了经纪人；而他自己却经常用严肃的态度，刻薄的字眼儿，怀疑的、无情的眼睛教训人，指挥人！……

你听这些感到疲倦吗？

自然，似乎这些我没有置喙的身份。同时，这也不是你所急于要知道的事实，在我讲述我的遭遇的经过开始的时候，请你统统把它遗忘了吧。但是，我要求你：相信那话不是诋毁人，否则，我下面所要讲的，无疑地，你便视为虚妄的故事了。

在故乡，人们都失掉了自由：财产被统治，思想被统治，生命也被统治。今天作为牛马，也许在明天就作为俎上的肉。当神圣的战争发生不久，在东北，失掉祖国的怀抱温暖的青年们，就开始被日军大批地押运到关里来。这些不幸者，大多是伪装日军，在无情的机关枪监视之下，作为侵略者的急先锋，他们一批又一批地，接受着祖国难以谅解的子弹而死亡了！少数的侥幸者，被派到部队里当翻译，或是被派到宣抚班里担任宣抚工作。我就是属于后者的。

然而，我并不认为我是侥幸者：我宁肯饮祖国难以谅解的子弹而死亡，我不甘心活着用我的舌头和嘴欺骗那些受难的同胞。可是日本宣抚员总是强迫我向祖国受难的同胞们宣讲类似这样的话："你们不要恐惧，'大日本皇军'，是中国人民的'救星'，他今天特为来拯救你们的灾难，'大日本皇军'把'中央军'和共产党扫荡干净，你们这里就变为'乐土'啦。"

"你们不要惊慌，家家安居乐业，这就等于帮助'皇军'，'皇军'自然是给你们创造永远的幸福的……"

这工作无异强迫我自杀啊，我已经说过：我不甘心用我的舌头和嘴欺骗那些受难的同胞。说到这里，我向你讲一讲侵略者的宣传的矛盾，这一点也可以说明侵略者宣传手段的愚蠢：日军每占领一个城镇，必定派宣抚班向民众宣讲一套类似那样的话；有时更向小孩子们散发一些廉价的糖果，他们利用甜蜜的鱼饵，钓住妇孺们纯洁的心。但是，同一个时间，那些皇军，却在另一个地方赤裸裸地填补他们的侵略的欲望：烧、杀、奸、掠……造成一个不可形容的极其恐怖的地狱世界！

关于侵略者的矛盾和残酷暴行，不用说，你是比我更了解、更知道得多的。可是在这里，我不得不约略地说一些，因为那时，我的感触是全跟你不同：你是被激起一种愤恨，想着积极地复仇，而我是被激起一种痛苦，想着消极地自杀。你想想看，我算什么人呢？不能唤醒同胞反抗侵略者，反而劝告同胞做顺民，供他们烧、杀、奸、掠。我除了死，还有什么方法免除我的痛苦和赎回我的罪恶呢？

我怀恨我的父母为什么生我在大连，假如是生在东北另一个县份，即使作为侵略者的急先锋，接受着祖国难以谅解的子弹而死亡，我的痛苦也未必像那样深长啊！

我又讲了一些你所要知道的故事以外的话，大概你嫌我太唠叨了吧。不吗？那才好，如此，我可以安心地把我的遭遇一五一十地讲给你听。现在，我就开始了——

从痛苦解放出来，唯一的方法是自杀。

这方法，我不只是空想，我确是无时无刻不在找一个决心的机会去实行。

那是去年秋天，我随着宣抚班到赵城东南的一个村庄去做宣传工作。日本班长又讲出那套宣传的滥调，命令我翻译给老百姓们听，我呢，托病拒绝了他。这理由自然不太充分的，因此引起他的不满："老实人，你说老实话，你讨厌这工作了吗？"

"是的！"

我的回答虽然异常简单，可是，我记得我的面部表情，在任何情况下，也不会那样复杂：反抗揩净了内心的痛苦，胜利中又浮起死的暗影。但是，死，不能威胁我，屈服我，因为我正在海阔天空地寻觅它，求之不得啊！

意外的是，他没有当场发怒，但比我更其简单地说一声："好！"然后就命令身旁的苏庆育——他是我的同乡，和我担任同样的工作，他比我大五六岁——说："你，怎样？"

你知道，他比我年长些，他比我会忍耐些，他又比我更会在暗地里叹气，那声音，真是使他自己的耳朵都听不着。但是他在侵略者的面前，从不露出不悦之色，他锻炼得能在呵斥之下，笑眯眯地接受命令，这你想，他会怎样？

我很纳闷儿，他为什么不敢靠近我，在归途，他一直是避免和我并肩走。有时，他用多样的眼神警视我，显见地，那是一种不幸的暗示。

一进门的时候，他像条泥鳅似的从我身旁溜过去了，在那一掠的微风中，飘扫着几个几乎难解的字："把病装得真一点吧！"

谢谢他的好意。我是健康地走进宿舍的。苏庆育，那个光会在暗地里叹气的家伙，对于我，竟像防疫黑死病一样，始终不见他走进宿舍来。

傍黑的时候，一个兵叫我到班长藤原那里去。天虽然很晚，当空的新月，还投下一丝使人感到森冷的月光。我回过头来看那个农民出身的兵尾崎的脸上散发着不平常的紧张，我就知道事情是严重了。

尾崎的性子是直憨的，在几个士兵当中，他和我是最要好，最能互相倾吐的一个。可是他这次表示跟我疏远，而且保持缄默，他的脸，一直是不平常地紧张着，仿佛更增加了月光的森冷。

那强烈的森冷，像一杯水银渗入心的深处，更压迫我的心向下消沉，我终于开始战栗了。你知道，有智慧的动物，都是有他的欲望的，那欲望之中，并不包含着死。

于是，我的脚步不如方才那样轻捷了，它变成一种病态的沉重，那情景，除非你自己感受之外，我是没法用笨拙的嘴形容的。

日本军人常自慰地说："为天皇而死，即是永生。"我虽然不求永生，起码也要明白为谁而死，我自己明白是为了向往着祖国。但是，在世界上若想找出第二个明白的，那才真是奇迹。

我说过，我无须要求别人谅解我。对于死，只不过表示一点遗憾罢了！

不管怎样，我走进藤原的办公室，他像一尊偶像坐在椅子上。彼此异乎寻常的眼光首先接触了，我努力使它锐利，免得在他面前显出示弱和什么胆怯的样子来。

"怎样？"这是藤原的口头语，"你的病很沉重吗？"

这是一句废话，可是，你不知道，藤原的话，有时是非常费解的。这次，我自然不想理解它。我也不愿意浪费唇舌，顺便说一句："是的。"

"那么，怎样？"他一边拉开抽屉说，"你打算休养休养？"

"是的。"我注意他开抽屉拿什么东西。

"我很早就看出你的病状。"他深深地抽一口气，咝咝的响声，听去是十分地温和，"是的，你应该休养休养啦。"说到这儿，他从抽屉里拿出一件黑色的东西，伸手递给我，

"怎样？请拿去，它一定能够医好你的病啊！"

不尽忠于天皇的，免不了要受切腹自杀的惩罚。我不是天皇的子孙，因此他不给我匕首，而是给我一支手枪。

"你懂吗？"我把手枪接过来的时候，他说，"选择不痛苦的地方下手吧，怎样？闭上眼睛，对准你的头！"

我没有杀过人，我也没有杀人的勇气，但这次，我却要鼓起一百分的勇气杀自己。我真的闭上了眼睛，而且闭得那样紧。让那冰凉的枪口摸索我的前额。我的无能的右手总像遭受风霜的花茎，微颤地向下垂折。啊，假如可能的话，我一定先用手指抠坏我的两眼，为什么呢？在平常我很想用幻想和我渴念的一切接近都归于失败，而这次它竟违反我的心意，那么真切地让我看见我的父母和其他的亲人，让我看见故乡的海岸，让我看见碧油油的大海和岸脚跳起的狂笑的浪花！……这些，仿佛一朵蓓蕾初绽的鲜艳而灿烂的蔷薇花，诱惑与迷

恋我已死的心。

"对准你的头!"

像晴天一声霹雳击碎了我的梦。那损伤我自尊的声音,告诉我一秒钟也不许犹豫了。于是,食指勾动着扳机,我便像触电似的倒下去。

在蒙眬中我听到藤原的狂笑声,我的神志立刻被那狂笑洗扫清醒。手枪仍然握在手里,狼狈地爬起来。藤原的长而白的牙齿还露在唇外。笑声只残留着尾音,他的肩头正在得意地耸动。

我知道,我是被他玩弄了;可是我不知道他在和我玩什么把戏。

"把枪给我吧!"藤原伸过手来,温和地说,"怎样?你这胆小的孩子。"

"为什么不装子弹?"我把枪递给他,抗议地说,并且重复一句,"为什么不装子弹啊?"

"装子弹你就不会再爬起来了。"

"我不想再爬起来,难道说,你以为我怕死吗?"

"不,孩子,你很勇敢……而且,你更忠心。"

"不,不。"我否认说。

"怎样?不吗?"藤原严厉起来,"那么,装上子弹,你打死我吧!"

你明白这意思吗?那是说,你要有打我的念头,我必先消灭你。他很狡猾,他用一支空枪试验我的心。因为我反抗他的命令,我自杀而不杀他,他认为是忠心于他,换句话说,也就等于忠于天皇了。

这样的厚誉,真叫我惭愧。你看,我简直是个蠢货,我为什么手里拿着武器,面对着敌人不杀,反而要自杀,然而也算是不幸中之幸呢,假如我是个聪明的,我不免一无所获反被敌人消灭。

说良心话,当我把枪口抵住前额时,我真有点后悔了。用自杀来解决痛苦自然是最彻底的办法,但是,我不相信除了自杀之外,就没有更妥当的办法。藤原给我一个再生的机会,我再放过它,那我就太愚蠢了，因此，我用这样句话压住藤原的愤怒。

"不，不，我是说我并不勇敢……"

藤原果然又温和了些："哈，你勇敢，怎不呢？你敢把枪对准你的头。……"

"但是，空枪却把我吓倒啦！"我说。

"那证明你确实有病，"藤原又把手枪放进抽屉里去，继续地说，"安下心，你的病自然会好的。孩子，怎样？你想家吗？"

"是的。"我说。奇怪，不知道受什么感触，我的两眼立刻湿润起来。

藤原笨重地站起来，伸个懒腰，走到我的面前，用梆硬的巴掌，拍着我的肩膀，仿佛耳语似的说："我有办法，明年春天让你回家去看看，记得吗？大连也有樱花呢！"

过了一个苦闷的冬天，春天终于来临了。藤原给我的希望，我根本没有当作希望，所以不如愿的时候，我也不觉得失望。

三月，从赵城移防到绛县。你是知道的，越向祖国的南方来，离我的故乡越远了……

我的同伴苏庆育很会自慰地说："越往南，气候越温暖了。"

我问他："温暖，对于我们有什么好处吗？"

你猜他回答什么？那才气人呢，他说："温暖是我们的希望，攻到洛阳的时候，我们就有希望回来了。"

借这个机会，我故意试探他，说："有机会，咱们俩到洛阳去好不好呢？"

他拍着我的脑勺警告地说："朋友，你不要这个了吗？留着它，还有享受的好日子啊！"

他没有第二个念头，我对于苏庆育这个人算根本绝望了。从那以后，我打定了主意，我的事情一概不和他讲。

春末的一个黄昏，司令部的哨兵捕来一个可疑的庄稼人。据哨兵的报告，认为那个庄稼人是中国军的间谍。在逼供的时候，他受了许多酷刑，然而，他矢口否认他是中国的间谍。看来这人非常愚蠢，又非常可怜。安达大尉问他的家在什么地方，他说离这里很远。再问他到这里做什么，他说是找他的老伯借粮的。可是他说不出他老伯住在哪个村子。

安达大尉问我："你看这个混蛋像个傻子吗？"

于是，我借口传音地回答："恐怕真是个傻子呢！"

听了我的话，安达大尉用劲儿把桌子一拍，失望地喊道："快让他滚！"沉思一会儿，又补充一句说，"让他随便在这个村子找一个熟人保他就行。"说完他向那庄稼人的脸上恶狠狠地吐口唾沫，"滚，滚蛋！"

他的腿被打伤得很重，我搀着把他送到拘留室里，在路上，他问我："你是中国人吗？"

我点点头，心里真是难过。接着，他叹口气说："日本人是不会搀扶我的哟！"

愚人尽说实在话。不错，日本人是不会搀扶他的，那个安达大尉不是叫他滚吗？只要是中国人，我应该尽可能帮助他。我很担心他在这个村子里找不出一个熟人来，果然，我问他的时候，他尽管傻里傻气地乱摇头。

我为了营救这个庄稼人，第二天我做了一件冒险的工作，我偷偷地去找村子里的一个姓胡的闾长——我和这个老汉很熟。我和他说，一个很好的老百姓，被司令部误当奸细抓来，因为逼不出口供，只好放了他，但是他在村子里找不出一个熟人给他担保。最后，我用大义激动那老汉说："中国人不救中国人，还等谁呢？"

那老汉低头想了想说："你的意思，叫我怎样呢？"

我告诉他，等司令部传他的时候，就承认那庄稼人是他的亲戚。同时，我教给他应付的细节。我回到司令部，又把庄稼人这边布置妥当。对词的时候，好在是我做翻译，一点也没有露马脚。结果，那个庄稼人当天晚上就被释放了。

虽然这并算不了什么了不起的事情，但两三天来，我的精神非常愉快，仿佛我的痛苦忽然减轻了一半。

　　三天以后，我秘密地去拜访那位晓大义的老汉胡闾长，寒暄了几句以后，他从炕席底下拿出一张纸条递给我，纸条上面一开首写的是我的名字，我还记得一字不错，下面是这样写的——

　　"谢谢你搭救了我的生命。你既不否认你是中国人，证明你还没有完全忘记你的祖国，你救了一个中国人，是你的义务，当然你也不会希望我的报答。不过，我现在可以坦白地告诉你，我并不像日本人眼中那样傻，我干的是顶聪明的职业。如果你有求我的地方，除了金钱而外，我都可以替你办到的。你的信放在胡闾长这里就行，我有办法看到它。"

　　下款写着王尧。王尧，他无论写什么名字，我知道他一定是那个庄稼人，同时，我也知道他干的是什么职业。他说，除了金钱而外，无论求他什么都可以替我办到，那真是再好没有了，想不到，我还有出头露面的一天。

　　你知道，我的性子很急，当下就写一封回信留在胡闾长家里，信大致写这样几句话："我明白你的意思，你干的什么职业我也知道，你能了解我，自然你更能谅解我。昨天我搭救了你，现在我反求你来搭救我了，越快越好，你是我的唯一的救星！"

　　临走的时候，我再三嘱咐那个老汉，千万可别把这信弄丢了。

　　过了两天，我偷偷地到胡老汉那里去听信儿，他告诉我说，昨天晚上那个姓王的庄稼人来了，看了我的信，他很高兴。走的时候他对胡老汉说："明天，太阳落山的时节，叫他在村头那棵槐树下等着好啦。"

　　事情意外地顺利，我刚到老槐树下不到五分钟，他就来了，若不是他先招呼我，我几乎不认识他啦，这完全是另一个人——像个做小生意的。

　　"啊，你——"我兴奋死了，我简直像探险家发现了什么宝藏和新大陆那样狂呼起来。但是，随即被对方沉重的手势打断了。

"走吧，朋友。"

于是，他像一块磁石似的把我吸走。他那一双神秘的、夜莺般的眼睛，不住地打量我，搜查我，他那冰冷冷的长脸，简直把我一肚子的倾诉，都凝结在喉咙里了。我的热情，也陡然地降下去。

像行尸似的跟在他的后边，天越走越黑了，同时，因为进了山，路也崎岖起来，到后来，我便一阵阵地起了疑心，这家伙不会把我引进虎穴里去吗？

心里那么想，两条腿却不由自主地向前走，向前走……他简直像一块磁石，把我活活地吸住，想跟他分离开却不可能啊。

我不知道走了多少路，浑身全是汗，衣裳也湿透了，我的嘴更干渴得要死。

翻下山，在那里如锅底的山洼里，闪动着萤火虫似的几点灯火，它给我一个希望，但这希望又给我带来了疲倦。

我的猜测很不错，迎面已经有夜哨问我们要口令。

"必胜！"王尧大声地回答着，随后他像唱歌似的对我说："朋友，到家了。"

"你的家吗？"我问。

"不，我们的家啊！"

他一边愉快地说着，一边拉住我的手向大门里走。把门的武装兄弟敬个礼说："侦探队长回来啦。"

"同志谢谢你的关心。"

这下我才知道，原来他真是个间谍！日本人自以为聪明，终于还是被傻子骗了，若是那个安达大尉知道真相，他真的会气发疯的。

走进一间比较整齐的房子，我和王尧立刻被许多官佐包围了，一种突如其来的欢腾，像把我推进狂荡的海潮里。与其说我像个傻子，还不如说我像尊木偶更恰当些。我看不清楚人家的动作，也听不清楚人家的话，我非常难堪——你想，像我这样的人，还值得人家那样热烈的欢迎吗？——假如房子里有个洞，我真想钻进去。那种狼狈的模样，我现在回想起来，还觉得可笑呢！

经过王尧的一番介绍，大家便围着一张大圆桌子坐下，我坐在那位军长的对面，他的样子很和蔼。他问我一句，我答一句，结果，把我的身世，过去的不幸和今后的希望全说出来了。最后那位军长说："我们非常敬佩你，你的勇敢，你的忠心，祖国不会辜负你的。我马上就给洛阳长官部拍电报，他们一定表扬你，让全国人都知道你的名字。你在敌军工作很久，对于敌情当然很熟悉，休养几天，可以开始协助王侦探队长工作，你们俩可说是患难兄弟了，以后更要患难与共、甘苦共尝，希望你们永远合作，一直到祖国获得最后的胜利为止！"说到这儿，他先站起来，"你们俩很劳苦了，请休息吧，其余的话，我们明天再谈。"

说起来，那真是妙手回春的良方，只那几句话，立刻把我二十几年不堪救药的痛苦完全根除，当场我不能制止地哭起来，我哭得非常愉快呢，你相信吗？

我没有第二个念头了——父母，亲人，故乡的海岸，碧油油的大海，以及从岸脚跳起来的狂笑的浪花……都不能诱惑我、迷恋我，我只想到一个死，那死绝不是愚昧的自杀，而是以死报效祖国。

这是因为祖国给我的温情，超过了我的父母以及故乡的一切啊！

三天以后，洛阳的回电来了，决定调我到洛阳俘虏收容所工作，因为是上边的命令，军长虽表示不愿放我走，但也无法留住我。临别的那天早晨，军长、王侦探队长和其他的官佐亲身送我上马。军长和王侦探队长都慰勉我说："到那里和这里没有差别，那里是后方，将有更多的人爱护你，因此，你在工作上更当加倍努力。"

"教育俘虏的工作，比在这里的工作适宜得多，希望你尽力发挥你的力量吧。祖国是不会辜负你的！……"

我真的不愿意离开他们，三五天的工夫，他们给予我难以分割的留恋。我虽然也知道那里和这里没有差别，可是，对于这个分别，总是感到凄怆与茫然。

一位副官陪送我。说起来真凑巧，你猜怎的呢？在第二天早晨渡河的时候，我在渡船上碰到了我的同乡苏庆育，你还记得吗？他就是我在前面提到的那个比我会忍耐，比我更会在暗地里叹气，和我担任同样工作的那位伙伴。

他坐在船尾，当我看着他发愣的时候，他把他的头埋进怀里，我没有看到他的嘴脸，却看到了扣在他手腕上的手铐。

有两个武装同志在他的左右，你明白吗？我实在替他惭愧死了。

我走到他的面前，为了免得别人看出我们俩有关系，我故意装作陌生的样子问他："你到哪里去？"

苏庆育略略地抬起点头，脸红得像一张红纸似的，用他那叹气般的声音回答说："洛阳。"

"我也是到洛阳呢——"

我说完就后悔了，我不该讽刺他。你还记得吗？过去我曾对他说过"有机会，咱们俩到洛阳去"这句话的。

他果然又把头埋进怀里。一直到渡过黄河，上岸分手的时候，我未得看到苏庆育的脸。这个人我很可怜他，有机会我很想找他谈谈，但现在我不知道他到哪里去了。

时间过得很快，我来到俘虏收容所将近四个月了。起初，有几个人把我当俘虏看待，甚至还不如俘虏，把我软禁起来，不给我自由，在食宿上给我许多侮辱。在从前，受到这样的遭遇，我会羞愤自杀的；可是，这次想都没有想过，因为一则是我在另一方面接受更多的安慰和同情，一则是我已决心以死报效祖国了。

结果，我的精神战胜了他们，"正义即是真理"这句话是很可靠的。现在，我是在"他们和刀之间站起来了，而且站得更稳、更直"。

教育俘虏的工作，我已经做了两个多月，这工作使我非常愉快，因为现在我不是用欺骗替侵略者"宣抚"祖国的同胞，我是以正义为祖国感化日本的士兵。

对于一个新的俘虏，我每次都向他们说这样的话："朋友，日本人和中国人没有仇恨，中国人民对日本人民始终是好感的。中国要打击的是日本军阀，而不是日本军阀指挥刀驱使下的士兵——日本农工大众。日本军阀大批地屠杀中国俘虏，而中国反而同情你们、敬重你们、优待你们，这不单是限于国际公法，主要的是因为，我们同样是被日本军阀压迫着的弟兄……"

　　现在，在后方工作，用不着什么勇敢，我只有忠心就够了。

　　忠心是我的义务，我决不希望谁给我表扬或提我的名字。

　　但是，我希望你把我的名字记在你的手册上，无论你走到哪里，我都期待着你的指教。

　　你还记得吗？我的名字是：遇崇汉。

横　渡

"车上来吧。"

二等兵田青茂遥遥地怒视了政治员一眼，心里咒骂道："哼，没心肝的，让你那些狼养的亲亲热热地讲到死吧！看，你快要跟他们亲嘴咧。"而后他把本来让黄土覆满的两脚，气愤地向半尺来深的黄土道上踢了两下，土飞起来扬到他自己的脸上。

牛车继续向黄河渡口缓缓地行进，左右摇摆着蠢笨的车身，越发增长田青茂的烦躁。他心里想，照这样走，什么时候才能走到渡口呢？

他开始咒骂这个差使，咒骂派遣他的队长，咒骂没心肝的政治员了。那迎头飘来的政治员的干脆的笑声，在田青茂听来，仿佛不经意吞食了苍蝇一样，总是发着要呕吐的感觉。但那种讨厌的声音，偏偏不断地钻进他的耳朵。

风，由灼热变为清凉了，现在竟在发狂了。在光秃的远山身后，涌腾着像烽烟般的乌云。田青茂意识到暴风雨快要来了。于是他咆哮地命令着车夫："打你的笨种！打！……天气变咧，我们不能在这边过夜。"

车夫似乎听见了田青茂的喊叫，他高高地举起木棒，然而却轻轻地落在老黄牛的尾骨上，因此，那最使田青茂烦躁的，左右摇摆蠢笨的车身，现在更加蠢笨地左右摇摆起来了。

政治员第二次招呼着田青茂："呜喂，风大了，车上来吧！"

可是同第一次一样，田青茂毫不领谢他的盛情。

"简直是个混蛋！"田青茂一边瞪着坐在牛车上的政治员，一边小声地骂着，"你要我在扑到手的老虎口里丧生？"说到这儿，他想起背在背上的三八式来，他好像不凭信它还在脊梁上，于是耸耸肩颠了颠，继续嘟哝着，"我这支枪离那三只狼一二十米以外还有用的，若是靠了狼的身边，哼，那……他妈的……你懂得什么？……优待俘虏……'我们都是被压迫的'一串屁话！"

自从队部出发，田青茂便拒绝坐车子。在过去的五十里外的路程，他始终跟随在牛车后面，而且始终保持着十米至二十米的距离。素来敦厚的田青茂现在忽然变成像狐狸那样多疑，他每走一步都在监视着那三个俘虏的动作。这种过分的谨慎，恰恰和那位政治员相反。也就是因为这点不同，田青茂才对政治员越看越不顺眼。

迎头风，陷脚的土路，蠢笨的牛车，都渐渐使他的感觉与体力疲困起来，但他仍不上车。由于疲困，引起了他的埋怨，仇视那个俘虏的心情，愈发深了。田青茂对于队长以及政治员们关于优待俘虏等等的训话，非常厌恶，尤其当他们与凶狠的敌人交锋时，当他看见敌人用各种残忍的方法摧残百姓的生命时，那种铁的律条，立刻就被他熊熊的怒火熔化无余。

无论队长与政治员们怎样讲，田青茂对于敌人没有丝毫同情。他主张报复；可是，在他的行动上从来没有违反过那种律条，他是个好战斗员。

一面不信任，一面又绝对服从，这是使田青茂感到苦恼的事。他知道他的主张也许永远没有消除自己苦恼的一天了。

于是，他认为这种屈服，和屈服在俘虏的面前一样，这对于田青茂是莫大的耻辱。

牛车仿佛永远没有到达目的地的时日往前挪移着……

但是，田青茂所厌恶的乌云，却比什么都走得快。那惨白如同蒸气般的云头，亡命徒似的奔跑着。狂风在弹着使人恐怖的旋律。黄土简直填平了他的眼窝。

政治员干脆的笑声，被这骚乱的气象打断了。在不着边际的大地上，沉雷隆隆地滚来滚去……

"哦哈，好大的浪呢！"

田青茂听出来这是车夫的声音。他高兴起来，当他抻着脖子往前探视的时候，一条黄澄澄的河流，已经隐约地横在他的面前了。

政治员一个人到黄河渡口去交涉渡船。

田青茂守着三个俘虏留在离渡口约有半里远近的土山坡下。

牛车已经踏上归途，他们该换船走了。

田青茂孤零零地看守三个俘虏，心里有点担心，他并不像政治员那样怕他们跳河自杀，而是怕他们用什么意想不到的方法谋害了自己。

他在三个俘虏十几步以外，端着实弹的枪，聚精会神地准备着。他开始注意到这三个中间有一个身量较大的家伙，眯缝着鬼鬼祟祟的小眼睛，好像在计划着什么图谋不轨的事。于是田青茂故意做出特别显明的戒备状态，来警告那个富有冒险性的敌人。

他用力拨弄着枪机柄，使它发出咔嚓咔嚓的声响。同时他以锐利的目光觉察着他这种动作，究竟激起了对方什么样的反应。

一种沉默的嘲笑，粉碎了田青茂的自尊心，他愤怒起来，他决定要给这狂妄的敌人一番严厉的惩戒；可是，一时却想不出惩戒的方法来。

"……问十个俘虏，就有九个必说他们长官告诉他说中国人怎样凶狠，怎样专要杀日本人……我们绝对要优待俘虏……同时，我们要知道这些俘虏来的日本兵，实质上并不是我们的直接敌人；他们不过是日本军阀手中的有生命的武器罢了。因此，我们应该同情他们，教育他们；使他们了解真正杀害日本人的，绝不是中国人，而正是他们的自家人——残酷无比的日本帝国主义者！"

这些仿佛耳语般的话，在田青茂的耳边絮絮叨叨地诉说着。这一回，他要坚决执行他的主张，以打击那种不中听的教训了。

"可是怎样处置才好呢？"

他这样地自己质问着自己，而且眉宇间浮现出踌躇不定的神情。经过很长一段时间，田青茂的筹思所得，是一些空虚、失望以及一些没头没尾的懊恼。

他的眼睛不错神地盯着三个俘虏，三个敌人的轮廓逐渐在他的面前扩大起来，这之间那副笑脸也越见明朗。田青茂现在察觉到那种嘲笑，正是在嘲笑着自己的愚蠢。

突然他不假考虑地吼了一声："鬼，给我跪下！"

这命令对于对方，仅似一个不带闪电的巨雷，除了感觉一阵震骇之外，并没有发生命令的效果。虽然那种嘲笑，确是不见了，但是，三个傲慢的轮廓，依然镶在他的眼里。

"跪下！"

三个俘虏互以惊惧的神情相望，并且喃喃地私语着。那些话，田青茂一句也听不懂。他入神地观察着他们的举动，现在三个凶狠的敌人，在田青茂看来，却像三个胆怯的老鼠在窃议着什么。那些黄色的眼窝里，上下左右乱翻的六个小黑球，田青茂觉得实在好笑。

他从来没有遇到过这样怯生生的敌人；他所想象的和亲眼看到的，都类似狰狞的恶狼。可是这三个却出乎他的意外，田青茂几乎怀疑这三个并不是他的敌人了。

这种怀疑是无谓的。田青茂虽也知道那是无谓的勾当，但在不知不觉中，他却减轻了对于他们的仇恨，而且，他那淳厚的心里，渐渐地浮游着怜悯的情绪。

为了给对方一点安慰，他那张厚重的脸，特意涌出一堆憨笑来，立刻，他又受到自己警告，立刻又将那堆憨笑收了回去。

"呸！该多蠢！"

他责骂着自己。他竭力恢复到严肃的状态，藉图遮掩适才的难堪。同时又端平了枪，他继续以死的恐怖作弄他的敌人。

然而，他的企图被政治员的呼喊打断了。

"喂，田同志！上船来吧。"

风咆哮着——

巨雷打击着雾般的雨点，倾泻到混浊的黄流上。河身仿佛一条急驰的大蛇，继续不停地弓起它高高的腰来，向着迷蒙的、不知止境的南方奔去……

一只木船在激怒的漩流中挣扎，它的船头虽然老是颠簸不稳地驶向逆流，但是它的目的地不过是遥遥在望的北岸罢了。

大浪花像一只魔手，突然把木船高高地举起，突然又把它重重地摔下去。桨手们拼命地扳着长桨。老舵工用尽四肢的全力和水的猛击抗争着。乘客们全是畏缩地蹲伏在舱底，两手抓着蠢笨的货物或适宜的抓手以制止身子的摇晃，他们在任凭雨和水的冲刷，他们脸上都呈着惨白的、可怕的颜色，呆呆地像一群僵硬了的尸体。

可恶的风波对于这只不幸的木船的命运，一点怜悯的意思都没有，它以不断的压力摧折着它——黄色的水从舱底涨高起来。船外的水快要平没了船舷。

桨手们、老舵工都已经精疲力竭了，但是那只木船却似乎仍停滞在原处。舱底的积水竟超过那船的载重。于是老舵工喊叫起来："不行了！你们快往外泼水啊！"

田青茂先从那群僵硬的尸体里跳起来，他为了防止意外，把枪机柄拉下来藏在衣袋里，然后把枪放置在一个木箱子上面，就开始用两只手向船外扬着水。除了三个俘虏，政治员与其余的乘客也随着手忙脚乱动作起来了……

但是，这是无济于事的，四十多只手费了半天的力量，仅仅一个浪花打来，舱底的水便又归复原位。田青茂向北岸望了望，好像反比方才的距离更远了些。他停下手，对着老舵工失望地问道："这就算完了吗？没救了吗？"

"凭命吧！"老舵工咬着牙根回答着，继而又上气不接下气地喊着："要命……可别要财，要财，就当不了人财两空！……嗳嗳，那是谁的货？赶忙扔下河啊！"

田青茂用发疯的眼睛搜索着那些货物的主人，可是好久以后，也没有人承认那些货物是自己的。老舵工继续喊道："不要命吗？……水火不留情啊！"

不待货物的主人同意，田青茂已经指挥三四个人将那些笨重的货包往河里丢去，船舷果然渐渐上浮了。长桨在桨手们的手里也渐渐轻松起来了。

然而，当全船惊恐极度的心还没有完全恢复原状的时候，一个猛烈的浪花又向舷缘打来，立刻整个船身又陷入大漩涡中了。大约在半分钟以后，田青茂才看见前面的水平线。

老舵工和桨手们都竭其力之所能继续这艰险的航行。怎奈无情的风浪越来越猛了，眨眼之间，混黄的水又灌满舱底。

三个俘虏始终拥挤在一块，浪花打击着他们，水浸湿了衣裤，他们都漠不关心。他们仿佛只关心着一个唯一的命运——假如侥幸不被八路军所杀，也很难侥幸渡过这险恶的风浪的。

一种绝望，常会把一个人变成坦然无事的样子，现在三个俘虏就是显露着那样的表情。在先前，田青茂并未注意这个；他的一切系念，差不多全倾注在努力抢救这只船的身上了。当他最大努力，终归于无效的时候，由于顾惜自己的生命，引起他痛恨三个俘虏的心。他想，若不是解送这三个要命鬼到后方的话，他就没有机会渡黄河，也就绝不会遭到如今的凶险。总之，他把这不幸的遭遇，完全归罪于三个俘虏身上了。

他被过度的盛怒弄呆了，木立在被激荡着的船上，瞪着眼睛观望别人向船外泼水，而心中却澎湃着报复的念头。

疲惫的老舵工凸出绝望的眼睛望着铁锅底般的天空，拢着皱纹的嘴角，无节奏地颤动着——他是在默默地祷告什么……

一排陡立的巨浪，带着凄惨的吼叫，仿佛冲锋大军似的迎头扑来。田青茂心里想：这回算完了！可是他相信那富于经验的老舵工也许还有解救的方法，于是他企图提醒他："没救了吗?"

"还有东西吗?"老舵工喘息不定地反问。

田青茂向舱底搜查一眼，赶忙回答："除了人，什么都没有了!"

老舵工皱一皱眉头，声嘶力竭地骂着桨手："伙计们，把吃奶的劲儿拿出来啊！……扳！……扳！……又是一关啊!"

桨手们从疲惫中重新振作起来：他们恢复了从前有力的吆喝声；但是，每人手里的长桨仍是零乱无力地落进水里。那一排陡立的巨浪已经迫近这不幸的木船了！

乘客们歇了手，都在束手无策地等待着死的来临。而田青茂却不能那样做；他认为这只船上还有三百多斤的载重应当丢进河里——就是那三个不声不响的俘虏。

他就是如此决定了，他觉得到如今，再不容许有丝毫的犹豫了。

"我不能陪该死的人下葬!"

田青茂发疯地喊了一下之后，就突然用一种蛮力提拎一个俘虏，向船外推去……

"田青茂!"政治员拉住田青茂的胳膊，变了颜色喝令道，"你要违反命令吗？你发疯！……松开手!"

"谁都不能管我!"他用臂肘打着政治员，"我不能陪该死的人下葬!"

当他俩争持不下的时候，有三四个乘客同意田青茂的意见，而且向政治员激烈地抨击："你为什么这样护庇日本兵？你是汉奸!"

"诸位，要冷静一点，我讲——"

要讲的话还没有冲出口，他已经被一只拳头打倒了，而且那些人乘势包围住他，企图从他皮肉上得到些临时的报酬。

在骚乱中田青茂将俘虏又按到舱底。他急忙拿起那支没有枪机柄的三八式，对准暴动的一群威胁着："谁敢动手？发疯的王八!"

"坐稳啊，老爷们，别——"

那扑来的巨浪，那全船一切的骚乱，一切企图全击得粉碎。站立的倒下了，田青茂也倒下了，他的头部正撞在一块板上，当有力的浪花从他脸侧滑过的时候，他知道什么全完了！

于是，他失去了知觉。

他像一个小孩子从摇篮里醒转来。一片折叠着的黄土层已经快要接近他的身边，他梦一般地站起来，用惊奇而愉快的嗓子喊道："这是梦吗？看哪……那不是岸吗？"

老舵工、桨手、乘客、政治员，以及三个俘虏，一齐坐着望他哄笑起来。其中一个俘虏指画着他的脑袋，一边笑，一边叽里咕噜地乱说一阵。

田青茂困惑地摸摸自己发痛的头，他察觉他的一条裹腿不知怎样松开被挂到头上来了。他不禁对着那个俘虏噗地一笑说："妈的，都是为的你们啊！"

专员夫人

一

我们一到清溪村，就听说G专员有一位顶漂亮的夫人。

都市住厌了的人，怀念着山中的静穆和幽美。但是山中旅行太久了，山鸟野花，清泉石径的迷恋，也会像彩霞似的，从心中渐渐地幻散，淡漠下去，后来呢，就又怀念着都市了。

现在，意外地发现了一位顶漂亮的夫人，真是如同将我们从荒山中带到都市去。于是，我们希望有一个机会，能够看到她。其实，这希望是多么无聊啊。

临走的前一天，仪貌端正的G专员，特备两桌丰富的酒菜给我们饯行，席就设在他的公馆。我们认为机会到了。天气虽然闷热，可是在周围总仿佛有一种解冻的东西使我们感到说不出的爽快。菜吃了，酒喝光，希望仍是渺茫的，于是就像从海船的甲板上走进锅炉房似的，立刻就闷热、晕眩起来。

人通常都有这样的心理：当他的追求达到绝境的时候。就很容易由妒怨变为冷嘲："漂亮什么，不过如此！"

我的这句冷嘲，恰如G专员对于各个政党、各个救亡团体、各个人物的批评——"不过如此"一样。

因为天气很热，黄昏的时候，G专员派人来请我们到他的平台上乘凉，并且预备了好多解渴的西瓜。这次倒是那些西瓜引诱我们去的，别的念头一点都不存在了。

镰刀似的新月，照着蒙蒙的远山。除了蝉声和涧水声之外，一切都是静得像一幅幽美的黄昏水彩画。通过一条弯弯曲曲的草径，再转过一座古庙，那平台在月光下出现。我居然在那平台上发现了西瓜以外的希望：专员夫人。

在淡淡的月光中，我只看到一张白皙而模糊的脸，虽然只是个模糊的，却把我引入了仙境。

我们把脚步加快些，企图在她回避之前，我们冷不防走上平台，这样，就看得更真切了。当我踏上平台的石阶时，心脏突然失常地跳荡起来，而且我的两只脚也失了重心：我几乎是以醉汉的步子走上平台的。可是当我的搜索归于绝望的时候，我竟用手指敲击着沉默的桌面，惊疑地唏嘘了一声。同时，不知道是谁，在我背后自言自语："好神秘的精灵啊！"

二

我仿佛带着一桩遗憾离开了清溪村。

不久以后，我们从这荒山又旅行到太行山中，继续过着与都市隔绝的生活。起初，还常常忆起那个"神秘的精灵"，日子久了，她便在我的记忆里模糊了、消逝了。

秋末，我们到了太行山中的方台村。区专员公署的一个重要机关设在这里。负责人杨先生是一个一见如故、不拘小节的中年人。他虽然是个官位不算太低的政客，可是官场的礼貌桎梏，不能束缚他，他的举止很粗率，严肃的谈话中，夹杂着村夫和市井的谩骂。他会讲故事，两片嘴，几句话，能够描写出一个很生动的人物的轮廓。可惜他的声音含着一种嘶音，讲起话来有点怪嘈杂的。

一天晚上，在杂乱无章的办公室，大家围着一盏摇摇欲灭的菜油灯，听他讲一个很出色的故事。

"事情已经相隔一年了。这事情起初发生在屯留。"天气并不冷，杨先生却穿起一件破烂不堪的老羊皮外套，把脖子缩进领子里。他用一种深沉的音调，吸引住尚在交谈的听众。"现在，屯留是敌人占着，可是，去年这时候，屯留还是晋东南军事上重要的交通枢纽呢。因此，市面很繁荣：旅馆，饭店，澡堂子触目皆是，生意也特别兴隆。

"屯留南关有一家小饭馆，因为它占的位置好——南关是大道，是军队和行商必经之地——和有一个活泼好看的小堂倌，生意简直推不开门。去熟了的食客——一些色情狂，酒一下肚子，就专跟小堂倌开玩笑：'来啊，跟我睡觉去吧。'

"'别拿咱们开心啦，'小堂倌红着脸，娇声娇气地对付着眼睛发红的食客说，'你若是真的有意，晚上我倒可以给你做个媒，管保你眉开眼笑……'

"'不，不要，我不爱姨子，我爱你这个相公啊！'

"食客们这样说，只是使小堂倌红红脸，噘噘嘴而已，他从来不和客人争吵，即使有更发疯的家伙摸他的脸，他也不会发脾气的。对付军人，他特别有耐性。他仿佛有一种超人的慑服力，能把粗暴的军人，制服得像只绵羊。这一半是因为他的性子温和；一半也是因为他爱和军人谈论国家，谈论战争，使军人起了自尊心的缘故。

"大概是由于无聊食客的宣传吧，'小堂倌'的名望，居然一天比一天高起来，渐渐地，他成为屯留县被人熟知的人物了。但是，这时候却发生了一种很普遍的传说，说这个小堂倌的性别大有问题。这话，自然是那些无聊食客不负责任的造谣。可是，不久却传到警察局长的耳朵里了。"

菜油灯逐渐暗下去，杨先生用指甲拨了拨灯芯，然后从灯火上点着烟，像做深呼吸那样吸了一口再一口……可是，始终不见那烟从鼻孔里冒出来，后来，我才知道，他把那些强烈的东西，完全吞进肚子里去了。

好像说到这儿为止了。他只管不声不响地吸着烟，很有兴致地吸将下去，让我们在一边冷淡着。他一直把一支烟吸完，几乎连烟屁股都吞了，这才打扫一番嗓子，一字不苟地接着讲："有人说，最精干的警务人员都有神经病，这是一句讽刺。不过因为职责的关系，把他们弄得神经过敏，倒不是瞎话，然而，'神经过敏'这四个字也是有些语病的，再说得正确一点，应该说是机警吧。"

"屯留的警察局长是个遇事不甘落后的人，他可以作为公务人员的楷模。关于小堂倌的谣言，一传到他的耳朵里，不用说，自然立刻便引起他的机警。于是，他很敏捷、秘密地施行了一次调查，结果如何，除他与小堂倌之外，第三者是不得而知的……"

杨先生的话又继续了。他仿佛一个怕羞的孩子，拼命地把他的头缩进老羊皮外套的领子里。同时，他那两只饱经风霜的眼睛，在向我们扑朔迷离地微笑着。

有人很急躁地催促他说："快讲下去啊，为什么讲得这样神秘呢？"

"快是能快的，"杨先生依然微笑着，一字不苟地回答，"不过要叫它不神秘，那是不可能的。你倒想想看，全屯留的老百姓都猜不出这个谜：那个小堂倌为什么竟突然失踪了呢？"

智慧高的人，才会创造谜，智慧高的人，也会解谜，唯有傻瓜很容易成为谜的俘虏；甚至，人家已经向他解释一清二楚了，他反而不相信那是对的。可是，靠着他自己的不发达的大脑，却一辈子也猜不对它。屯留的老百姓，对于小堂倌的谜就是如此的——由性的谣言，又造成了不可解的纷乱。

"把生殖器摆出来，才能分辨男女，这种愚蠢，也倒是可爱的啊！我这话，并不是说警察局长愚蠢，没有鉴别力多当然，还是骂那些可笑亦很可怜的老百姓啊。你们想想看，那位机警的警察局长已经快和小堂倌度完了蜜月，他们还在一边议论纷纭，胡思乱想，伤脑筋呢。

"真是天不作美，不知道从哪里刮来一阵风，说屯留警察局长私娶女扮男装的日本女间谍。因为这事情非同小可，专署便立即派了一位精明能干的视察员，微服去屯留调查真相。结果，一对情人，就变成两个难友了！"

讲到这里，杨先生打个哈欠，接着又从烟盒子里抽出一支烟，在灯火上点着。这次他只吸了一口，就停下了。他表示遗憾地向我们说："嘿，诸位真是没有眼福，要是诸位去年这时候来，就可以看见那个迷人娘儿们啊……"

有人又在急躁地催促他，说："快讲下去吧，让我们的耳朵享点艳福，也就满足了。"

"到这里就算结束了，也未为不可的。"杨先生依然慢吞吞地说，好像表示不为催促所动，"可是，这件事情却不是到此为止。我知道诸位是不高兴听我讲那位警察局长的后事，实际他现在的生活，真是异常乏味，那么，我们还是让他蹲在寂寞的牢房里吧！这回，我单表那个女间谍好了。

"原来那小堂倌就是女间谍的化身。她是冀南的人，受过中等教育。她给日军刺探军情，这工作的开始，是远在一年以前，去年中秋被派到山西来。外省人认为山西人都是安分守己的老好人，大概是根据这个判定，日本人就更进一步认为山西人没有大脑了。因此，他们才让她扮个小堂倌。据那个小娘儿们自供：关于我军的行动，她曾从过路的士兵口里，得到很多珍贵的情报，并且得到上峰的嘉许。过堂的时候，我们这样究问她：'当警察局长发现你确是女的，你用什么话回答他呢？'

"'我当然不说我是间谍；我说我是从故乡逃亡出来的，为了生活的压迫，才想出这样的下策……'

"'他相信你的话吗？'

"'自然他不比我蠢。他认定我是间谍，他说，赶快承认可以减轻

一点罪名，若不，就立刻解省枪毙。'

"'你被他吓住了，是不是？'

"'起初，我是坚决否认，但是，他用严刑拷问我，我是宁肯一枪打死，不愿意活着受罪的，所以，我就承认了。'

"'后来他怎样处置你呢？'

"'他对我未来之命运表示惋惜。他说，他很想设法营救我，无奈我犯的罪过于重大了，国法是不容的。他把我骗了！'

"'骗了！他诱奸了你吗？'

"'不，我是说他骗出了我的口供。'

"'那么，是谁先提让睡觉的啊？'

"'我先要求他营救我，他后提出报答他的方法。'

"'于是——那么，你爱他吗？'

"'总不像对于死那样憎恶吧。'

"从整个供词里，我们看出她是非常憎恶死的。然而，她对于做过的事情，并没有表示丝毫的悔恨。这也许是所谓知识分子的自尊心在支持着她吧，不然的话，至少也许露出点惭愧的样子才对。"

说到这儿，杨先生闪着那双饱经风霜的眼睛，向我们周围扫视一下，那样子，仿佛要从我们的脸上找出惭愧的颜色来。

"打开窗户说亮话，"杨先生的脖子，突然从老羊皮外套的领子里伸出来，它好像向日葵的不堪胜任的细茎，支持着他的笨重的偏坠到一边的头，慢得没有节奏地说，"其实，我们对于这女人的命运，何尝不表示惋惜呢？都怪我们没有跳出法律以外的胆量，不然，这个艳福也可以享受一番的。

"我们曾考虑过，如何处置这罪大恶极的女人才适当。法律告诉我们必须处死她；然而，每个人都回避提到这个死字。这个无法判决的案件，使我们害了消化不良症，大家真是为那个女人憔悴了。

"我们打定这样个主意：在判定她的罪名之前，绝不将这一功报告到上峰。因为若是先报功，无异把她送上断头台！可是，'隔墙有

233

耳'，不几天，上峰竟来了急电，指令我们将女间谍即日解省，下属当然是无权抗命的。于是，只好谨慎照办，派了一班弟兄押解她，经过了半月之多的风霜，总算完整无缺地把她送到地方了。

"从她去后，我们就很关注她的命运，简直忘怀了自己的前途。与其说我们在爱恋她，不如说她的妖媚将我们迷惑。有那么几天，我们的消化不良症和失眠恶劣之甚，简直使我不敢回想。当夜不能入睡的时候，我无神的眼睛，总是恍惚看见一个头披黑纱、纤巧的女幽灵，徘徊在我的床边。我虽然了解这是我的幻想所致，可是，我可以断定她是早已离开人世了。"

到此，杨先生好像想起什么紧要事情似的，突然站起来，向门外走去。但是他被我们拦住了。有人用颤动的声音问她："她是死了？"

"她吗？不幸得很，一直到现在还活着……"

"被关在监牢里？"

"据我看到过的监牢，不是那样的。

"那么？……"

杨先生像顽皮的小孩子跳出门外，一边跑，一边喊着："不要猜哩，智慧高的人创造的谜，文学家也是白费心血啊！休息吧。我的尿要撒裤子里了。……"

三

不解的谜，使一个人的情绪，总像把一块铅吞到肚子里那样沉闷。

两天后的早晨，我离开方台村。临走的时候，杨先生仍旧披着他那件老羊皮外套跑来送行。他像老朋友似的对我们笑着说："老弟们，这两天没有憋出什么毛病吗？"

"没有。"我不十分理解他的意思，含混地回答。

"我想也是不会的，假使前天我把那谜揭破，你们反而要得消化不良和失眠症的。……"

我被杨先生的话提醒了，于是我要求他告诉我们那个女人的结果。但是他先让我们骑上马。他顽皮地笑着说："两句话就结束了；如今她在清溪村，做了G专员的夫人，她是G专员和许多要人在一场争夺战中，所获的胜利品！"

真是性急的马，左脚刚一沾镫，便不可制止地飞跑起来。回头看看，已经离开杨先生一箭多远了。他像一根木头竖立在一块方石头上，摆动着不肯伸直的胳膊，笑嘻嘻地说："你们不要相信我的话呀！世界上不会有这样事情的……"

杨先生的话没有得到任何人的回答。我们几个都是沉默地骑在马上。他们的心绪，我无从得知。而我，确是让一种重大的遗憾击昏了……

荣誉药箱

从首都飞C地的旅客机，降落在C地的飞机场上了。

这只没有羽毛的大飞禽，老百姓管它叫作"天神"，从天神肚子里出来的东西，老百姓并不把他们神秘化，呼作什么"天兵天将"，那是很合乎时代潮流地称他们为"要人"。

当"天神"下界的时候，总有一群一群的老百姓围着机场缩头缩脑地探望，一批人物出来，另一批人物进去，"天神"直凌云霄，飞远了，看不见了，他们这才尽兴而散。

今天的人物中有上校军医官，他那黑皮的，比女明星的化妆箱还漂亮几倍的小药箱，比起他的两道金线、三个金星的领章光辉多了。不过，上校军医官却没有拿它去煊赫人的意思，他倒是希望人家瞻仰瞻仰他那副从"希特勒"国带回来的、金丝腿的、没有边的"拖呀拖"眼镜。

他最讨厌那些常拿别人的"光荣"当书讲，自己白搭吐沫的人，他那种近于荒谬的偏见，不是有生以来就如此——两年以前，他几乎每天讲一遍希特勒的光荣史——若是认真地算一算，那还是在徐州突围以后。

因为在那次艰苦的突围中，上校军医官他曾获得一桩无比的荣誉：战斗员丢弃了他们的枪和子弹，他竟把那只药箱一直带到指定的集结点。

在整个战区里，人们把"荣誉药箱"当作上校军医官的代名词，到后来，它简直就成为他的名字了。那是因为这个名字既富于历史性，又容易记得住，呼起来又特别响亮。

可是上校军医官很讨厌这个代名词，尤其是当他听见谁向谁解释"荣誉药箱"的来历的时候，他除了讨厌那人而外，并开始对那人加以人格上的戒备。

原因是，上校军医官的支药箱，从未当着任何人的面打开过，于是，一般神经质的家伙，就给他制造出一套谣言，说上校军医官皮药箱里面装的贵重的特效药，校官以下的军佐是没有资格享受那种权利的。这类牢骚虽然是发之于实感，然而，毕竟冤枉了好人。

其实，上校军医官的皮药箱，就是在校官以上，甚或司令长官的面前，他也绝不打开呢。

现在，上校军医官提着那只同过患难的、漂亮的黑皮药箱，昂首阔步向着机场的出口走去。那副金丝腿的、没有边的"拖呀拖"眼镜，在太阳下的反光，仿佛探照灯似的，对准天空的某一角落直射着。不骑马，刺马针虽然不能显威，但是，它能在上校军医官的脚后跟奏乐，这乐器的功用，好像铿锵的开路锣，它不断地喊道："闪开！……闪开！……闪开！……"

上校军医官从检查员和值日宪兵的身边走过去，黄呢子军用"满斗"的底角扫在值日宪兵的右手上，于是他的右手跳到额角那里，脚跟和脚跟碰出脆快的响声，一撮土像受惊的黄鼠狼子似的，耸身一跃，跑远了，不知又隐藏在什么地方了。

这一个敬礼，是含有一半敬意和一半友情的，因为上校军医官的那副面孔，在值日宪兵的眼里，真是一位顶熟悉的"要人"哩。

他微笑着还个礼，食指跷得特别高，不知道的，以为他在向对方介绍他那副金丝腿的、没有边的"拖呀拖"眼镜。随后，再用那只白嫩的手轻轻一摆，十几辆洋车簇拥而来，他一眼扫到一辆大致不会有菌的坐上，把黑皮药箱放在膝头，向他的私邸飞奔而去。

太阳在里河上散步。

人们在汗泥里游泳着。

上校军医官在私邸的门前下车了。

一推门，他的眼睛就触到那张愁眉不展的、讨厌到极端的脸上，那张脸，简直把他的快活心情给破坏无余了。他忽然想打他一个嘴巴，即使那张脸不能识趣地赔笑一下，就让他哭一哭，变换了新样子，也比较中看些吧。

仿佛耳朵已经听到脆快的声音，仿佛眼睛已经看到一块突起的红印。然而他的手还在懒懒地垂着。

他瞪着眼睛走进去了。

当那张愁眉不展的、讨厌到极端的脸，在他背后取下"满斗"的时候，可就嘟哝上了："老爷，她快死了！"

上校军医官简直有点受不住，黑皮药箱往茶桌上一顿，马上吃惊地抽了一口冷气，于是摸抚抚黑皮药箱，又端正端正"拖呀拖"眼镜。

"你不会说一句好听的吗？"

"是的，老爷，她快要死了！"

"又来——那么，你是要我买棺材，或是等我给她送终？"皮鞋后跟猛然互撞一下刺马针喊道，"闪开！"

然而，那个不识趣的家伙，转身把"满斗"挂在衣架上，转身又哭丧着脸回来了："不是的，老爷，您答应的话忘记了吗？——不止一次啦！"

"什么?!""刺马针"又大喊了一声，"闪开！"

这次，那张愁眉不展的、讨厌到极端的脸，虽然算上校军医官的手懒，不曾打他个嘴巴，他却真的变换了个新样子，哭了。

怎样好呢，这个新样子，不但不中看，反而更加强上校军医官的厌恶了，他用一双雪白的手揉搓着黑亮的皮药箱，闷着腔，焦躁地咆哮起来了："想怎样？……你这'哭丧棒'！"

"老……爷……，请您……去……"

"去？我的身子属于国家，可不是属于私人的，我忙得要死，你有眼睛，也能看得见，我坐飞机来，又坐飞机去！……呀，呀，请饶了我，让我闭闭眼睛吧。"

上校军医官一头躺到床上，而且真的闭拢了眼睛。他的胸脯像检查肺病时那样起伏着。

那个被打击的人，泪洗着面，痛苦与气愤抓着心，他一眼望着上校军医官，一眼盯着茶桌上那只黑皮药箱，这药箱，给他一个不敢请求的希望——他也知道上校军医官的黑皮药箱里，装着很多贵重的特效药的——他蹑手蹑脚地向茶桌靠拢，轻轻地把那只黑皮药箱捧到怀里，迅速地走开；因为他以为上校军医官疲惫之下睡着了。

可是，他刚迈出两步，上校军医官一骨碌就坐在床沿上，指着茶桌说："给我——"

"是的，老爷，我请求您——"他捧着皮药箱，连连地走过去。

"又来，闭住嘴！"上校军医官夺过皮药箱。

"不是的，老爷，我不敢劳您的驾了，我只求您……"嗫嚅半天，鼓了十二分的勇气，"只求您，把药箱里的药赏给一点就行啦！"

固执的上校军医官，时刻忘不掉国家，他珍惜地用手拍着皮药箱，用温和的、教育的口吻说："这是国家的啊，告诉你，任意浪费国家的物力，等于汉奸！……你知道吗？……"

于是，他哑然了。那张愁眉不展的、讨厌到极端的脸上的仅有一点的血色，立刻消失了。

上校军医官心里暗暗地窃笑着想："蠢东西，你也知道怕——"

于是，皮药箱又被放置在床头上了。

午饭过后，上校军医官写了一封信，让勤务兵送给福民医院的杨院长，回头他顺便到家里探望了一下病危的母亲，她仅仅还有一口气，但他不敢在家里久留，赶紧跑回去交差，当他到的时候，那位福民医院的杨院长，已经在和上校军医官谈话了。

"请离开我的房子！"

"老爷，我的不是，请您宽恕我吧！"失业的恐怖，使他的膝盖弯曲了，他正准备不顾一切地跪下去。……

"你不要多嘴，混蛋！"上校军医官拍着桌子骂着，而后端正端正"拖呀拖"眼镜，"你干你的去！"

他立刻像触了电似的跪下，带着泪声苦苦哀求："我不能，老爷，我打了这个饭碗，再也锔不上啦！"

上校军医官的脸比本来更白了些，"蠢东西，起来！我简直不能要你！"

他的眼睛发起黑来，他的头撞着地，口里喊着落水求救似的绝望的声音："我，我，老爷，发发慈悲吧！杨院长你救命啊！"

杨院长决然地站起来，戴上帽子，拿起手杖，一只脚迈向房门，做走出去的姿势，"不可挽回了吗？"

上校军医像打个冷战似的摇一下头，"……"

杨院长迈动另一只脚，"如此说，我们从此绝交了！"

跪着磕头的勤务兵定定神，他看见那个"见义勇为"的人准备要离开了。现在，虽然他已完全晓得不能挽回注定的命运，可是，杨院长的义气，给予他无上的安慰。磕头已经停止了，不过仍然跪在原处，听候厄运最后的判决。

出乎意料的是，上校军医官的态度突然温和起来，这温和，在有罪者看来，是一个好转，也是一种光明，如像审判官在罪犯面前所表示出的温和一样。

"自然——"上校军医官停了一下，端正端正"拖呀拖"眼镜说，"并不如此严重，但是，今天我不爱你那副商人的脸子。"

勤务兵莫名其妙，又不敢站起来。

"但是——"杨院长抽回一只腿，慢吞吞地说，"请您不要忽略了商人的利益。您是为了抗战，而我虽然不敢做发财的梦，可是吃饭那件事，确是时刻都不能忘的，所以……"

"所以我才忍气吞声不把价钱提得过高，一方面是迁就战士们的经济条件，另一方何尝不是顾及你的利益啊！可是，你把我的苦衷……"

"对不起，也许正因为我是商人，商人也有商人的苦衷。……假使事实允许我专利，哪怕你把价钱提高到天上去……"

"胡说，即使事实允许，你也不能让你的良心都塞进钱眼里！"

上校军医官微带活气的面孔，又变为严肃了。这一变，对于跪着的勤务兵，仿佛春早时节盼天阴，结果下了一大阵雹子那样使他绝望。

"商人只有吃阿司匹林的时候才会谈到'良心'呢！"杨院长由衷地回答这么一句，把那只已经抽回来的腿复又迈出去了，"对不起，清白之身，当心中了商人的毒，否则，您之'所有'，也难挽救那种恶症的！"

"离开我的……"上校军医官的颧骨，突然浮出两点红晕。

杨院长已经拉开了门，他听到背后的恶言恶语的声音，猛然掉转过头来："不要怕，我还不够传染的资格……"

上校军医官感受了未曾有过的污辱，他咳嗽一声，一口浓痰，向着杨院长的身后吐去，然而，那扇门很快就隔断了他的目标，所幸它没有落空，正打中还在跪着的勤务兵的左眼。

像一粒子弹打中了他，他的灵魂立刻飞逝，他的头低垂了，于是，贴在左眼的那口杏黄色的浓痰，像一摊老鸹粪落在油光光的地板上。

"混蛋，给我舐净！"

上校军医官，戴好军帽，披上"满斗"，皱着眉向地板的污损点瞥了一眼，忽然地走出去了……

被解放了的勤务兵狼狈地爬起来，他感到迷惘。

他第一次违抗上校军医官的命令：他以纸代替着舌头，把那摊杏黄色的浓痰擦干净，而后就丢进痰盂里。

他还是感到迷惘……

他那双忧伤的眼睛直盯着那只愉快的、满面发光的黑皮药箱，而他的回忆，却是一大串：绝交、利益、抗战、发财、专利、良心、阿司匹林、恶症、传染以及那杏黄色的浓痰。

那些仿佛和他都不相干，其所以不相干，因为他和它们之间有着百思而不得其解的隔阂。至于它们和它们的关系呢，他简直是摸不着头脑。

今天，他所遭遇的事，他所看见的人，他所听到的话，都像是在似梦非梦中，给他一个极模糊的形象。

真实的东西，只有那个黑皮药箱，他确信，那锁在里面的贵重的药品，能够挽救他的母亲垂危的生命。

于是，他鬼鬼祟祟地走近了床边，他的手摸抚着黑皮药箱，他的心情像摸抚着一只刚出牙的小老虎，又是怕，又是爱。

他并不爱那药箱的"荣誉"，他爱的是"荣誉药箱"里面的贵重的药品。至于怕的理由也很简单：强盗行为的必然结果，要被抛进黑暗的牢狱里！

然而，为了挽救垂危的母亲，他只顾到眼前了，至于将来的不幸，他没有闲情去计较它，他甚至把上校军医官所说的"任意浪费国家的物力，等于汉奸"那句警句，全忘到九霄云外去了。

心很懦怯，手比较勇敢，他在锁面上扳弄着，带弹簧的锁鼻，冷不丁地跳起来，他的心也跟着猛然跳一下子。

听听门外依然没有动静，于是，他大胆地用一种其大不可测的力量掀开了盖子，一盒一盒的贵重药，密集地排列在里面。起初他被那些辉煌的小纸盒迷惑住了，他慌乱地抽出一个，用指甲划开纸封，这次，他发现了六个怪可爱的、油光水滑的小玻璃管，像蚕茧似的，静静地睡在里面。

他心想：这管保是仙药，母亲吃了它当然会立见功效的，但是，这个药怎样吃法呢？

灵机一来，盖好了皮药箱的盖子，就跑出去了，救命是要紧的，后事如何，他现在没有工夫管了。

他一直跑到福民医院那里，拿出那仙药特为请教杨院长："请您，……告诉我，……这药的吃法？……"

杨院长上下打量对方一番，肯定地说道："你偷来的！"

"不是！……"

"我认识这是你主人的药！"

杨院长进一步的揭露，使对方的辩护立刻停止了。

"别怕，"杨院长安慰着对方，"我担保，你的主人绝对不会责罚你的。"

"唔，唔，谢谢您！"他不知所云地说，"可是，您快点告诉我这药的吃法吧！"

"这不是吃的药。"

"啊？……"

"不要大惊小怪，傻子，吃了会没命的！……你什么病呢？"

"我没有病，"他抽一口冷气，绝望地回答说，"是我母亲，她一天发几次昏哪！……"

"那有办法，"杨院长站起来，从药架子上取下一个小纸盒递给对方，"这是阿司匹林，一次一片，一天吃三次，很有神效！……那么，你的赃物留给我吧。"

他把那盒所谓赃物留下了，一边不绝口地道着谢，一边转身向外跑去，一跨门槛，他和一个与他穿着相仿的人碰个满怀。

"冒失鬼！"那人这样骂了一句，回头赔着笑脸，对杨院长嘟嘟哝哝地说："六〇六还没有到吗？"

杨院长微笑一下，并不回答，他只是举起那盒赃物，向那人的眼前虚虚一晃，而那人，紧盯在杨院长的屁股后，走进那简单的手术室去了。

巧得很，杨院长正在给患者注射的当儿，上校军医官苍白着脸，也走进了手术室。

那患者仿佛找不到洞的老鼠，手足不知所措了。

杨院长举着注射针对着这个不速之客。

而上校军医官的脸，越发苍白起来，原因是他发现了那"赃物"。